Ann-Katrin Zellner

Nasser Verdacht

Schwabenkrimi

Nasser Verdacht

Schwabenkrimi

Ann-Katrin Zellner

epubli

Impressum

Text: Ann-Katrin Zellner
Covergestaltung: Laura Newman
design.lauranewman.de
Unter Verwendung von Stockdaten:
elements.envato.com, freepik.com

Herausgeber: Ann-Katrin Zellner
Korngasse 4
69221 Dossenheim
akzellner@web.de
geschichtenvonabisz.de
Druck: epubli ein Service der
neopubli GmbH, Berlin

2.Auflage Juni 2020

Erstveröffentlichung: 29.10.2019

Printed in Germany

Bibliografische Information der Deutschen Nationalbibliothek

Die Deutsche Nationalbibliothek verzeichnet diese Publikation in der Deutschen Nationalbibliografie; detaillierte bibliografische Daten sind im Internet über http://dnb.d-nb.de abrufbar

Alle handelnden Personen sind frei erfunden.

Jegliche Ähnlichkeit ist nicht beabsichtigt.

Landkarte

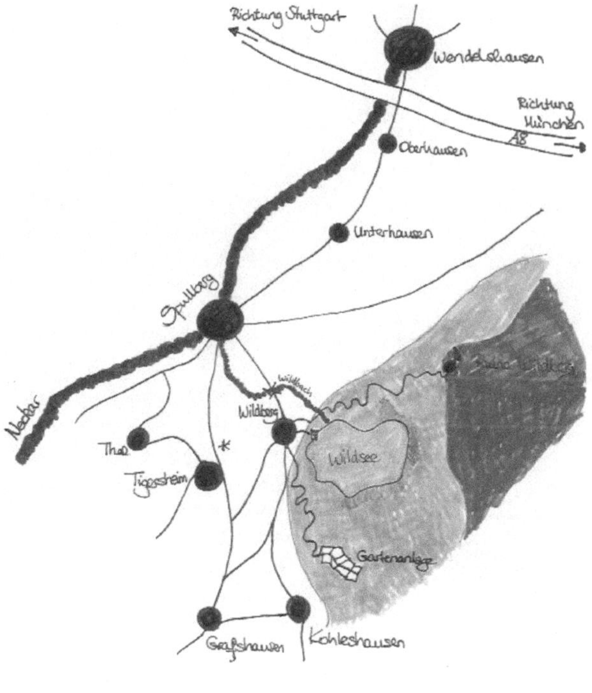

* Ringnsanlage

1

DONNERSTAG

Als der Regen nach vier Tagen nicht aufhörte, trat der Fluss über die Ufer. Die Mauer aus Säcken konnte das Wasser nicht aufhalten. Unaufhörlich stieg der Pegel und das Wasser suchte sich seinen Weg durch das Feld.
Erst war es nur eine schmale Spur, dann drängten die Tropfen weiter. Über kleine Spurrillen verteilten sie sich schnell. Sie erreichten den Wald und die Wurzeln der Bäume freuten sich über das Wasser. Sie sogen es auf.
Als sie voll waren, sickerte das Wasser hinab in die Erde. Es vermischte sich. Die Erde verwandelte sich in einen schleimigen Brei.
In der Tiefe stieß es auf weiße feste Strukturen. Sie gaben nicht nach. Die Erde hob sie hoch zur Oberfläche. Dort schwammen sie auf dem Brei, bis der Regen nachließ.
Als es dunkel wurde, kroch die Kälte aus der Tiefe. Sie festigte das Erdreich. Die weißen Strukturen blieben sichtbar an der Oberfläche liegen.

„Wieso kann es nicht aufhören mit regnen?“, schimpfte William Herle. Der Kriminalhauptkommissar brummte vor sich hin und stapfte durch den Matsch. Ein Jogger hatte ein Skelett gefunden. Der Regen musste es frei gelegt haben. Der Anruf hatte ihn aus dem warmen Büro gejagt.

Das Feld lag außerhalb der Stadt. Ein kleiner Pfad für die schnellen Läufer führte direkt daran vorbei. Der Hauptweg folgte dem Rand des blauen Waldes. Nach dem Wildbach teilte er sich, einer führte hoch zur Ruine Wildberg, der andere am Waldrand entlang.
Helle Lichter zeigten ihnen den Weg. William gefiel der Herbst, aber der Regen störte ihn. Florian, sein Partner, schien es nicht zu stören. Der schwarze Hüne stapfte unbeirrt durch den Matsch.
William grüßte die Beamten der Spurensicherung. Richard tauchte auf. Er war in dem blauen Zelt, das zum Schutz über den Fund gestellt worden war. Der Regen hatte schon alle Spuren verwischt. Sie nickten sich zu. William streckte seinen Kopf in das Zelt. Klaus saß über das Skelett gebeugt. Der Rechtsmediziner drehte sich nicht um.

„Hallo, Will“, ertönte seine Stimme.

„Wie sieht es aus?“, fragte William und schaute nachdenklich auf das halb freigelegte Skelett. Der bleiche Totenschädel schien ihn zu verhöhnen.

„Ich habe noch nicht alle Spuren ausgewertet. Ich vermute, dass der Todeszeitpunkt zwei Jahre her ist. Weiß, weiblich, etwa 20 bis 25 Jahre alt.“

„2 Jahre? Bist du dir ganz sicher?“

„Ja, William.“

Die Männer dachten an dasselbe Mädchen. Tina wurde von ihren Eltern vermisst. Vor zwei Jahren war sie abends auf einer Party. Nachts wollte sie mit dem Fahrrad nach Hause fahren, sagten alle. Angekommen war sie nicht. Niemand hatte sie wieder gesehen.

William war fast verzweifelt. Er stand ohne Hinweise da. Bevor nicht die Leiche gefunden wurde, war nicht klar, ob sie einem Verbrechen zum Opfer gefallen war.
Die Mutter glaubte fest, dass ihre Tochter noch lebte. Niemand wagte es, sie vom Gegenteil überzeugen. Nach einem halben Jahr stellte man die Ermittlungen ein. Es gab keine Beweise für ein Verbrechen.
William ließ das Bild von Tina auf seinem Schreibtisch stehen. Das Lächeln des blonden Mädchens war ihm ins Gedächtnis gebrannt. Seine Tochter war fast gleich alt.
Ohne Hinweise war er machtlos. Es gab keine Aufzeichnungen von Kameras. Es fehlten kaum Dinge in ihrem Zimmer. William glaubte nicht an ihr Verschwinden. Er legte sich verschiedene Theorien zurecht. Ein Unfall mit Fahrerflucht, um ihn zu vertuschen. Sie hatte sich selbst verletzt. Doch dann hätte man sie finden müssen. Möglich wäre eine Entführung. Aber niemand hatte Geld verlangt.
Er dachte an eine vierte Theorie. Jemand hatte das Mädchen ermordet und vergraben.

„Du wirst es herausfinden", meinte Klaus aufmunternd. William nickte nur. Erstmal blieb ihm nur, einer Mutter schonend beibringen, dass ihr Kind tot aufgefunden wurde. Doch wie stellte man so etwas an?

2

DONNERSTAG NACHT

„Es war nur ein Spiel!“

Die dünne Jungenstimme ist voller Angst. Harmlos. Ein Spiel, dass er schon oft gespielt hat. Die Eltern sind oft unterwegs. Maria kocht dann immer für die Jungs.
Sein Bruder sagte, dass nichts passieren kann. Es macht Spaß und was Schlimmes passiert nur naiven Kindern, hatte er gesagt.
Er steht nass und mit verheulten Augen vor den Eltern. Mama weint. Papas Stimme ist böse. Sie bringt ihn durcheinander. Er hat das nicht gewollt. Sie wollten nur spielen.
Eine fremde Frau kommt herein. Sie hat eine Uniform an. Maria läuft hinter ihr zu ihm. Sie legt eine Decke über seine Schultern und drückt ihn kurz.

An dieser Stelle wachte er schweißgebadet auf. Der Albtraum verfolgte ihn seit jenem Tag. Verschwitzt und mit klopfendem Herzen stand er auf und lief in die Küche.
Dort trank er ein großes Glas Wasser in einem Zug. Die tickende Uhr neben dem Fenster zeigte 2:36 an. Draußen war alles still.
Sein Herz beruhigte sich langsam und so schlurfte er wieder zurück zum Bett. Er schüttelte sein Kissen auf und kuschelte sich hinein. Etwas hielt ihn wach. Bilder tauchten auf, ließen sich kaum greifen.

Sein Therapeut hatte ihm eine Übung erklärt. Er konzentrierte sich bewusst auf die Atmung. Ein. Aus. Ein. Aus. Beobachten, wie sich der Brustkorb mit jedem Atemzug hob. Ohne es zu merken, ließ ihn die Übung sanft in den Schlaf zurückfallen.

3

FREITAG

Ich lag in meinem Bett und starrte an die Decke. Mein Buch hatte ich schon vor einiger Zeit auf die Seite gelegt. Mich zu konzentrieren fiel mir schwer.
Nachts ließen mich die Albträume aus dem Schlaf aufschrecken. Jedes Mal irrte ich durch ein Labyrinth und fand den Ausweg nicht. Schrecklich verzogene Fratzen von dem Mann, der mich entführt hatte. Die Messer und Seile machten mir Angst.
Manchmal hüpfte ein Hase vor mir her und zeigte mir den Weg. Die Uhr in seiner Hand tickte laut und er hatte Max' Gesicht und Stimme. Das ließ mich stoppen und dann wusste ich, dass ich in einem Traum festhing.
Doch raus kam ich nicht. Es fing an zu tropfen, wurde mehr und mehr. Das Wasser stand schnell hoch und wollte mich herabziehen. Ich schreckte hoch, als ich fast ertrank. Erleichtert wachte ich in meinem Bett auf.
Papa meinte, die Träume wandeln sich mit der Zeit. Sie seien nicht mehr so präsent sein, doch bisher war das nicht der Fall. Sie ließen mir keine Ruhe. Kaum eine Nacht konnte ich durchschlafen. Unter meinen Augen hatten sich schon leichte Schatten gebildet.
Dennoch weigerte ich mich, Schlaftabletten zu nehmen. Der Arzt hatte mir mehrfach welche verschrieben. Ich hatte sie alle weggeworfen. Mama schimpfte mich, als sie es sah.

„Kind, du musst doch mal schlafen! Sonst hört das nie auf!“

Für mein Gewissen war das nicht hilfreich. Seit der Entführung nahm Mama selbst Tabletten ein. Ich schob es beiseite. Heute war wieder ein regnerischer Tag. Seit einer Woche regnete es täglich. Es wurde kühler. Jenny wollte schwimmen gehen, doch das Freibad war geschlossen.

„Bei dem Regen? Bist du wahnsinnig?", hatte ich sie gefragt. Doch ihr Lachen war Antwort genug. Sie war seit ein paar Wochen Feuer und Flamme fürs Tauchen. Ein Tauchkurs stand ganz oben auf ihrer To-Do-Liste. Sie hatte sich angemeldet. Und mich gleich mit.

„Bekommst du zum Geburtstag", hatte sie frech gegrinst. Ich hatte die Augen verdreht und gemurmelt: „Ein Buch wäre mir lieber gewesen."

„Genau deswegen," hatte sie plötzlich geschimpft. „Du sollst dich nicht in Traumwelten verkriechen und heulen! Du musst raus und Spaß haben, die Welt entdecken! Jetzt erst recht, nachdem der Irre dich entführt hat! Der hätte dich umbringen können!"

Ihre Augen hatten sich mit Tränen gefüllt. Ab da hatte ich meinen Mund gehalten, ich bestand nicht auf einen Streit. Sie half mir, nicht völlig durchzudrehen.
Schleppte mich mit, egal wo es sie hintrieb. Sie hörte mir zu, wenn ich wieder anfing, von den Albträumen zu erzählen. Die ich einem Mann verdankte, der mich entführt hatte. Er hatte die Freigabe eines gesperrten Baus erzwingen wollen. Ich hatte mich selbst befreien können.

Die düsteren Gedanken überfielen mich oft. Ich drehte mich zur Seite und stand auf.
Ein Schwindelgefühl ließ mich schwanken. Nach einem Schluck aus der Wasserflasche wurde es besser. Ich beschloss, meine Sachen für den Abend zu packen.

Der Blick aus dem Fenster ließ mich schon wieder zweifeln. Es regnete, der wolkenverhangene Himmel zeigte nicht eine Spur von Sonnenschein. Das trübe Wetter schlug sich auf meine Laune nieder. Seufzend stand ich vor dem Kleiderschrank und wusste nicht, was ich anziehen wollte.
Bei einer Grillparty war das auch nicht wichtig. Jenny würde eh nur flirten. Und ich in der Ecke stehen. Ich entschied mich für meine Jeans und eine karierte Bluse. Mal abwarten, was der Abend so brachte.

Holger, der Wirt, schaute nachdenklich auf den Wildsee. Er wühlte durch den Regen auf. Wellen schwappten unter die Terrasse. Selbst wenn das Wasser bis zum Holz stand, konnte nichts passieren. Er hatte alles abgedichtet.
Der Rauch seiner Zigarette verlor sich im Wind. In den letzten Tagen waren kaum Gäste gekommen. Der Regen ließ die Menschen schnell laufen. Keiner würde sich auf den Weg zu ihm machen.
Im Sommer lief seine kleine Gaststätte gut. Viele Touristen kamen und schnappten sich die wenigen Tische im Freien. In diesem Jahr hoffte er auf sonnige Herbsttage.
Er warf die Zigarette in sein Glas und ließ seinen Blick über die Felswand wandern. Bis hinauf zu den Ausläufern der alten Burgruine. Dunkel und bedrohlich stach sie vor.
Zurück in der Gaststätte beschloss er, die Zeitung zu lesen. Dafür war sonst nie Zeit. Langsam blätterte er sie durch, als das Telefon klingelte.

„Gaststätte *zum blauen Wald*, mein Name ist Holger Fels, was kann ich für Sie tun?“, meldete er sich.

„Guten Tag, mein Name ist Matthias Holzapfel", sagte die fremde Stimme am Telefon. „Ich bin Geologe und ich will mit fünf Mann die Höhlen im Wildsee erforschen."

„Wird im Moment ein wenig schwierig, bei dem Regenwetter", meinte der Wirt interessiert. Schon lange hatte er sich gefragt, ob sie je erforscht werden würden.

„Nicht sofort, mein Lieber", lachte der Anrufer. „Wir warten noch ein paar Tage und starten erst dann. Die mir wichtigste Frage ist aber: Gibt es bei Ihnen die Möglichkeit, direkt Zimmer zu bekommen? Wegen der Ausrüstung. Die ist sehr teuer und empfindlich. Die lasse ich ungern irgendwo alleine stehen."

Der Wirt dachte an die vier kleinen Zimmer unter dem Dach. Kaum jemand übernachte dort, da die meisten seiner Gäste aus Spullberg und der Umgebung kamen.

„Ich habe vier kleine Zimmer unter dem Dach. Die kann ich herrichten."

„Das ist super. Nehmen wir. Parken kann man direkt vor dem Haus?"

„Ja, da sind drei Parkplätze für das Personal, die kann ich Ihnen anbieten."

„Perfekt. Bitte schicken Sie mir eine Bestätigung. Ich brauche sie für das Institut." Der Anrufer nannte Holger seine E-Mail Adresse.

„Sehr gerne. Von wann bis wann wollen Sie den bleiben?"

„Das steht noch nicht fest. Wenn das Wetter wieder besser wird, kommen wir. Eingeplant sind etwa vier bis sechs

Wochen. Im Oktober werden wir kaum vom Regen überrascht. Die Kosten trägt das Institut für Geologie in Stuttgart.“

Der Wirt dachte kurz nach. Das wäre ein netter Nebenverdienst und Puffer für über die Weihnachtstage, wenn die Gaststätte ein paar Tage geschlossen hatte.

„Meine Frau wird alles herrichten. Sie sagen mir bitte Bescheid.“

„Aber natürlich. Ich danke Ihnen vielmals und bis bald.“

„Gern geschehen. Bis dann.“

Als der Anrufer aufgelegt hatte, dachte Holger nach. Er lief durch die Gaststätte bis nach hinten. In dem kleinen vollgestopften Raum stand in der Mitte sein Schreibtisch. Der Computer war schon etwas älter, erfüllte aber seinen Dienst. Bevor er nicht den Geist aufgab, holte er keinen neuen.
Er fuhr ihn hoch und rief Google auf. Dort gab er den Namen des Anrufers ein. Er war ein Höhlentaucher. Auf der ganzen Welt war er schon getaucht. Wie kam er auf die Idee, hier im Wildsee zu tauchen?
Seit bald zehn Jahren war niemand mehr in die Höhlen getaucht. Keiner konnte sagen, wie sie verliefen. Sie waren gesperrt worden. Es war zu riskant.
Seine Frau würde sich freuen. Seit Monaten redete sie auf ihn ein, er möge die oberen Zimmer vermieten. Er griff zum Hörer und wählte die Nummer von Zuhause.

„Ja?“
„Ich bin's, Schatz. Richtest du mit mir die Zimmer oben in der Gaststätte her? Wir bekommen Besuch.“

„Das ist ja fantastisch, Holger! Wie hast du das angestellt?“

„Ein Geologe ist auf dem Weg zu uns. Er wird die unterirdischen Höhlen im Wildsee erforschen. Das soll vier Wochen dauern.“

„Ich bereite alles vor. Mach dir keine Sorgen. Heute gibt es Schmorbraten, wenn du nach Hause kommst. Warum schließt du heute nicht früher, wenn eh keiner kommt?“

Holger saß da und war wie vor den Kopf gestoßen. Solche Worte hatte er von seiner Frau schon eine Weile nicht mehr gehört. Manchmal ließ sich die Welt durch eine kleine Geste wieder richten. Zu sehr hatte er sich die letzten Jahre in die Arbeit vergraben und alles um sich herum vernachlässigt. Schon mehrmals hatten sie sich deswegen gestritten, einmal so heftig, dass er eine Woche in der Gaststätte übernachtete, bis sie sich entschuldigt hatte.
Er atmete tief durch und beschloss, sofort zu gehen. Auf ein leeres Blatt Papier kritzelte er:
Gaststätte heute geschlossen.
Holger hängte es sichtbar an die Eingangstür. Nach der Kontrolle schloss er ab. Schnellen Schrittes lief er zu seinem Wagen und fuhr nach Hause, ohne sich umzudrehen.

4

SAMSTAG

Der Regen hörte nach und nach auf. Nachdem ihn der Albtraum die letzten Nächte immer wieder geweckt hatte, konnte er in dieser bis morgens durchschlafen.
Heute war sein freier Tag. Der Blick auf die Wettervorhersage hob seine Stimmung augenblicklich. Dort stand für die nächsten zehn Tage nur Sonnenschein. Die ganze Woche hatte es geregnet.
Zufrieden lief er in Richtung Küche, um zu frühstücken. Die letzten beiden Brotscheiben waren verschimmelt. Er bemerkte es, als er sie mit Butter bestrich. Missmutig warf er sie in den Müll und nahm das Toastbrot aus dem Schrank.
Es gab nichts Besseres als Toast mit Aufstrich. Mit dem Blick in den fast leeren Kühlschrank war ihm klar, dass er sich nicht ums Einkaufen drücken konnte. Er kratzte den letzten Rest aus dem Marmeladenglas und strich es auf den Toast. Beim Reinbeißen spritzten die Krümel in alle Richtungen.
Herrlich, dachte er und schloss genießerisch die Augen. Er überlegte, was er den in den nächsten Tagen kochen könnte. Erst als er das Toastbrot gegessen hatte, holte er sich einen Block und einen Stift. Er schrieb alles auf, was ihm einfiel.

„Klopapier fehlt.“

Das fiel ihm ein und kritzelte es auf sein Blatt. Er beschloss, gleich einkaufen zu gehen.

Die Tasche mit den Pfandflaschen stand seit Tagen im Flur. Über sie war er mehrmals gestolpert. Leichtfüßig schritt er mit Tasche, Geldbeutel und Schlüssel die Treppe hinunter. Seine Wohnung lag mittig in dem fünfstöckigen Haus. Die anderen Mieter kannte er kaum, nicht mal die Namen.
Draußen grinste er die beiden Jungs an. Sie sortierten emsig ihre Spielkarten. Erste Sonnenstrahlen suchten sich den Weg durch die dunklen Wolken. Der Supermarkt war um die Ecke. Dort kaufte er am liebsten ein.
Heute war es voller als sonst. Samstag früh einzukaufen war nicht die beste Idee, aber diesmal hatte er keine Wahl. Erst nach zehn Minuten konnte er seine Pfandflaschen abgeben. Eier, Toast und Marmelade fanden schnell Platz im Einkaufskorb. Er stand vor den Tiefkühlpizzas und wusste nicht, welche er nehmen sollte. Er griff eine Pizza. Wahllos. Ein Blick auf seinem Einkaufszettel erinnerte ihn, dass er die Milch vergessen hatte.
Suchend schaute er sich um, als ihm die grauhaarige ältere Dame auffiel. Sie stand vor dem Keksregal und versuchte, an die obersten zu kommen. Sie schaffte es nicht. Sofort regte sich sein Helferkomplex. Es fehlte nicht viel und er hätte seinen Einkaufskorb fallen lassen, nur um ihr zu helfen.

„Welche Kekse möchten Sie den haben?“, fragte er sie und schickte ein Lächeln hinterher.

„Ach wissen Sie“, antwortete sie, „wenn man so alt und so klein ist, sollte man nicht allein einkaufen gehen.“ Dabei sah sie so traurig aus, dass es ihm eng ums Herz wurde.

„Geben Sie mir bitte die Biokekse?“, sagte sie, als er keine Antwort gab.

„Aber gerne.“ Er reichte sie ihr. Dabei überrollte ihn eine Welle neuer Energie. Das Gefühl gebraucht zu werden. Etwas, das ihm die letzten Tage gefehlt hatte. Der Chef hatte ihn mehrfach angeschrien. Ein weiteres Gefühl regte sich in ihm. Tatendrang. Der Blick auf seine Uhr sagte ihm, dass es wieder Zeit wurde.

„Danke schön“, riss ihn die ältere Dame aus seinen Gedanken.

„Immer gerne“, sagte er zerstreut. Schnell lief er zur Kasse, ohne an die anderen Sachen zu denken, die er kaufen wollte.
Als er nach Hause kam, stellte er die Tasche ab. Er packte alles in den Kühlschrank.
Seine Gedanken kreisten. Es ließ ihm keine Ruhe. Fast stolperte er über die eigenen Füße.
Im Schlafzimmer öffnete er die Tür vom großen Schrank. Er stellte sich auf die Zehenspitzen und versuchte, etwas im obersten Fach zu greifen. Es gelang ihm nicht.
Suchend schaute er sich nach dem Stuhl um. Der stand am Fenster. Er hatte nachts dort gesessen.
Auf dem Stuhl stehend fiel es ihm leicht, die Wäsche zu verschieben. Ganz hinten in der Ecke war die versteckte Kiste.
Erleichterung machte sich in ihm breit. Er hob sie heraus. Sie war ein wenig eingestaubt. Er pustete. Und hustete, als es ihn kitzelte.
Er ließ sich auf sein Bett nieder. Seine Hände zitterten leicht, als er die Kiste vor sich aufschloss.
Alles war da. So, wie er es hineingelegt hatte. Mit den Fingern fuhr er durch die Gegenstände.
Jedes Einzelne stellte für ihn eine Erinnerung dar. Er fing an zu grübeln. Dachte nach. Und nahm den Ring heraus. Er drehte ihn und ließ ihn im Licht leuchten.

Als ich meine Augen öffnete, schien sich die Welt um mich herum zu drehen. Schnell schloss ich sie wieder. Mein Kopf brummte. Bei der Party gestern hatte ich mehr getrunken, als ich vertrug.
Ich versuchte, mich zu erinnern, aber es half nicht. Suchend tastete ich nach der Wasserflasche. Sie stand nicht neben dem Kästchen. Panisch rutschte ich an den Rand vom Bett und versuchte, mit einem Auge die Flasche zu finden. Sie stand eine Armlänge entfernt mitten im Raum. Die Zeit, mich darüber zu wundern, hatte ich nicht. Ich setzte mich auf und trank in einem Zug den Rest, der in der Flasche war, aus. Mein Blick fiel auf mein Handy. Ich hatte vergessen, es amLadekabel anzuschließen.
Seufzend griff ich danach und stöpselte es an. Nach einigen Sekunden fuhr es hoch und zeigte mir ein paar neue Nachrichten an. Die Letzte kam von Max.

„Nicht vergessen, um halb zehn hol ich dich ab zum Brunchen :"*

Mit weit aufgerissenen Augen starrte ich auf die Uhr. Sie schaltete von 9.17 Uhr auf 9.18 Uhr um. Das hatte ich vergessen.
Wie konnte ich mich in zehn Minuten anziehen und schminken? Mein Kopf schien zu explodieren. Ich tippte schnell eine Antwort:

„Hab es nicht vergessen :) brauche ein paar Minuten länger."

In der Schublade vom Nachtkästchen fand ich ein paar Aspirin. Ich nahm gleich zwei heraus und stand auf. Mit dem Schokoriegel, der oben drauf lag, verschwand ich im Bad. Innerhalb von ein paar Minuten war ich geduscht und zog mich an. Schwarze Hose, rote Bluse. Ich schnappte meine Tasche und lief die Treppe hinunter.
In dem Moment klingelte es an der Tür. Max stand mit seinen pechschwarzen Haaren und dem umwerfenden Lächeln vor der Tür.

Ich konnte nicht anders wie zu lächeln, als er mich an sich zog und küsste. Seine Lippen waren warm und weich und es fühlte sich verdammt gut an.

„Du siehst verschlafen aus“, neckte er mich.

„Gar nicht“, versuchte ich mich, herauszureden.

„Ich sehe es dir doch an“, flüsterte er in mein Ohr. Ich löste mich aus seiner Umarmung und angelte meinen Schlüssel vom Brettchen. Nachdem ich die Tür zugezogen hatte, stieg ich zu ihm ins Auto.

„Wo fahren wir hin?“, fragte ich ihn. Er blickte mich kurz an und grinste nur.

„Wirst sehen“, antwortete er nach einigen Sekunden. Er sagte nichts, ich gab nach weiteren Fragen auf und schaute mir die Landschaft an.
Der Weg kam mir bekannt vor. Aber erst als er zum Parkplatz *„Zum blauen Wald“* abbog, dämmerte mir, wohin er mich führen wollte.

„Wie hast du im *Blauen Wald* einen Tisch bekommen?“, fragte ich erstaunt. Dort bekam man am Wochenende nur mit langer Vorlaufzeit einen Platz. Vor allem bei heißem Wetter.

„Verrate ich nicht“, sagte er grinsend. Schwungvoll parkte er ein. Wir nahmen die drei Stufen hoch zum Gasthaus. Es lag direkt am Wildsee und man konnte ihn fast überblicken.
Ich entdeckte die kleine Lichtung, die Max mir vor ein paar Wochen gezeigt hatte, als wir hier schwimmen waren.
Der Wildsee war einer der Badeseen in der Umgebung. Er wurde von Quellen mit Wasser versorgt. Dadurch war es immer herrlich frisch und kühl.
An der kleinen Terrasse blieb ich kurz stehen. Ich sog den Anblick ein, wie die Sonne hinter der Felswand auftauchte. Es brachte das Wasser zum Schimmern.
Einige Menschen schwammen oder lagen auf einer Liege in der Sonne. Der Strand zog sich um den halben See. Angefangen von der Gaststätte bis hin zur Felswand.
Max zog mich hinein. Er hatte Hunger. Der Wirt kam uns freudestrahlend entgegen.

„Max!“, rief er quer durch den Raum, sodass sich alle zu uns herumdrehten. „Schön, dich wiederzusehen!“

Mir blieb fast der Mund offen stehen. Wie konnte es sein, dass die beiden sich kannten?

„Hallo Holger! Hast du den Tisch frei?“, antwortete Max. Die Männer umarmten sich kurz.

„Aber natürlich. Wenn du schon so hübschen Besuch mitbringst“, zwinkerte er mir zu. Ich errötete und mir war das alles peinlich.

Max nahm mich an der Hand und wir folgten Holger, der uns an der Theke vorbei weiter nach hinten führte. Dort stockte mir der Atem.
Ein Tisch für zwei Personen hatte in der Nische Platz. Der Ausblick aus den bodenhohen Fenstern über den Wildsee war herrlich.
Auf dem Tisch standen eine große Kerze, ein Brotkörbchen und eine kleine Auswahl an Aufstrichen da. Alles für ein Brunch. Mir fiel nichts mehr ein und so nahm ich wortlos Platz.

„Gefällt es dir?", fragte Max vorsichtig. Ich nickte nur und ließ meinen Blick nicht vom Fenster weg.

„Das freut mich. Ich wollte dir was Positives zeigen, etwas, dass dich an die schönen Dinge im Leben erinnert."

Ich schluckte den Kloß in meinem Hals hinunter und murmelte ein *Danke*. Verschämt wischte ich mir die Tränen aus den Augen. Mir fiel keine Erwiderung ein.
Was hätte ich sagen sollen? Er war so lieb zu mir die letzten Wochen gewesen, hatte mich fast jeden Tag besucht oder nach der Schule abgeholt und ich wollte nur meine Ruhe haben. Nur ihm zuliebe war ich mitgegangen.

„Du bist mir wichtig, Anna und ich will dich nicht verlieren. Ich weiß, dass es dir nicht gut geht, das spüre ich", sagte er leise und nahm meine Hand. Ich schaute ihn an und mir lief eine Träne die Wange hinunter. Er kannte mich inzwischen. Max war der Einzige, mit dem ich reden konnte oder an mich heranließ. Bei allen anderen spielte ich die Situation herunter. Es ginge mir besser, war meine Antwort auf ihre Fragen. Doch in Wahrheit stand ich kurz vor einem Zusammenbruch.

„Ich würde mir wünschen, dass du eine Therapie angehst und darüber redest, was passiert ist. Damit ich meine Sorgen vergraben kann“, sagte er leise.

In dem Moment brach ich zusammen. Die Tränen schossen nur so aus mir heraus, entließen meine Ängste in die Freiheit.

„Schhhh“, machte Max bestürzt und kam zu mir herum, um mich fest in die Arme zu schließen.

„Versprochen“, brachte ich mühsam hervor. Max reichte mir ein Taschentuch. Ich wischte die Tränen weg.

„Alles okay?“, fragte Max und schaute mich prüfend an.

„Ja.“ Ich lächelte leicht. Er setzte sich wieder auf seinen Platz und reichte mir ein Brötchen.
Ich fühlte mich erleichtert und frei wie schon lange nicht mehr. Ein kleiner Lichtblick war am Horizont zu sehen, wo die letzten Wochen nur Dunkelheit geherrscht hatte. Wie er dasaß und mich anstrahlte, da wurde mir klar, wie es ihn verletzt hatte, als ich mich immer abweisend verhalten hatte. Er wollte mir helfen. Ja, ich würde die Therapie anfangen. Nur ihm zuliebe.

5

MONTAG

William saß an seinem Schreibtisch, die frische Tasse Kaffee neben sich. Sie dampfte. Er las den Bericht des Pathologen. Schon am Donnerstag hatte Klaus ausgesprochen, was beide dachten:

„Das Mädchen ist 22 Jahre alt und wurde erdrosselt. Das Zungenbein ist gebrochen."

Seufzend lehnte er sich zurück. Er hatte die ganze Zeit recht. Sie war nicht freiwillig verschwunden, sondern ermordet worden. Er nahm das Bild von Tina in die Hand. So ein wunderhübsches Mädchen. Was war ihr nur zugestoßen?
Sie war nur zur falschen Zeit am falschen Ort, mahnte die Stimme in Williams Kopf. *Da kann nur der Täter etwas dafür.*
Er schaute auf, als sich die Tür zu seinem Büro öffnete. Ein Streifenbeamter trat ein.

„Guten Tag, Herr Herle", sagte er, „die Frau Schwarz erwartet Sie am Empfang."

Er hatte Frau Schwarz zum Präsidium eingeladen. Er wollte das Gespräch nicht bei ihr Zuhause führen. Es wäre zu persönlich. Eine neutrale Umgebung war für alle die beste Lösung. Es war kurz vor zehn, sie war pünktlich erschienen.

„Ich hole sie persönlich ab“, antwortete William. Der Beamte nickte und verließ das Büro. Er atmete tief durch, nahm die Akte in die Hand und lief die beiden Stockwerke hinunter zum Empfang.
Dort saß Frau Schwarz an dem kleinen Tisch am Fenster. Hinter ihr fuhren Autos vorbei. Bleich sah sie aus, aber gefasst. Er hatte ihr nicht alles am Telefon erzählt, sondern ihr nur gesagt, man habe ihre Tochter endlich gefunden.

„Guten Tag, Frau Schwarz“, sprach William sie an. Sie hob den Kopf und schaute ihn direkt an. Der Ausdruck in ihren Augen erschreckte ihn. Voller Kummer und Hoffnungslosigkeit, die traurige Gewissheit, sein Kind zu überleben.

„Guten Tag, Herr Hauptkommissar.“ Ihre leise Stimme zitterte.

„Ich habe einen Raum mit etwas Ruhe geschaffen. Dort werden wir besprechen, was passiert ist.“

„Ja.“ Ihre kurze Antwort ließ den tiefen Schmerz erahnen. Sie folgte ihm wortlos in den ersten Stock. William hatte frühmorgens alles hergerichtet. An dem runden Tisch in der Mitte stand eine Vase mit frischen Blumen, daneben zwei Brezeln mit Butter, eine Kanne Kaffee, Tassen, Teller und Löffel.
Schweigend setzten sie sich und William reichte ihr eine Tasse, in welche er zuvor Kaffee eingeschenkt hatte. Dankend nahm sie sie und nahm einen Schluck.

„Etwas Warmes zu trinken ist immer wohltuend“, sagte sie nach einer Weile.

„Da haben Sie recht“, erwiderte William. „Ich weiß nicht, was ich sagen soll.“

„Das ist egal“, antwortete sie. „Wichtig ist nur, dass Gewissheit herrscht. Jetzt ist es mir wenigstens möglich, mein Kind zu Grabe tragen.“

Die Worte hallten in William nach.

„Wir wissen nicht, was passiert ist. Sie ist, wie es aussieht, erwürgt worden.“

„Und dann wie Dreck entsorgt!“, unterbrach sie ihn wütend. „Halb verscharrt im Boden, damit sie niemand mehr finden konnte!“

William schwieg. Ihm fiel keine passende Phrase ein, mit denen er normalerweise um sich warf.

„Wenn der schreckliche Regen nicht gewesen wäre, würde ich Jahre auf eine Nachricht von ihr warten! Manchmal wünschte ich, sie wäre nur abgehauen und würde heute an einem schönen Ort wohnen!“

Der heftige Ausbruch von Frau Schwarz behagte William nicht. Leider war er nicht in der Lage, der Stimme in seinem Kopf zu entrinnen, die ihr Recht gab.
Wäre sie geflohen, hätte es keinen Mordfall gegeben. Es gab keine Hinweise auf den Täter. Der Regen hatte alles fortgespült. Klaus hatte den Tatort mit einem Sieb durchsucht. Ein Schlüssel und leerer ein Flachmann ohne Deckel, mehrere Kippen, mehr hatte er nicht gefunden.

„Es tut mir leid“, sagte William nach ein paar Minuten leise. „Ich werde denjenigen finden, der ihr das angetan hat. Das verspreche ich Ihnen.“

Sein Versprechen lag ihm schwer im Magen. Er wusste nicht, ob er es halten konnte.

„Danke“, murmelte Frau Schwarz. „Das bedeutet mir viel. Es tut mir leid, was ich eben gesagt habe.“

„Alles in Ordnung“, beruhigte William sie.

Als er später allein in seinem Büro saß, nahm er Tinas Bild in die Hand und seufzte.
Ein Versprechen war schneller gegeben, wie es eingehalten wurde. Die Gewissheit, dass das Mädchen tot war, nagte an ihm. Die Suche nach dem Täter startete erst jetzt. Er hoffte, dass Ben bei der Analyse der Fundstücke etwas fand.

6

MONTAG NACHMITTAG

Die Uhr im Krankenhaus schaltete auf elf um. Ursula Maier versuchte, sich im Bett umzudrehen. Doch sie schaffte es nicht. Ihre gebrochene Hüfte schmerzte bei jeder Bewegung. Sie hatte die Kellertreppe gewischt. Die Jungs hatten die Fließen mit Holzstaub verdreckt. Den schleppten sie immer aus ihrer Werkstatt herein. Da ihre Mutter zu Besuch kam, wollte sie sauber machen.
Beim Wischen übersah sie eine Stufe und fiel nach unten. Schmerzen schossen durch ihren Körper und sie hatte aufgeschrien. Ihr Mann hatte sie gleich ins Krankenhaus gebracht. Seit fast zwei Wochen war sie hier.
Sie seufzte und drückte auf den Knopf, welcher die Krankenschwester rief. Wenn sie Glück hatte, würde der junge Pfleger kommen. Den hatte sie gern. Er war immer höflich und zuvorkommend. Oft wusste er schon, was sie brauchte. Und selbst das Waschen nahm sie ihm nicht übel. Die Tür öffnete sich und Irma kam herein.

„Was kann ich tun?“, fragte sie mit russischem Akzent. Ihr Lächeln ließ Ursula ihre kleine Enttäuschung fast vergessen.

„Ich … ich würde mich gerne ein wenig anders hinlegen, aber ...“
Um Hilfe bitten lag ihr nicht und so kamen die Worte nur zögerlich über ihre Lippen.

„Kein Problem“, sagte Irma. Sie stützte sie und gemeinsam gelang es ihnen, eine bequeme Position im Bett zu finden.

„Danke“, murmelte Ursula.

„Immer gern“, lachte Irma. „Melden Sie sich, wenn wir etwas tun können. Gegen eins gibt es dann Mittagessen.“

Ursula nickte und wandte sich wieder ihrem Buch zu. So viel wie in den letzten beiden Wochen hatte sie seit Jahren nicht gelesen. Ihr Mann arbeitete den ganzen Tag und die Jungs waren unterwegs. Sie las die letzte Seite nochmal und war sofort wieder im Geschehen.
Plötzlich klapperte es neben ihr. Erschrocken schaute sie auf und nahm dann erst wahr, dass der junge Pfleger mit dem Mittagessen dastand.

„Verzeihung“, stammelte sie. „Ich habe sie nicht gehört.“

„Nichts passiert“, beruhigte der Pfleger sie. „Sie waren so vertieft in ihr Buch, kann ich verstehen.“

Sie grinste verschmitzt wie ein kleines Kind und hob den Deckel vom Teller. Der Geruch von gebratenem Gemüse mit Spätzle stieg ihr in die Nase. Es dampfte.

„Frisch aus der Küche“, meinte der Pfleger und überprüfte die Kochsalzlösung.

„Geben Sie mir eine Spritze Morphium?“, fragte Ursula leise. Der Pfleger schaute sie prüfend an und sagte: „Ausnahmsweise. Ich hole sie.“

Er ließ die Tür hinter sich zu fallen und kehrte nach ein paar Minuten wieder zurück.

Ursula hatte ein paar Löffel vom Gemüse genascht. Er nickte wohlwollend und ließ den Inhalt der Spritze durch den Schlauch laufen.
Sie seufzte. Das Medikament wirkte schnell. Aus dem Augenwinkel sah sie ein Grinsen im Gesicht des Pflegers, dass ihr plötzlich einen Schauer über den Rücken laufen ließ. Mit einem Schlag wurde es kalt im Zimmer.

„Was haben Sie mir gegeben?“, fragte sie bestürzt. Der Pfleger lachte leise. Ihr wurde heiß und kalt gleichzeitig und ihr Herz klopfte immer schneller. Ihr ganzer Körper zitterte.

„Hilfe“, krächzte sie, als ein epileptischer Anfall sein Höchstmaß erreichte. Doch es war zu spät. Sie spürte, wie der Pfleger sich bewegte, doch im selben Moment wurde alles dunkel und sie glitt in die bodenlose Schwärze …

7

DIENSTAG

William seufzte laut. Flo's Blick ignorierte er. Die frühen Besprechungen machten ihm zu schaffen. Um sechs, mit dem ersten Kaffee in der Hand war er nicht fit, um sich mit langweiligem Kram zu befassen. Als Chef musste er alles wissen. Heute kam es ihm ungelegen. Kevin's monotone Stimme machte die Sache nicht besser. Er erzählte von einem Unfall.
In der Nacht war ein junger Mann mit dem Auto seines Vaters unterwegs. Er fuhr zu schnell und missachtete rote Ampeln. Dabei fuhr er auf einen Golf auf, beide Fahrer wurden schwer verletzt. Die Feuerwehr band das Benzin. William nickte nur, als Kevin ihn anschaute.

„Die Straße soll freigegeben werden, bevor der Berufsverkehr kommt!"

Er nahm den Stapel Papier, der ihm von der Leitstelle hingelegt worden war und teilte die Teams ein. Ein Haftbefehl und zwei Vernehmungen standen aus. Die Kollegen verließen schnell den Raum. William blieb sitzen. Er blätterte durch den Stapel. Seine Gedanken drehten sich im Kreis. Er musste mit den anderen sprechen.
Flo wartete im Büro auf ihn. Er saß auf dem Sofa, eine Akte auf dem Schoß. Die Kaffeetasse stand vor ihm. William legte den Stapel Papier ab. Die Tür öffnete sich und Ben trat ein. Wie immer ohne anzuklopfen. Er grinste.

„Ist was?“, fragte William verwundert. Er fand es seltsam, dass Ben so grinste. Der schüttelte nur den Kopf.

„Gibt es was Neues zu den Fundstücken?“

Keiner antwortete. Die Blicke blieben auf den Boden gerichtet. Flo nahm seine Tasse und trank einen Schluck. William schaute zwischen den beiden hin und her.

„Nein, es gibt keine positiven Nachrichten“, sagte Ben, als er die Stille im Raum nicht mehr aushielt. Er streckte William eine Akte hin.

„Das Ergebnis ist negativ. Der Regen hat alles zerstört.“

William warf die Akte auf den Schreibtisch und fuhr sich durch die Haare. Er wusste nicht weiter. Wie sollte er ohne Hinweise nach dem Mörder suchen?

„Gab es nicht mal Spuren an dem Flachmann, der neben dem Skelett gefunden wurde?“

Ben schüttelte den Kopf. Er griff zur Akte und schlug eine Seite auf. Dann hielt er sie William hin.

„Ohne den Deckel ist das nicht möglich. Dafür lag er zulange in der Erde. Der Schlüssel passt zum Haus der Familie.“

William nickte zustimmend. Das hatte er befürchtet. Er schüttelte den Kopf, wollte es nicht wahrhaben. Flo sagte kein Wort. Ben legte den Kopf schief.

„Was jetzt?“, fragte Ben. William brummte. Eine Antwort blieb er ihm schuldig. Er blätterte durch die Akte. Ihm fiel nichts ein. Ohne Spuren war das aussichtslos.

„Ich werde die Akte in Ruhe durchlesen. Dann sehen wir weiter."

Holger stand auf der Terrasse. Er nahm den letzten Zug der Zigarette und drückte sie aus.
Ein Geräusch riss ihn aus seinen Gedanken. Er drehte sich um. Ein weißer Transporter fuhr um die Kurve und parkte direkt vor dem Haus. Holger war nicht erfreut. Die Parkplätze waren nicht für jeden gedacht. Ein Mann stieg aus, er winkte ihm fröhlich zu und öffnete die seitliche Tür. Holger sah verschiedene technische Geräte und blinkende Lichter. Der Mann mit den braunen Haaren kam auf ihn zu.

„Ich bin Matthias Holzapfel", sagte er und drückte Holger die Hand. „Wir werden heute ein paar Teste vornehmen."

Holger fühlte sich überrumpelt. „Kein Problem", murmelte er. Matthias hörte ihm nicht zu. Er gab seinen beiden Männern einen Wink.

„Das dahin. Tom, bring mir das. Nein, das daneben! Von wo aus läuft man am besten bis zu den Felsen? Wir brauchen Proben aus dem Wildsee."

Wortlos zeigte Holger auf den Pfad, welcher neben dem Haus in die Büsche verlief. Er wurde von Touristen benutzt und führte am Wildsee vorbei zur Felswand und weiter auf den Hauptweg zur Ruine.

„Perfekt", rief der Mann mit leuchtenden Augen. „Los Jungs, auf geht's zum Proben sammeln!"

Das ließen die sich nicht zweimal sagen und rannten fast den Pfad entlang. Holger schüttelte den Kopf. Der Ruf des Ehepaares lenkte ihn zurück zu seiner Arbeit. Er lief auf sie zu und fragte nach ihrem Wunsch.

Holger schaute erst wieder auf, als die Männer zurückkamen. Einer hielt eine Kiste mit mehrere Proben. Auf den Behältern las er die Wörter *Wasser*, *Erde* und *Stein*.

„Was empfehlen Sie als Tagesgericht?“, fragte Matthias. Holger reichte ihm die Karte, die neben der Kasse lag.

„Einen Moment, bitte“, murmelte er gestresst. „Setzen Sie sich doch an den Tisch in der Ecke, ich komme sofort.“

Matthias winkte seinen Männern. Zu dritt quetschten sie sich an den Ecktisch. Der war nur für zwei Personen gedacht. Es schien sie nicht zu stören. Einer schrieb in ein Notizbuch, die anderen redeten auf ihn ein.

Holger versuchte, eine ältere Dame zu beruhigen. Sie sagte, eine Schnecke sei in ihrem Salat gewesen. Er fand sie nicht.

„Ich werde Ihnen einen neuen Salat richten. Das braucht ein paar Minuten!“

Widerstrebend ließ sich die Dame darauf ein. Sie ging mit erhobener Nase hinaus. Er schüttelte den Kopf und rief seine Kellnerin.

„Bernie, mach doch bitte für die Frau Müller einen neuen Salat. Und guck ihn dir an, nicht, dass doch Schnecken drin sind!“

„Ja, Boss", sagte die Blondine, nickte und verschwand mit dem Salatteller in der Küche.
Quietschend schwang die Tür hinter ihr. Er kam nicht um das Ölen herum. Doch die Gäste hatten Vorrang.

„Was möchten die Herren zu trinken?", fragte Holger die Männer, als er ihren Tisch erreichte.

„Für jeden ein Hefeweizen und das Wiener Schnitzel mit Pommes, bitte", antwortete Matthias fröhlich. Holger warf einen kurzen Blick auf das Blatt mit Zahlen und Kürzeln, doch sie sagten ihm nichts. Daher nickte er kurz und lief zurück zur Küche.

„Tim, machst du mir dreimal Schnitzel mit Pommes?", rief er hinein. Sein groß gewachsener schlanker Koch winkte ihm zu.

„Geht klar, Boss!"

Holger lachte. Er widmete sich seinen anderen Gästen, bis Tim ihn rief und die Teller bereitstellte. Schnell brachte er sie zu den Männern. Die freuten sich und langten zu. Matthias kam auf ihn zu, nachdem sie die Rechnung bezahlt hatten.

„Wir freuen uns jetzt schon, bei Ihnen zu übernachten. Mir gefällt diese wilde Felsformation. Ich melde mich in den nächsten Tagen. Dann quartieren wir uns hier ein paar Wochen bei Ihnen ein."

Holger nickte, bevor die Männer verschwanden. Am Abend lehnte er sich zufrieden an der Säule an. Er blies den Rauch seiner Zigarette gen Himmel. Sein Blick fiel auf die Felswand gegenüber. Die letzten Strahlen der Sonne ließ sie leuchten.

8

FREITAG

Ich starrte verdrossen in mein Cocktail Glas. Die Jacky Cola schmeckte mir nicht. Jenny war nirgends zu sehen. Sie hatte den halben Abend mit einem Typen geflirtet und war mit ihm verschwunden. Genervt stupste ich ihr Handy an. Es zeigte 23:27 Uhr an.
Max hatte keine Zeit, um mit uns beiden auf die kleine Party in die *Fassbar* zu kommen. Allein mochte ich nicht sitzen bleiben. Einen Streit ebenso wenig. Am besten, ich machte mich auf die Suche nach ihr.

Ein letzter Schluck aus dem halb leer getrunkenen Glas, dann stand ich auf. Der Alkohol wirkte und ließ mich kurz schwanken. Ich stützte mich auf dem Tisch ab und angelte meine Tasche von der Stuhllehne. Sie war klein, nur Platz für mein Handy und ein bisschen Kleinkram.
Als ich mich durch die tanzenden Menschen drängelte, fühlte ich mich unwohl. Ich musste aufpassen, dass ich nicht von ihnen angestupst wurde. Zum Glück war die Tanzfläche nicht groß. Ich drückte mich an zwei Mädchen vorbei in Richtung Toilette. Fast stolperte ich die kleine Treppe hinauf.
Um die Ecke war ich daher schneller wie gedacht. Ich entdeckte sie sofort. Jenny drückte sich an den großen blonden Mann neben der Tür zur Toilette. Sie küssten sich innig.
Ich verdrehte die Augen. Man konnte sie nicht allein lassen. Seit sie vor ein paar Wochen mit Sebastian Schluss gemacht hatte, tobte sie sich aus. Das war jetzt mindestens

der fünfte Kerl, mit dem sie wild knutschte. Vor meinen Augen. Ich tippte ihr auf die Schulter und fing mir fast ein Ellenbogen ein. Sie schaute kurz zu mir.

„Ich gehe jetzt nach Hause!“, brüllte ich in ihr Ohr. Sie brummt nur und wandte sich wieder ihrem Typen zu. Sie knutschten und dann steckte er ihr die Zunge in den Hals. Das nahm ich als Zeichen mich zu verkrümeln.
Kalte Luft traf mich, als ich hinausging. Ein bisschen klingelte es in meinen Ohren. Die Musik war mehr als laut. Ein paar Kerle standen rauchend in der Ecke und beobachteten mich. Ich beschleunigte meine Schritte.
Von der *Fassbar* lief ich etwa eine halbe Stunde nach Hause. Ein Taxi oder gar meine Eltern anzurufen, fiel mir nicht ein. Ich wollte nachdenken.
Laufen war dafür die beste Möglichkeit. Lasse, mein kleiner Labrador, war immer Feuer und Flamme. Doch jetzt war ich allein, ohne ihn, ohne das Gefühl, beschützt zu sein.
Ich zog die Jacke enger um meinen Körper. Obwohl erst September war, wurden die Nächte inzwischen kalt. Langsam kündigte sich der Winter an.
Das Gefühl, beobachtet zu werden, verstärkte sich. Es war nur eine Ahnung, aber sie jagte mir mehr Angst ein, als ich mir eingestehen mochte. Vorsichtig schaute ich mich um. Ein paar hundert Meter vor mir sah ich den hell erleuchteten Bahnhof. Die Laternen beleuchteten die verlassene Straße. Hinter mir bog ein Auto ab. Seine Scheinwerfer blendeten mich und so schaute ich wieder nach vorn.
Beim Bahnhof nahm ich die Unterführung. Meine Schritte hallten ohrenbetäubend laut. So kam es mir vor. Ein Geräusch hinter mir ließ mich herumwirbeln. Doch da war niemand. Ich schaute, es sah aus wie immer. Das Geräusch wiederholte sich nicht. Mein Herz beruhigte sich langsam, während ich mich bemühte, normal zu laufen.

Froh bog ich ein paar Minuten später in meine Straße ein. Nur etwa 470 Meter und ich war zuhause.
Plötzlich pochte mein Herz. Adrenalin schoss durch meine Adern. Jemand verfolgte mich. Sein Schatten hatte ihn verraten. Fast panisch zog ich den Schlüssel aus der Hosentasche und fühlte mich kaum sicherer. Ich wagte nicht, mich umzudrehen. Seit ich die zwei Tage in der Blockhütte eingespart gewesen war, neigte ich zur Panik.
Mit zitternden Händen steckte ich den Haustürschlüssel ins Schloss. Nach dem dritten Anlauf schaffte ich es. Ich schlug die Tür hinter mir zu, ohne an meine Eltern oder meinen Bruder zu denken. Mein Herz pochte wie verrückt, ich bekam kaum Luft. Langsam rutschte ich mit dem Rücken an der Wand hinab auf den Boden und zog die Knie an meinen Körper. Ich hielt mich fest und versuchte langsam und tief zu atmen.
Als ich mich wieder sicher fühlte, stand ich auf und streifte meine Schuhe ab. Leise tapste ich die Treppe hinauf zum Zimmer. Ohne Licht anzuschalten warf ich die kleine Tasche auf den Boden und lief zum Fenster. Ich drückte meine Stirn an die kühle Scheibe und schaute hinaus auf die dunkle Straße. Es war beruhigend.
Mich übermannte die Müdigkeit. Schnell putzte ich meine Zähne und zog ein anderes T-Shirt an. Kaum lag ich eingekuschelt im Bett, schlief ich auch schon ein.
Daher sah ich nicht, wie sich draußen eine dunkle Gestalt aus dem Schatten des Baumes löste und fortschlich.

9

MONTAG

„Es klappt!“, jubelte Matthias. Der Geologe stand an der Tür und hielt ein Schreiben in der Hand.

„Wir können starten?“, fragte Sophie. Sie schaute zu Matthias. Er nickte.

„Montag geht es los. Je eher, desto besser. Bevor der Regen kommt.“

„Das ist ein großer Durchbruch“, warf Ludwig in den Raum. „Die Höhlen sind ja ewig nicht erforscht worden!“

Die Stadt sperrte vor ein paar Jahren nach einem Unfall die Höhlen. Matthias konnte seine Aufregung kaum verbergen. Tom‘s Vorschlag, die Höhlen im Wildsee zu erforschen, kam aus dem Nichts. Und doch ließ es ihn nicht los.

„Die Stadt schießt einen Teil des Betrages zu“, erzählte er weiter. Tom grinste. Daher wehte der Wind. Matthias war sich sicher, dass Tom seine Finger im Spiel hatte.

„Wer taucht?“, fragte Ludwig neugierig.

„Geplant sind du, ich und Tom“, sagte Matthias und nickte. „Der Fels ist instabil. Da will ich nur die Besten!“

Keiner widersprach. Als Matthias an seinem Schreibtisch saß, fiel sein Blick auf das Bild. Seine Tochter hatte es ihm zu Weihnachten geschenkt. Darauf stand er vor einer Höhle, in die sie geklettert waren.
Als Geologe hatte er den besten Job. Seit seiner Kindheit war er von Höhlen und Wasser fasziniert. Es gab fast keine, in welcher er nicht schon geklettert war. Mit der Tauchlizenz hatte er seine Leidenschaft mit im Beruf vereint.
Die Stadt wollte den Wildsee bald wieder freigeben. Sie sperrten ihn, nachdem mehrere Taucher fast ertrunken waren. Kurz vorher war ein Stück Fels abgebrochen und hatte fast ein Kind erschlagen. Baden war daher nur im vorderen Bereich erlaubt. Zur Kante durfte man nicht schwimmen. Der Eingang zu den Höhlen lag dort. Den Legenden nach führten sie bis hinauf zur Ruine Wildberg. Bestätigt wurde das nie. Vor etwa zehn Jahren verschwanden dann zwei Taucher. Von Freunden wusste man, dass sie in die Höhlen wollten. Man nahm an, sie seien ertrunken. Die Stadt verschloss mit einem Gitter den Eingang. Niemand sollte je wieder in den Höhlen tauchen. Kinder fanden ein paar Tage später einen abgerissenen Arm. Er sah erst aus wie ein Stock.
Nach der Zeit im Wasser konnte die Polizei ihn nicht eindeutig zuordnen. So war ihr Verschwinden bis heute nicht geklärt.
Matthias schob die Gedanken beiseite. Der Bericht stand aus, der Chef wollte ihn bis heute Abend auf dem Tisch haben. Seufzend öffnete er die E-Mail und begann zu tippen.

Ludwig sah sich um. Er zog an der obersten Schublade. Verschlossen.
Er atmete durch. Langsam wurde es ernst. Alles kribbelte in ihm.
Um nicht gestört zu werden, schloss er die Tür zum Büro ab. Niemand sollte es sehen.
Den kleinen Schlüssel bewachte er wie seinen Augapfel. Er zog die Schublade auf. Darin lag die Akte. Er nahm sie heraus.
Beim Aufschlagen fiel ihm die Karte des Wildsees entgegen. Sie war alt. Eine Kopie aus dem 16. Jahrhundert. Einige verblasste Linien stellten Gänge dar. Angeblich führten sie vom See bis hoch zur Ruine.
Dort lag der Schatz des Grafen von Wildberg. Er hatte während der Belagerung alles in die Gänge geschafft. Niemand war es gelungen, ihn zu bergen. Eine Truhe voller Goldmünzen. Sie lag in den Höhlen vergraben.
Und jetzt war seine Chance gekommen. Endlich diesen Schatz zu finden. Zufrieden legte er die Akte zurück in die Schublade. Er schloss sie sorgfältig ab.

Roman verdrehte die Augen.

„Nein, Frau Stenzel, Sie bekommen keinen Nachtisch!“

„Aber ich will Pudding haben“, sagte sie und starrte ihn mit ihren braunen Augen an. Sie tat ihm leid. Sich kaum bewegen zu können, war eine Qual.
Nach langem Liegen bildete sich eine kreisrunde Entzündung. Ihr Pfleger hatte es nicht bemerkt. Bis sie aufgeplatzt war. Die Operation sollte den Schaden eingrenzen. Doch es heilte nur langsam ab. Er zeigte auf den Wagen

neben ihrem Bett. Der Teller mit der Reispfanne stand fast unberührt da.

„Sie haben nicht gegessen. Wir haben ausgemacht, dass es Pudding gibt. Aber es muss die Hälfte fehlen."

Er schaute sie streng an. „Essen Sie ein paar Bissen, Sie sind eh schon so dünn."

Sie verhielt sich wie ein kleines Kind. Meistens tat sie aber, was man ihr sagte. Die Frau im anderen Bett grinste nur und genoss sichtlich den Pudding. Ihr gebrochenes Bein hielt sie nicht davon ab, durch das Krankenhaus zu laufen. Darüber wollte er mit ihr reden.

„Na, kommen Sie, Frau Stenzel", meinte Frau Grombach, „seien Sie brav. Dann gibt es Pudding."

Roman nickte. „Ich komme in einer halben Stunde wieder. Wenn Sie gegessen haben, gibt es Pudding, okay?"

„Ja, ich will Pudding essen", meinte Frau Stenzel. Sie nahm die Gabel in die Hand. Romans Handy piepste.

„Ich muss los. Ich komme später wieder."

Er lächelte und verließ das Zimmer. Im Gang war niemand. Er atmete tief durch. Die Patienten schafften ihn manchmal. Aber es gab Regeln, die man nicht umgehen konnte. Er lief zum Aquarium. Ein Patient hatte das Schwesternzimmer so benannt. Durch die Glasscheiben sah man alles. Hohe Schränke gegenüber der Tür. Der Schreibtisch bildete mit ihnen ein U. So fand man die Pfleger schneller.
Er ließ die Tür offen stehen und setzte sich vor den PC. Im nächsten Moment kam Maya herein.

„Wir kriegen gleich jemand rein. Bereite mit Zaynap das Zimmer fünf vor!“, wies sie ihm ohne Begrüßung an. Sie wirkte gestresst.

„Mache ich“, antwortete Roman schnell und stampfte in das hintere Zimmer. Dort saß Zaynap, tippte in ihr Handy und trank dabei ihren Tee. Es roch süßlich, etwas, für das er nichts übrig hatte.

„Kommst du? Wir müssen die fünf herrichten, da kommt ein neuer Patient“, sagte er. Sie nickte und steckte ihr Handy in die Tasche. Im dritten Lehrjahr arbeitete sie fleißig mit. Maya, die Stationsleiterin, bereitete schon den Arbeitsvertrag vor.
Roman ging voran und nahm direkt eines der Betten mit. Sie stellten es im Zimmer fünf ab. Zaynap bezog es frisch, während er die Flächen abwischte. Sie waren leise, denn Herr Jensen schlief schon wieder. Ein Krachen ließ Roman herumfahren. Zaynap starrte auf die Scherben.
Er schaute schnell zu Herrn Jensen. Der schnarchte leise vor sich hin. Offenbar hatte es ihn nicht geweckt.

„Na, los, hol Schaufel und Besen, ich mach den Rest“, sagte er leise.

„Tut mir leid“, flüsterte Zaynap und verließ das Zimmer. Er schüttelte den Kopf.
Das konnte passieren. Solange sich niemand an den Scherben schnitt. Die Kissen waren schnell bezogen und aufgeschüttelt. Ein Blick auf die Uhr sagte ihm, dass es Zeit war, bei Frau Stenzel vorbeizuschauen. Er hörte, wie Zaynap wieder hereinkam. Sie fegte die Scherben zusammen und nahm sie mit, um Herrn Jensen nicht zu wecken.

„Ich schaue nach Frau Stenzel, ob sie jetzt ihr Mittagessen gegessen hat“, rief er Maya zu. Die winkte nur. Er grinste und lief den Gang hinunter. Ein Licht über ihm flackerte. Das tat es seit ein paar Tagen, doch jedes Mal, wenn der Hausmeister kam, war nichts mehr. Der fühlte sich langsam verarscht. Roman beschloss, es später selbst zu richten.
Er öffnete die Tür und sofort drehte sich Frau Stenzel um. Sie strahlte ihn an, aber das verschwand schnell von ihrem Gesicht.

„Kein Pudding?“, fragte sie weinerlich.

„Hallo, Frau Stenzel. Haben Sie gegessen?“

Ein bisschen beleidigt schob sie ihren Teller vor sich hin und her. Mehr als die Hälfte fehlte. Roman warf einen Blick in den Mülleimer. Da war kein Essen darin.

„Okay, Frau Stenzel, ich bringe Ihnen jetzt Pudding. Sie haben es verdient. In fünf Minuten komme ich zurück.“

Ihr Strahlen kehrte zurück. Roman freute sich. Manche Menschen waren mit Kleinigkeiten glücklich zu machen. Es war eine Bestätigung, die er manchmal brauchte. In der Küche begrüßte er die Mitarbeiter und schwatzte Diana eine Extraportion ab. Sie konnte seinem Charme nicht widerstehen. Das wusste er und nutzte es gern aus. Zufrieden kehrte er zurück zu Frau Stenzel und stellte ihr den Pudding vor die Nase. Verlegen wie ein kleines Kind tauchte sie den Löffel hinein und steckte ihn in den Mund. Genießerisch schloss sie die Augen. Er lachte und verließ das Zimmer.

„Da bist du ja, Roman!“, schimpfte hinter ihm eine ihm wohlbekannte Stimme. Erschrocken drehte er sich um und schaute in das Gesicht von Schwester Sabrina, die sich vor ihm aufgebaut hatte. Ihre mollige Statur tat ihr Übriges, um sie bedrohlich wirken zu lassen. Er trat einen Schritt zurück. Diese Nähe ertrug er nicht.

„Ich habe Frau Stenzel ihren Pudding gebracht. Ich hab versprochen, sie bekommt ihn, wenn sie den Teller halb leer gegessen hat."

Sabrina lächelte.

„Das ist süß von dir. Aber jetzt komm, wir kriegen gleich einen neuen Patienten. Mach du bitte die Aufnahme und die Papiere mit Zaynap zusammen. Nach der Prüfung muss sie es ja alleine machen!"

Er nickte. Ein Mann lag im künstlichen Koma und wurde umverlegt. Die Ärzte gaben sich positiv. Keine Schäden im Gehirn. Die Brüche heilten langsam und die Schwellung im Kopf war weg. Gestern hatten sie ihn aufgeweckt. Vom Unfall wusste er nichts mehr. Man hatte ihn nicht über den Tod seiner Frau aufgeklärt. Es würde ihn belasten.
Dr. Trommel hatte ihn zu ihm auf die Station verlegen lassen. Seine liebevolle Art war bekannt. Ein Klopfen riss ihn aus den Gedanken. Tom, einer der Auszubildenden, stand an der Tür.

„Hey Roman", sagte er grinsend. „Ich bringe euch einen neuen Patienten. Du musst dich um ihn kümmern. Anweisung von Dr. Trommel."

Roman lachte. „Hallo Tom, ja das ist doch kein Problem. Ich komme."

Schnell stand er vom Schreibtisch auf, an welchem er ein paar Notizen über Frau Stenzel für die Kollegen vorbereitet hatte. Der Herr in dem Krankenhausbett sah armselig aus. Hager, ein struppiger Bart, ungekämmte Haare. Als er ihm die Hand gab, merkte er, wie zittrig der Mann war.

„Hallo, ich bin Roman und werde mich hier um Sie kümmern."

„Okay", sagte der Mann und fing an zu husten. Es klang dumpf. Roman holte schnell eine Flasche Wasser und ließ ihn trinken. Dankbar nickte der Mann.

„Jetzt bringen wir Sie erstmal ins Zimmer", meinte Roman und schob das Bett den Gang entlang.
Dort hievten sie den Mann in das frisch bezogene Bett. Roman zog einen Stuhl heran, während Tom das andere Bett wieder mitnahm.

„Wenn Sie etwas brauchen, bin ich für Sie da", sagte Roman und schaute den Patienten erwartungsvoll an. Dieser nickte und schloss die Augen.

10

DIENSTAG

William saß am Schreibtisch und starrte das Bild von Tina an. Er hatte sich seit ein paar Minuten nicht bewegt. Flo räusperte sich und riss ihn aus seinen Gedanken.

„Mittagessen?“, fragte er mit seiner kurzen Art. Er hatte immer Hunger und schaffte drei große Portionen. William schaute auf die Uhr und nickte. Es war kurz nach zwei und er hatte seit dem kleinen Frühstück nach der Morgenbesprechung nichts gegessen.
Seufzend stellte er das Bild neben den Bildschirm. Das blonde Mädchen mit der karierten Bluse war fest in seinem Kopf. Er nahm sich vor, in den nächsten Tagen die Akte durchzugehen. Jemand hatte etwas gesehen, da war er sich sicher.
Flo und er schlenderten zur Kantine. Es war fast nichts los. Ihr Essen holten sie schnell. Flo entschied sich für zwei Teller mit Nudeln und Tomatensoße, William wählte den Kartoffelbrei mit Hühnchen. Zum Nachtisch gab es bei beiden ein Schälchen Joghurt mit Apfelstückchen.
Schweigend aßen sie. William dachte wieder an Tina. Es ließ ihm keine Ruhe. Er musste den Täter fassen. Das schwor er sich.

„Möchtest du deinen Joghurt nicht?“, fragte Flo mit seiner tiefen Stimme und schaute William forschend an. Der warf einen Blick auf die weiße Masse im Schälchen und zuckte mit den Schultern. Er schob es zu Flo rüber. Freudestrahlend tauchte der seinen Löffel in den Joghurt. Schneller als William wieder aufsah, war es schon leer.

Sie sprachen nicht. William schlug die Tür zu ihrem Büro hinter ihnen zu. Seine Frustration ließ sich an manchen Tagen nicht verbergen. Ein Ping vom Computer erinnerte ihn an seine Pflicht. Er setzte sich an den Schreibtisch und rief die Mail auf, die eben gekommen war. Sie stammte vom Stuttgarter Institut für Geologie.

„Sehr geehrter Herr Hauptkommissar Herle,

Es ist beschlossene Sache, die Felswand am Wildsee zu prüfen. Erste Risse zeigen sich. Die Sicherheit der Kinder steht auf dem Spiel. Es soll verhindert werden, dass ein Teil der Felsen abstürzt.
Ein Team von vier Geologen steht bereit. In ein paar Tagen geht es los. Die Gaststätte Zum blauen Wald *ist informiert. Teil der Untersuchung ist das Höhlensystem im Fels. Wir wissen nicht, wie verzweigt es ist. Die Stadt Spullberg will den See wieder freigeben. Das wird für großen Wirbel sorgen. Wir gehen davon aus, dass viele sich das nicht entgehen lassen wollen.*
Wir bitten Sie um Unterstützung. Sie wissen ja, wie manche Menschen sind.
Helfen Sie uns? Rufen Sie mich schnell an. Ich schicke Ihnen Weiteres in den nächsten Tagen."

William schüttelte den Kopf. Vor ein paar Jahren war ein Stück Fels abgebrochen. Ein Kind konnte sich gerade noch retten. Seit diesem Tag war das Tauchen in Felsnähe verboten.
Die Höhle, deren Eingang 15 Meter unter Wasser stand, wurde mit einem Gitter versperrt. Der Fels könnte nachgeben. Die Stadt brachte es daher an.

Trotzdem empfand er die Mail als unverschämt. Er öffnete den Dienstplan und seufzte. Am See gab es mehr zu beachten. Der schmale Weg musste als Fluchtweg freigehalten werden. Doch nicht alle würden sich an die Anweisungen halten. Das war bekannt.

„Schau mal“, sagte er zu Flo und drehte den Bildschirm herum. Flo schaute auf, las die Mail und schaute zurück auf sein Blatt, ohne ein Wort zu sagen. William nickte nachdenklich.

„Das wird einige Menschen anlocken“, sagte Flo nach einer Weile leise. William verdrehte die Augen. Der nächste Zeitungsbericht würde nicht lange auf sich warten lassen. Er sah schon die Schlagzeilen vor sich.

„Vielleicht finden sie ja die beiden vermissten Taucher. Dann würde sich die Sache lohnen“, brummte Flo. William lachte und antwortete:

„Abwarten. Die sind seit zehn Jahren verschwunden, mehr als ein paar Knochen werden sie eh nicht finden. Frag Klaus, der erzählt dir gerne alle Einzelheiten.“

Beide lachten. Klaus, der Pathologe, hatte eine Angewohnheit. Er erzählte ihnen nur das Wichtige. Doch sobald er eine Chance witterte, redete er wie ein Wasserfall. Mürrisch machte sich William an die Arbeit. Die Uhr zeigte ihm, dass er bald Feierabend hatte. Zumindest hoffte er das.

11

SONNTAG

Holger stand unter Stress. Er hatte sich ein paar zusätzliche Gäste gewünscht, doch heute verfluchte er sie. Ständig Extrawünsche. So hatte er es sich nicht vorgestellt.

Vor ein paar Tagen erschien ein Zeitungsbericht. Nach über zehn Jahren fand der erste Tauchgang in die Höhlen statt. Die Geologen waren schon seit Dienstag da. Sie bereiteten sich vor. Am ersten Abend hatte Matthias ihm einen Umschlag in die Hand gedrückt.

„Ein kleiner Vorschuss. Wenn er nicht reicht, geben Sie mir bitte Bescheid“, hatte Matthias zu ihm gesagt. Er war immer noch verblüfft von der Summe. So viel hatte er nicht verlangt. Seine Frau hatte sich gefreut.

„Leisten wir uns die Kreuzfahrt?“ Die Tränen in ihren Augen hatte er gesehen. Am nächsten Tag hatte er sich ein paar Stunden freigenommen und brachte ihr auf dem Rückweg ein paar Blumen mit.

„Wie lange dauert das denn noch?“, drängte sich eine unangenehme Stimme in seine Gedanken. Holger schaute auf und vor ihm stand der Bürgermeister von Spullberg, Hermann Knapp.

„Bitte entschuldigen Sie, ich kümmere mich sofort um Sie“, sagte er hastig. Den Bürgermeister zu verärgern war nicht schwer. Er schickte ihm ein Lächeln hinterher.

„Tim!“, rief er in die Küche. Der große schlanke Koch schaute genervt auf. Er stand vor einem kochenden Kessel und schnitt nebenher Kartoffeln. Er warf einen Haufen hinein.

„Ich kann nicht schneller arbeiten!“, schimpfte er lauthals. „Hier fehlt jemand!“

„Dafür kann ich nichts!“, rief Holger wütend zurück. Bernie war erkrankt. So waren sie allein. Doch seine Frau Wilma war eingesprungen.

„Sag mir gleich Bescheid, wenn das Schnitzel vom Bürgermeister fertig ist!“

„Ja, ist gleich soweit“, meinte Tim und zeigte auf den vordersten Teller. „Sonst nimm halt dieses, bevor er meckert!“

Holger brummte und nahm den Teller. Er bahnte sich einen Weg durch die sitzenden Gäste und knallte ihn versehentlich vor dem Bürgermeister auf den Tisch. Etwas braune Soße schwappte dabei auf die Tischdecke und hinterließ einen Fleck.

„Genießen Sie Ihr Essen“, brummte er, ohne sich zu entschuldigen. Der Bürgermeister schaute ihn entsetzt an. Doch Holger war schon auf dem Rückweg zur Theke. Dort schnappte er die Zigarettenschachtel und rief seiner Frau zu:

„Ich geh schnell eine rauchen! Wenn was ist, ruf mich!“

„Ja“, antwortete sie und kassierte das junge Pärchen vor sich ab. Holger stapfte zur Tür hinaus und stellte sich an

seinen Lieblingsplatz. Er zündete die Zigarette an und nahm den ersten Zug. Es wirkte beruhigend auf ihn, während er auf den Wildsee schaute.
Die graue zerklüftete Felswand strahlte im warmen Sonnenlicht und warf seine Schatten auf den See und den Wald. Es war einer jener Herbsttage, an denen die Blätter der Bäume bunt leuchteten. Ein leichter Wind ließ sie rascheln.
Die kurze Ruhepause wirkte. Mit frischem Mut drückte er die Zigarette in seiner Schale aus, welche er als Aschenbecher benutzte.
Drinnen empfing ihn das Chaos. Ein kleines Mädchen hatte sein Apfelsaftglas auf den Boden geworfen. Er lief schnell zu ihr, damit sie sich nicht an den Scherben schnitt.

„Ich hole eine Schaufel und dann machen wir das weg, okay?“, sagte er zu ihr. Das Mädchen starrte ihn mit großen Augen an.

„Ich will Apfelsaft“, sagte es traurig und schaute auf die Scherben zu ihren Füßen. Er beschloss kurzerhand, die Kleine auf den Stuhl zu setzen, damit sie nichts anstellte.
Schnell lief er zur Küche, schnappte den Kehrbesen und die Schaufel und eilte zurück. Klirrend kehrte er die Scherben zusammen, während er der Kleinen versprach, ihr gleich ein neues Glas mit Apfelsaft zu bringen. Er warf sie in den Mülleimer und die Schaufel daneben.
In der Küche schnappte er ein neues Glas und füllte es mit Saft. Das Mädchen strahlte, als er ihr das Glas in die Hand drückte.

„Aber nicht fallen lassen, okay?“, sagte er und nickte der Mutter zu, die eben aufgetaucht war.

„Nein, das geht aufs Haus", wehrte er sie ab. Sie bedankte sich herzlich und die Kleine winkte ihm fröhlich zu. Er lief zurück zur Theke und nahm seine Frau in die Arme.

„So herzig waren unsere mal", flüsterte er ihr ins Ohr.

„Sie hatten den besten Vater", schmunzelte sie und drückte ihm einen Kuss auf die Wange. Jemand winke und sie eilte sofort. Die gemeinsame Arbeit stärkte sie, das merkte man. Ein Ruf ließ ihn aufschauen.

„Holger, es ist soweit!", brüllte Matthias quer durch den Raum.

„Okay!", rief Holger zurück. In ein paar Minuten war es soweit. Alle warteten auf die Taucher.
Matthias glich einem Kaninchen. Er lief hin und her. Die ersten Journalisten fragten ihm Löcher in den Bauch und störten ihn. Touristen hielten ihm den Artikel unter die Nase. Er wusste nicht, wie es ablief. Matthias hatte nichts gesagt.
Er wartete auf die Polizei. Sie mussten nach dem Rechten sehen. Der Ansturm war zu groß. Matthias brauchte den Strand, um sein Boot zu starten.

„Hallo, Holger", rief eine Stimme, die er sofort als die vom Hauptkommissar erkannte. William Herle kam in Begleitung des schwarzen Hünen. Schlagartig wurden die Gäste ruhig und drehten sich zum Eingang um. Sie trauten sich nicht, sich zu bewegen. Der Hüne sagte kein Wort. Er schaute sich um und schlenderte langsam wieder hinaus. Erst als man ihn nicht mehr sah, löste sich die Stille. Innerhalb einer Minute erreichten die Gäste die übliche Lautstärke.
William kam zu Holger. Der schwarzhaarige Mann redete bedacht. So hatte er ihn kennengelernt. Seine Tochter

Anna-Louisa hatte er ins Herz geschlossen. Max, der so etwas wie sein Enkel war, hatte sich in sie verliebt, als ein Typ sie entführt und zwei Tage in seiner Blockhütte eingesperrt hatte. Er war selbst nach einem Schlag auf den Kopf nicht untätig gewesen und hatte zu ihrer Rettung beigetragen. Seitdem ließ er sie kaum aus den Augen.
Die Männer begrüßten sich und Holger nahm sich ein paar Minuten, um mit ihm zu sprechen.

William fluchte laut. Der Parkplatz an der Gaststätte *Zum blauen Wald* war voll. Flo schaute belustigt, als er mit den Schimpfwörtern um sich warf. Nach ein paar Sekunden beschloss er, direkt auf dem letzten freien Mitarbeiter Parkplatz zu parken. Das *Polizei im Einsatz* Schild stellte Flo ungefragt auf die Ablage vor ihm. Sie stiegen aus und liefen zur Gaststätte.
Im Innern war es laut und überall klapperte Geschirr. Plötzlich verstummten sie. Alle drehten sich zu ihnen herum. Er fühlte sich von einem Moment auf den anderen unbehaglich. Flo hinter ihm drehte sich auf der Stelle um und verließ die Gaststätte, ohne ein Wort zu sagen.

„Hallo, Holger“, rief William und ging auf ihn zu. Die beiden Männer schüttelten sich die Hände.

„Wie sieht es aus?“, fragte er, während er sich umschaute.

„Es läuft. Viele Menschen sind gekommen. Die Journalisten warten am Ufer. Matthias und sein Team starten bald. Was sie im Einzelnen vorhaben, kann ich Ihnen gar nicht sagen.“

„Erstmal das Gitter entfernen. Mehr wie ein oder zwei Tauchgänge werden sie nicht schaffen“, beantwortete William die Frage. „Der Regen hat Risse in den Fels getrieben und ihn so beschädigt.“

„Hm, ja, das ist möglich“, meinte Holger nachdenklich. „Ich komme gleich!“, rief er im nächsten Moment, als ein älterer Herr nach ihm winkte.

„Die Pflicht ruft“, sagte er zu William. Der nickte und machte sich auf den Weg nach draußen. Flo stand da und zeigte schweigend auf den kleinen Sandstrand.
Dort ließen die Taucher ein Boot ins Wasser. Zwei legten ihre Ausrüstung an. William erkannte Matthias sofort. Er stand neben dem Boot und schien heftig mit den Tauchern zu diskutieren. Um mehr zu hören, duckte er sich unter der Absperrung durch und trat näher.

„Das haben wir schon fünf Mal diskutiert!“, schimpfte Matthias in dem Moment. „Ihr schwimmt nicht mehr als zehn Meter hinein! Erst muss der Roboter … Zivilisten haben hier nichts verloren!“, unterbrach er sich selbst, als er William bemerkte. Der grinste und hob ihm seine Dienstmarke unter die Nase.

„Ich darf!“

„Entschuldigung“, sagte Matthias hastig. „Ich bin genervt. Einige halten sich nicht an die Regeln. Es ist ein Wunder, dass wir die Höhlen erforschen dürfen. Und will jeder vorn sein!“

„Sie starten in den nächsten Minuten?“, fragte William und deutete auf die Taucher.

„Ja, genau. Wissen Sie, wie schwierig es war, dass durchzusetzen? Man wolle keine weiteren Unfälle!“ Seine Hand zeigte eine eindeutige Bewegung.

„Sehen Sie den Bildschirm? Von hier aus beobachte ich. Die Taucher haben eine Kamera. Über die Mikrofone spreche ich mit ihnen. Mit Handzeichen zeigen sie mir, ob alles okay ist.“

William war beeindruckt. Hightech steckte in der Maschine, dass sah man ihr an. Matthias drehte sich wieder um und atmete tief durch.

„Dann lasst uns anfangen!“, rief er den beiden Tauchern zu. Die nickten und setzten sich an den Rand des Bootes. William trat ein paar Schritte zur Seite. In der Zwischenzeit war Holger neben ihm aufgetaucht. Matthias griff zu dem Mikrofon, welches neben ihm auf einem schmalen Holztisch lag.

„Test.“

Die beiden Taucher hoben die Daumen. Matthias gab das Zeichen. Einer startete den Motor des Bootes und steuerte zur Mitte des Sees.
William erschrak, als es plötzlich neben ihm mehrfach blitzte. Der Journalist zuckte mit den Schultern und hielt seine Kamera hoch. Er schaute zurück zum See.

„Sie holen jetzt nur das Gitter hoch? Und dann?“, fragte Holger.

„Sie werden es wieder anbringen. Damit niemand rein kommt. In den Höhlen ist es stockdunkel, ohne Licht bringen sich die Taucher schnell in Gefahr.“

William schaute auf das Boot. Mit Tauchen hatte er sich nie beschäftigt. Er zog das Wandern in den Bergen vor. Das Boot hatte die Felswand erreicht. Matthias winkte und fuchtelte. Dann ließen sich die Taucher sich rückwärts ins Wasser fallen.
Ein paar Minuten lang war nichts zu sehen. William holte das kleine Fernglas aus seiner Tasche heraus, das Flo ihm vor ein paar Stunden in die Hand gedrückt hatte. Er zoomte auf das Boot, auf dem Matthias stand und auf einen tragbaren Bildschirm schaute.
Ein paar Lichtflecken und mehr schwarz, mehr erkannte er nicht. Daher konzentrierte er sich auf die nähere Umgebung. Hinter ihm war die Gaststätte, daneben der Strand. Die Beamten hatten ihn bei der Hälfte abgesperrt. So konnten sich Matthias und sein Team in Ruhe vorbereiten.
Das Sonnenlicht strahlte in Richtung Felswand. Es war einer jener goldenen Herbsttage. Kalt war es, aber die Sonne wärmte die Umgebung trotzdem. Mehr als 18° Grad waren heute nicht drin. Das Wasser im Wildsee war ein paar Grad kälter.
William dachte nach. Am Morgen hatte er die Akte über Tina gelesen und mehr als eine Stunde über ihr gebrütet. Doch er war zu keinem neuen Ergebnis gelangt.
Er schaute sich um. Holger hatte nicht gelogen. Menschen standen hinter ihm. Einige entdeckte er entlang des Sees. Sie tuschelten und zeigten auf das Boot.

Plötzlich schoss ein Gitter durch die Wasseroberfläche. Wie ein Delfin, der aus dem Wasser sprang. Die Menge jubelte. Die Taucher schoben es ins Boot und winkten allen zu.
Sie tauchten wieder unter. Das Wasser wirbelte auf. Mehr nicht. Lange war es ruhig. Die Ersten langweilten sich.
Daher war das laute, knirschende Geräusch so unheimlich. William schaute sich suchend um. Doch es war

nichts zu sehen. Nicht mal Flo mit seiner schwarzen hünenhaften Gestalt.

„Da vorn, der Fels!“, schrie eine Frauenstimme hinter ihm. Schnell schaute er hinauf und sah, wie sich ein Riss etwa in der Mitte der Felswand entlang zog. Ein Stück Fels bröckelte und stürzte in die Tiefe. Ein Aufschrei ging durch die Menge. Die Wasserfontäne, die der Felsbrocken hochschoss, ergoss sich über das Boot. Holger zog ihn auf die Seite. William konnte nicht sagen, was als Nächstes geschah.
Etwas war gleichzeitig mit dem Felsbrocken ins Wasser gestürzt. Das Boot tauchte wieder auf. Niemand war zu sehen. Sein Herz klopfte wild. Er war unfähig, wie erstarrt. Holger schüttelte ihn.

„Schauen Sie! Da vorne beim Boot!“, rief er aufgeregt und zeigte auf die Mitte des Sees. Dort zog sich Matthias auf das Boot und schnappte nach Luft. Hinter ihm tauchte der Kopf des schwarzen Hünen auf. William fiel ein Stein vom Herzen. Das zweite Platschen hatte zu Flo gehört. Der war ohne darüber nachzudenken hinterher gesprungen, um den Geologen zu retten.

„Ich sehe die Taucher nicht!“, sagte Holger und lief vor an den Strand. Mit dem Fernglas sah William nicht mehr. Die Wasseroberfläche kräuselte sich und glättete langsam. Zu schwierig, um etwas zu erkennen.

„Was können wir tun?“, fragte Holger ihn. William schüttelte den Kopf. Er war wie vor den Kopf gestoßen und hoffte, dass den Taucher nichts passiert war.
Flo und Matthias standen auf dem Boot und starrten in die Tiefe. Sie zeigten und fuchtelten.

Dann hielt der Geologe Flo davon ab, ins Wasser zu springen. William hörte nicht, worüber sie sich stritten. Er war in Sorge.
Matthias beugte sich über den Rand des Bootes. William hob das Fernglas. Die beiden zogen einen Taucher hoch. Der Zweite schwamm neben dem Boot.
Der Motor brummte, die Menschen jubelten. Flo winkte William zu und deutete auf den regungslosen Mann. Er nickte und zog sein Handy aus der Tasche.

„William Herle. Ein Krankenwagen zum Wildsee!“, bat er die Dame. „Ein Mann ist fast ertrunken.“

„Ich schicke ihn los“, antwortete sie. William atmete tief durch. Das Boot kam schnell näher. Als es anlegte, sprang Matthias heraus.

„Verdammt!“, fluchte er dabei.

„Was ist passiert?“, fragte William alarmiert.

„Ludwig wurde von dem Fels eingeklemmt und ist bewusstlos! Ich sagte, man muss vorsichtig sein!“

„Der Krankenwagen kommt“, unterbrach William den Mann. Der war so wütend, dass er nur weiter vor sich hin brummte. Beim Versuch, den Taucher aus dem Boot zu heben, fiel er fast ins Wasser. William schaffte es, ihn festzuhalten. Sie drehten sich um, als die Sirenen lauter wurden.

„Aus dem Weg! Na los!“, schimpfte eine tiefe Stimme in der Menschenmenge. Schon hatten sich die Sanitäter durch die Menge gekämpft. Sie zögerten keine Sekunde und hievten den bewusstlosen Taucher mit Flo´s Hilfe auf ihre Trage.

„Er lebt. Die Atmung ist kaum vorhanden. Er muss ins Krankenhaus“, sagte der jüngere.

„Ich komme mit!“, sagte Matthias aufgebracht. „Tom, du übernimmst! Pass auf, das nichts verloren geht!“

William schaute ihm nachdenklich hinterher. Matthias war wütend. Und so machte ihm die Menge schweigend Platz. Flo schüttelte sich. Eine Pfütze Wasser sammelte sich zu seinen Füßen.

„Der Man lebt. Das ist die Hauptsache“, sagte er und nahm das Handtuch, das neben William auf der Bank lag. Er hüllte sich ein und boxte ihm freundschaftlich auf die Schulter.

„Ja, da hast du recht.“ William nahm es als schlechtes Zeichen. Die Sonne ließ das Wasser im See glitzern, als wäre nichts geschehen.

„Findest du deinen Schlüssel nicht?“, fragte Jenny und grinste frech. Ich brummte nur.
Angestrengt überlegte ich. Er war in meiner Tasche, da war ich mir sicher. Tastend durchwühlte ich sie nochmal. Mit den Fingerspitzen erwischte ich ihn. Alles Wichtige schien immer den Weg nach unten zu finden.

„Hab ihn!“, sagte ich und zog ihn heraus. Schlüssel für Auto, die Haustür und das Fahrradschloss hingen daran.
Der Wildsee wartete. Papa erzählte vor ein paar Tagen von den Höhlen. Seit zehn Jahren war niemand mehr dort

getaucht. Die Stadt hatte sie gesperrt. Der Fels war brüchig. Heute sollte eine Gruppe in die Höhle tauchen. Sie sollten die Stabilität überprüfen. Wir wollten unbedingt dabei sein. Jenny hatte das Tauchen für sich entdeckt. Ich war mir nicht sicher, ob es an ihrem Typen lag. Gesagt hatte ich nichts.
Ich freute mich für sie. Seit dem letzten Abend in der *Fassbar* war sie mit Daniel zusammen. Sie war verliebt. Was sollte ich da sagen?

„Max kommt nach, oder?“, fragte sie mich, während sie ihre Tasche auf den Rücksitz warf.

„Ja, das hat er gesagt“, meinte ich und lächelte kurz.

„Soso“, lachte Jenny vergnügt. „Läuft bei dir!“

„Er ist total süß und macht sich Sorgen um mich. Vor allem das Frühstück war echt der Hammer. Ich habe fast geheult.“ Dass ich das hatte, verschwieg ich ihr. Es war mir peinlich, dass alle in der Gaststätte es mitbekommen hatten.

„Das freut mich für dich!“

Ich nickte nur und fuhr los. Meine Befürchtung, keinen Parkplatz mehr zu bekommen, erwies sich als falsch. Ich quetschte den VW Up in die letzte Parklücke, die ich fand. Er stand etwas schräg und teilweise auf dem Acker, aber das war mir egal.

„Auf geht's!“, rief Jenny voller Vorfreude und lief los.

„Deine Tasche willst du nicht mitnehmen?“, rief ich ihr hinterher. Sie wirbelte herum, rannte auf mich zu und riss sie mir aus der Hand. Ich schaute mich um und schloss mein Auto sorgfältig ab. Seitdem ich panisch ins Haus geflohen war, hatte ich in den letzten Tagen mehrfach dasselbe Gefühl. Die Angst saß tief, die Panik wallte immer wieder hervor. Bis jetzt hatte ich niemand gesehen, doch eine dunkle Ahnung sagte mir, dass ich verfolgt wurde. Nachdenklich folgte ich Jenny, die schon fast an der Gaststätte war.

„Na komm schon, du Trantüte!“, empfing sie mich. „Ich will nichts verpassen!“

Sprach es und zog mich mit. Es war voll. Unseren Platz hatten wir vor ein paar Tagen ausgesucht. Der schmale Pfad führte quer durch den Wald bis zu einer Kreuzung. Entweder ging es Richtung Burgruine Wildberg, der andere zur Felswand.
Dort gab es einen kleinen Strand. Frei von Gebüschen, aber voller Steine. Bis zur Felswand waren es noch ein paar Meter. Menschen standen oder saßen auf und um die kleinen Felsen. Jenny schaute sich um.

„War das der Felsen dort vorn?“, fragte sie mich.

„Ja“, antwortete ich erfreut. Bisher hatte sich niemand auf den großen Felsen gewagt. Er war zu hoch. Jenny marschierte voraus und zog dabei eine Decke aus ihrer Tasche heraus.
Wir kletterten auf den Felsen. Jenny stand oben und warf die Decke über ihn. Ich zog sie zurecht. Der Ausblick überraschte uns.
Der Brocken lag zehn Meter von der Felswand entfernt. Er war nicht der größte, der lag zur Hälfte im Wasser. Dort wollte ich nicht hin, denn es war kalt geworden.
„Hammer, oder?“, sagte Jenny und ließ die Beine baumeln. Wir saßen in etwa zweieinhalb Meter Höhe. Ich

schaute mich um und dann die Menschen unter mir an. Ich erkannte niemanden. Das beruhigte mich ein wenig.

„Es ist herrlich“, sagte ich und drehte mich zu Jenny. „Kommt Daniel?“

„Keine Ahnung, er will schreiben, wenn er mit seinem Training fertig ist“, meinte Jenny und schloss die Augen. Sie hielt ihr Gesicht in die Sonne. Ich sah mich wieder um und bekam fast einen Schreck. Jenny merkte es sofort. Ich griff nach ihrer Hand. An der Wegkreuzung, auf die wir kaum sahen, hatte ich ein Gesicht entdeckt, das ich fürchtete.

„Ist das Tobias?“, fragte Jenny und kniff die Augen zusammen.

„Ja“, sagte ich leise. Schnell drehte ich mich wieder um. Ich hoffte, dass er mich nicht erkannt hatte. Jenny dämpfte diese Hoffnung.

„Er hat uns entdeckt. Ich hoffe für ihn, dass er nicht herkommt“, flüsterte sie.

„Das glaube ich nicht.“

„Hm, abwarten. Wo bleiben die Jungs, wenn man sie braucht?“, schimpfte sie und starrte auf ihr Handy.

„Die sind nie da, wenn man sie braucht“, sagte ich trocken.

„Merk' ich“, entgegnete Jenny und rutschte auf der Decke hin und her. „Wenn der herkommt, klatsche ich ihm eine!“

Ihrem Blick nach zu urteilen war es ihr ernst. Ich hegte die leise Hoffnung, dass es nicht so weit kommen würde. Vorn bei der Gaststätte, die ich deutlich sah, entdeckte ich meinen Vater.

„Papa ist da“, sagte ich erleichtert und stupste Jenny an. Die nickte und schaute sich wiederholt um. „Nicht so auffällig!“, schimpfte ich sie im gleichen Augenblick.

„Ja, schon recht“, murmelte sie und verdrehte die Augen.

„Hallo, ihr Hübschen da oben.“

Die Stimme jagte mir einen Schauer über den Rücken. Ich schaute hinunter. Tobias grinste.

„Was willst du?“, fragte ich und setzte mich aufrecht hin.

„Dich sehen, mein Schatz“, sagte Tobias. „Du fehlst mir. Und da heute ein schöner Tag ist, wollte ich ihn mit dir verbringen.“

„Du hast kein Recht, mich Schatz zu nennen“, antwortete ich. „Ich will dich nicht sehen. Geh bitte.“

Tobias legte seinen Kopf schief. „Oh Schatz, was hast du denn? Bist heute wieder ein bisschen verwirrt. Jetzt sei brav und komm herunter. Ich will dich küssen!“

„Entweder gehst du freiwillig oder ich sorge dafür!“, sagte eine Stimme bedrohlich. Ein Mann trat hinter der Tanne hervor.

„Max“, rief ich erleichtert. Er war doch gekommen. Mir fiel ein Stein vom Herzen. Er schaute nur kurz zu mir, lächelte und wandte sich wieder Tobias zu.

„Entscheide dich."

„Du hast mir gar nichts zu sagen. Meiner Freundin erst recht nicht!", sagte Tobias herablassend.

„Erstens ist das da oben meine Freundin und zweitens hast DU dich von ihr fernzuhalten. Aber wenn du in den Knast willst, nur zu!"

„Ich gehe nicht!"
„Du hattest deine Chance!", sagte Max bedrohlich und machte ein paar schnelle Schritte. Sein Schlag wurde von Tobias abgefangen.

„Wenn du ihr nochmal zu nahe kommst, schlag ich dich grün und blau!", zischte Tobias.

„Ich?", sagte Max. Er wurde wütend. „Du hast dich fernzuhalten!"

Er holte erneut aus. Tobias duckte sich rechtzeitig. Max verlor fast das Gleichgewicht.

„Ich rufe gleich die Polizei!", schimpfte ein älterer Herr. „Dann könnt ihr euch in der Zelle weiter prügeln!"

„Die Idee ist gut", rief Max. „Ich kenne den Hauptkommissar! Der regelt das hier sicher schnell!"

Tobias sagte kein Wort, sondern lief langsam davon. Er warf einen Blick zu mir. Sein Hass darin loderte tief. Es machte mir Angst. Der ältere Herr schüttelte den Kopf und drehte sich wieder in Richtung Gaststätte.

„Ich komme hoch zu euch", rief Max und kletterte geschwind den Felsbrocken hinauf. „Hallo, meine Kleine" flüsterte er in mein Ohr und küsste mich auf die Wange.

„Da habt ihr euch ja einen coolen Platz ausgesucht!", lobte er uns laut.

„Ja, das haben wir", sagte Jenny. Sie hatte sich zurückgehalten, als Tobias unten stand. Doch ihr Blick sagte alles. Sie war schon halb vom Felsen geklettert. Jetzt saß sie neben mir und war wütend.

„Das war krass! Was erlaubt der sich? Ich will ihm eine herunterhauen!"

„Überlass das ihrem Papa", erwiderte Max lachend. Er rutschte hinter mich und zog mich an sich. In seinen Armen fühlte ich mich geborgen.

„Jetzt geht's los!", flüsterte Max in mein Ohr. Das Boot sprang brummend an, die Menschen jubelten. Es fuhr bis zur Mitte des Sees.
Von unserem Felsen war der Blick auf das Geschehen wie der Ausblick von der Ruine. Nichts störte. Die beiden Männer legten sich knallgelbe Flaschen an.

„Was genau machen die jetzt?", rutschte es mir heraus. Jenny starrte mich belustigt an, während Max hinter mir leise lachte.

„Hast du dich nicht vorher informiert? Das stand in der Zeitung", neckte er mich.

„Die holen das Gitter hoch, dann schwimmen sie in die Höhlen", beantwortete Jenny meine Frage. „Ist nicht ungefährlich. Der Regen hat Risse in den Fels gemacht."

Ich schaute hoch zur Felswand. Mein Gefühl trog mich nicht. Etwas stimmte nicht. Auf dem Boot fuchtelte ein Mann wild herum. Die Taucher waren startklar. Sie ließen sich rückwärts ins Wasser fallen. Es blubberte.
Der Mann, der auf dem Boot geblieben war, hielt ein Tablet in der Hand. Über sein Mikrofon sprach er mit den Tauchern. Aus der Entfernung verstand ich nichts. Ich sah nur, wie sich sein Mund bewegte. Max wärmte mich ein bisschen und ich genoss die Ruhe und Erhabenheit des Wildsees. Der Wald war bunt gemischt. Zwischen den immergrünen Tannen standen rot und gelb verfärbte Laubbäume. Es gefiel mir.

„Sonnenuntergänge sind reizvoll hier", flüsterte Max in mein Ohr. Es schien fast, als hätte er meine Gedanken gelesen.

„Ja", sagte ich leise und kuschelte mich enger an ihn. „Tut mir leid wegen Tobias. Er darf sich mir nicht nähern, aber das scheint ihn nicht zu kümmern."

„Mach dir keinen Kopf, wenn er dir wieder zu nahe kommt, sorge ich dafür, dass es das letzte Mal war."

Max' Worte lösten in mir gleichzeitig Angst und Zuversicht aus. War so etwas möglich? Ich wusste es nicht und war gerührt.
Plötzlich sah ich seitlich eine Bewegung. Ich zuckte zusammen. Max und Jenny schauten mich böse an.

„Angsthase", schimpfte Jenny lachend, als sie sich beruhigt hatte. „Das war nur ein Gitter!"

Verlegen starrte ich aufs Wasser. Am Boot schoben die Taucher das Gitter, der dritte Mann zog. Es fiel krachend hinein. Die Menge jubelte. Dann tauchten sie erneut.

In den nächsten Minuten geschah nichts. Jenny rutschte hin und her. Ein Grinsen schoss über ihr Gesicht. Als ich am Fels hinunter schaute, erkannte ich den blonden Typen sofort.

„Hallo, da oben“, sagte Daniel und winkte uns.

„Ich geh zu ihm runter“, sagte Jenny hastig zu Max und mir. Sie kletterte den Felsen hinunter und umarmte ihn.

„Ihr Freund?“, fragte mich Max. Ich nickte nur. Er hielt mich fest und küsste mein Ohr, dann meinen Hals. Ein lautes knirschendes Geräusch ließ uns aus unserer Versunkenheit auftauchen.

„Das kommt von der Felswand über uns!“ Max hatte es sofort erkannt und zog mich mit. „Schnell runter vom Fels!“

Er sprang die zwei Meter in die Tiefe. Ich traute mich nicht. Er richtete sich auf und hob die Arme hoch.

„Na los, Schatz, schnell!“, rief er mir zu. „Weg von der Felswand!“

Seine Warnung kam fast zu spät. Ich zögerte nicht länger und sprang. Mit einem Knirschen stürzte über uns ein Felsbrocken in die Tiefe.
Max presste mich schützend an den Felsen, auf dem wir eben gesessen hatten. Die Wasserfontäne erwischte uns kaum. Nur ein paar Spritzer. Wir wagten nicht, uns zu bewegen.
Ein Aufschrei erschütterte die Menge und Panik brach aus. Erst als es ein paar Sekunden später kam Bewegung in uns. Hektisch schaute ich mich um.

Daniel und Jenny standen hinter den Tannen. Sie winkten. Zwei Kinder heulten, sie waren klatschnass. Max zögerte nicht lange und nahm die Decke. Sie war bei meinem Sprung mit gefallen. Er lief zu ihnen.

„Kommt her, ihr zwei“, sagte er und hüllte die Jungs in die Decke. Er hielt sie fest. Sie waren total verschreckt und der kleinere fing an zu heulen. Die besorgte Mutter kam herbeigeeilt.

„Danke“, rief sie und nahm ihre beiden Jungs in die Arme. „Alles gut, Mama ist ja da!“

Max atmete auf und drehte sich zu mir um. Er schloss mich in seine Arme und küsste mich auf die Stirn.

„Alles okay bei euch?“, fragte Daniel hinter mir. Ich drehte mich um und nickte. Er hielt Jenny im Arm. Sie zitterte leicht.

„Bei euch?“, fragte ich.

„Nur ein bisschen erschreckt“, sagte Jenny und versuchte, ihren Schreck zu verstecken. Ihr Gesicht war blass. „Ist nichts passiert.“

Da erst dachten wir an das Boot. Fast wie auf Kommando drehten wir uns um und sahen, wie ein Mann ins Boot kletterte. Hinter ihm im Wasser tauchte ein schwarzer Kopf auf. Als der zugehörige Körper sichtbar wurde, erkannte ich Florian. Er war Papas Partner. Der Hüne hatte den Mann im Boot gerettet.

„Was ist mit den Tauchern?“, fragte Jenny leise. Langsam traten wir näher ans Wasser. Die Oberfläche kräuselte sich.

„Da ist ein Felsbrocken ins Wasser gestürzt", sagte der ältere Herr neben uns. „Genau dort, wo die Taucher waren."

Keiner sagte etwas. Im Wasser war nichts zu erkennen. Auf dem Boot diskutierten Florian und der Mann. Er schien drauf und dran, wieder hinein zu springen. Da zeigte der Mann aufgeregt in die Tiefe. Er beugte sich hinunter und packte den Arm, der aus dem Wasser schoss. Mit Florians Hilfe zog er einen der Taucher ins Boot. Der Zweite kletterte von selbst hinterher. Der Motor jaulte auf, die Menschen fingen an zu jubeln.

„Hoffentlich ist nichts passiert", sagte ich leise und war erleichtert.

„Alle leben", sagte Max beruhigend. Das Boot legte bei der Gaststätte an. Man hörte Sirenen. Die Bäume versperrten die Sicht. Wir schauten uns verlegen an. Da klingelte mein Telefon.

„Papa", sagte ich und nahm das Gespräch an.

„Hallo, Anna, wo steckst du?", hörte ich seine Stimme an meinem Ohr. „Ist alles okay?"

„Ja, Max und Jenny sind bei mir. Uns ist nichts passiert."

„Ich habe mir Sorgen gemacht."

„Wir saßen auf einem Felsen in der Nähe. Als wir das Knirschen gehört haben, sind wir schnell hinunter gesprungen."

„Okay. Wenn ihr was braucht, melde dich. Wann bist du heute Abend zu Hause?"

„Wir wollen Billard spielen, eher später“, antwortete ich.

„Ist gut. Pass auf dich auf“, sagte mein Vater und legte auf. Ich steckte mein Handy zurück in meine Hosentasche. Jenny schaute mich an.

„Können wir erst bei mir vorbei? Ich will mich kurz ausruhen“, sagte sie leise.

„Gerne, wenn du uns was zum Trinken anbietest“, neckte Daniel sie.

„Nö, du musst verdursten!“, lachte Jenny. Max schlang die Arme um mich und küsste mich auf die Wange.

„Aber danach spielen wir Billard!“, sagte er. „Ich will eine Revanche für die letzte Partie!“

Alle lachten. Max und ich hatten beim letzten Mal haushoch verloren. Diesmal nicht.
Wir beschlossen, langsam in Richtung Parkplatz zu laufen. Max hielt meine Hand und schaute sich aufmerksam um.

„Alles okay?“, fragte ich ihn.

„Ja, nur so ein Gefühl“, wimmelte er ab. Er grinste und zog mich an sich.
Ich glaubte ihm nicht, doch ich sagte kein Wort. Ich schaute mich selbst um. Dabei entdeckte ich, was Max vor mir verbarg. Eine Gestalt war hinter eine Tanne verschwunden. Tobias.

Lass uns in Ruhe, dachte ich besorgt. Ich fühlte mich verpflichtet, es Papa zu erzählen. Erleichtert erreichte ich das Auto und stieg ein. Die anderen schwiegen, als sie saßen.

„Du hast ihn gesehen, nicht wahr?“

„Ja, das macht mir Angst. Was, wenn er mir zu nahe kommt?“

Ich schaute Max nicht an.

„Dann sorge ich dafür, dass es das letzte Mal war!“

Er drückte meine Hand. „Er wird dir niemals wehtun, versprochen.“

Ich nickte langsam und schaute in sein grimmiges Gesicht. Es beruhigte mich, zu wissen, dass er für mich da war.

„Danke“, sagte ich leise und ließ den Motor an.

Später beim Billard spielen lehnte ich mich an ihn und atmete seinen einmaligen Geruch ein. Solange er in der Nähe war, konnte mir nichts passieren. Glücklich küsste ich ihn und stand auf, um zu spielen.

Roman saß vor dem Computer, als Maya hereinstürmte.

„Gleich kommt ein Patient! Er war bewusstlos, aber ist stabil. Wir schauen nach ihm!“

„Was ist passiert?“

„Tauchunfall im Wildsee“, antwortete Maya und schnappte nach Luft. Sie war wieder den ganzen Weg her gerannt.

„Seit wann darf man im Wildsee wieder tauchen?“, fragte Roman erstaunt. Dort war seit zehn Jahren nur das Baden erlaubt.

„Ein paar Experten prüfen die Felsen auf Risse. Ließ doch die Zeitung, da steht sowas drin!“

Wozu brauch ich eine Zeitung, wenn ich dich als wandelndes Lexikon habe?, dachte Roman grinsend. „Ah, okay“, sagte er und nahm sein Notizblock.

„Holst du ihn bitte ab?“, wiederholte Maya ihre Anweisung. Roman verließ den Raum, ohne etwas zu sagen.
Er schob den Block in seine Tasche und fand dabei sein Päckchen Kaugummi wieder. Er beschloss, gleich einen zu essen. Nichts hasste er mehr wie Mundgeruch. Außerdem verdeckte es den Rauch der Zigaretten. Beim Aufzug grüßte er die beiden Kolleginnen, die ausstiegen. Er drückte auf die zwei und atmete tief durch. Die Aufzugtüren schlossen leise.
Unten angekommen lief er zum Zimmer. Es war still, ein paar Maschinen piepsten leise vor sich hin. Dort warteten zwei Schwestern auf ihn.

„Hallo, Roman“, sagte die jüngere Blondine und schmachtete ihn an. Die Ältere sah ebenfalls verzückt aus, als sie ihn anblickte. Er verneigte sich leicht.

„Stets zu Diensten.“

„Was dürfen wir für dich tun?“

Die Zweideutigkeit überhörte Roman. Er zeigte auf die Tür.

„Ich hole den Mann ab. Er wird bei mir überwacht.“

„Ja, genau, er wird von dir betreut werden. Er hatte einen Herzstillstand im Wasser.“

„Er wird’s überleben“, sagte die ältere Blondine. „Sie kümmern sich gut um ihn, nicht wahr? Und wenn Sie was brauchen oder Fragen haben, kommen Sie vorbei.“

„Klar, das mache ich“, sagte Roman und schickte ein Lächeln hinterher.

Die beiden Blondinen lächelten ihn an. Er wandte sich schnell ab. Sein Charme wirkte manchmal anziehend auf andere.
Heute kam es ihm ungelegen. Seine Laune war getrübt. Er war nachdenklich.

„Hallo“, sagte er zu dem Mann im Krankenbett vor ihm. „Ich bin Roman und nehme Sie mit auf Station neun. Dort kümmern wir uns um Sie.“

Der Mann nickte. Sein Gesicht war blass und er zitterte leicht.

„Ist gut“, sagte er. Als er hustete, schüttelte sich dabei sein ganzer Körper. Roman schaute auf die EKG Geräte. Die Zeichen sahen alle normal aus.

„Dann fahren wir mal nach oben“, sagte Roman und atmete durch. Er löste die Rollen am Krankenbett und schnallte die Geräte fest. Langsam schob er das Bett in Richtung Fahrstuhl.
Die jüngere Blondine lief schnell vor ihn und drückte auf den Knopf. Sie lächelte ihm zu. Er fühlte sich unwohl und wünschte sich weg. Zum Glück erlöste ihn das Ping des Fahrstuhls.

Er nickte ihr zum Abschluss zu. Die Türen schlossen sich und er setzte sich mit seinem leichten Brummen in Bewegung.
Oben schob Roman das Bett in Richtung Station. Es war verdächtig still heute. Am Zimmer wartete Maya auf ihn.

„Wir besprechen jetzt alles", sagte sie seelenruhig und hielt Roman die Tür auf. Der schob das Bett an seinen Platz. Das andere war frei geblieben.

„Sie bleiben ein paar Tage zur Beobachtung bei uns", erklärte Maya, während Roman die Geräte hinstellte. „Sie haben im Wasser das Bewusstsein verloren, als der Fels Sie eingeklemmt hat. Der Arzt macht im Laufe des Abends ein paar Teste, aber im Moment sieht alles gut aus. Wir kümmern uns um Sie."

„Vielen Dank", sagte der Mann leise. Mayas Telefon klingelte.

„Hallo, was gibt's?", fragte sie. „Aha. Okay. Ja, kein Problem. Ich komme."

Sie drückte Roman die Akte in die Hand.

„Muss los. Mach du fertig", lautete die kurze Anweisung und schon war sie aus dem Zimmer verschwunden. Roman schaute kurz auf das oberste Blatt. Seine Laune sank weiter. Daher beschränkte er die Aufnahme auf das Nötigste.

„Danke Ludwig, ich werde alles Ihrem Arzt weiterleiten", sagte er zum Schluss.

Er verließ das Zimmer und lief direkt zum Aquarium. Dort legte er alles auf den Tisch und nahm seinen Rucksack.

„Ich mach kurz Mittag!“, rief er zu Maya ins Büro, deren Tür mal wieder offen stand. Sie wollte nichts verpassen, was draußen passierte.

„Okay“, kam die Antwort prompt. Sie wusste Bescheid, damit war es okay. Er nahm das Telefon mit. Erreichbar zu sein war wichtig.
Auf dem Weg vermied er Blickkontakt. Er rempelte an der Treppe eine ältere Dame an. Er schaffte es, sie fest zuhalten und entschuldigte sich schnell.
Sein komisches Gefühl verstärkte sich zunehmend. In der Kantine stellte er sich hinten an der Schlange an. Er versuchte, zu sehen, was es heute gab. Kartoffelbrei mit Würstchen und Gemüse. Er mochte es nicht, aber sein knurrender Magen siegte.

„Hallo, einmal das Mittagessen, bitte“, sagte er zu der Dame hinter der Theke. Sie nickte und richtete ihm einen Teller her.

„Ist ein Nachtisch gewünscht?“, fragte sie und zeigte auf den Schokoladen Pudding. Er schaute ihn kurz an und nickte.

„Überredet. Schokoladen Pudding kann man nicht widerstehen.“

„Da haben Sie recht“, sagte sie und lachte. Dabei zeigte sie ihm ihre vom Rauch vergilbten Zähne. Er fand das eklig und nahm schnell seinen Pudding in Empfang. An der Kasse zahlte er mit Karte und grinste die junge Bedie-

nung an. Er gefiel ihr, das wusste er. Doch er war nicht an ihr interessiert.
Am hintersten Tisch in der Ecke setzte er sich hin. So hatte er alles im Blick. Das Telefon legte er offen neben sich, um für einen Notfall gewappnet zu sein.
Da es um Leben und Tod ging, durfte man nicht mal kurz abschalten. Selbst wenn er nur kurz auf die Toilette wollte, musste es dabei sein.
Das Gemüse dampfte und der Kartoffelbrei war warm. Er tunkte das Würstchen in den Brei und verbrannte sich fast den Mund. So heiß hatte er ihn nicht eingeschätzt. Aus seiner Tasche zog er eine angefangene Flasche Wasser und trank einen Schluck. Beim nächsten Bissen war er vorsichtiger.
Viele Patienten saßen da und aßen zu Mittag. Die Kollegen sah man hier kaum. Sie hatten ihre eigene Küche. Dort traf man alle, doch ihm war das zu viel. Ihn interessierte nicht, was die anderen erzählten. Es war immer das Gleiche. Er kam mit allen zurecht, das reichte ihm.
Ab und zu ließ er sich in der Küche blicken, um den neuesten Klatsch zu erfahren. Nur, um Maya einen Schritt voraus zu sein. Sie war die größte Klatschtante von allen. Nichts durfte man ihr erzählen, wenn man nicht wollte, dass es das gesamte Krankenhaus erfuhr.
Sein Teller war leer, das Telefon blieb still. Es starrte ihn bedrohlich an. Roman fühlte Traurigkeit in sich aufsteigen. Er vergrub sie immer tief, doch manchmal kam sie hoch.
Ihm fehlte plötzlich die Anerkennung für seine Arbeit. Maya lobte selten. Es war an der Zeit, jemanden zu retten.

Blödes Telefon, dachte er wütend. *Kann es nicht läuten? Dann müsste ich mich nicht so beschissen fühlen! Ich bin hier in einem Krankenhaus!*

Er stand auf und ließ seinen Teller bewusst stehen. Er schnappte den Rucksack und das Telefon. Mit schnellen Schritten lief er durch das Krankenhaus. Die Apotheke war am anderen Ende vom Haus. Niemand war zu sehen, das Fenster geschlossen. *Pause bis 14 Uhr* stand auf einem Zettel.

Zum Glück, freute sich Roman. An seinem Schlüsselbund hing ein Schlüssel der Apotheke.
Niemand wusste davon. Er hatte ihn heimlich nachmachen lassen, als er mit der Frau eine Affäre hatte. Das war vor drei Jahren. Ihr Mann war nach ein paar Wochen darauf gekommen und hatte ihn angegriffen. Die Narbe vom Messer sah man auf seinem Oberarm. Nach dem Angriff hatten sie sich nur einmal gesehen. Da beichtete sie ihm, dass sie schwanger von ihrem Mann war. Sie wolle ihn nicht verlassen.
Bisher war es nicht aufgefallen, wenn er sich etwas holte. Der Schlüssel verschaffte ihm Freiheit. Ein bisschen Schwund war normal.
Er schloss die Tür von innen ab und ließ den Schlüssel stecken. Mit geübtem Blick suchte er die Reihen der Medikamente ab, bis er fündig wurde. Er nahm eine der Spritzen aus der Box heraus. 15 Milliliter Kaliumchlorid waren darin.
Zufrieden prüfte er den Sitz der Spritzenkappe. Dann ließ er die Spritze in seine Tasche gleiten. Bevor er den Raum verließ, öffnete er die Tür einen Spalt und spähte hinaus. Als ihm die Luft rein erschien, schlüpfte er raus und schloss schnell ab.
Erleichtert erreichte er den nächsten Gang und lief zum Fahrstuhl. Es war Teil seines Rituals.
Der Adrenalinkick, als er die Spritze holte, die Angst, die ihm im Nacken saß, dabei erwischt zu werden. Das Triumphgefühl, wenn es ihm gelungen war. Er fühlte sich besser. Oben in seiner Station erreichte er das Aquarium.

Er schnappte sich die Akte vom Taucher, um nicht aufzufallen. Langsam schlenderte er zum Zimmer.

„Hallo, Ludwig“, sagte er und betrat das Zimmer. Der Mann im Krankenbett schaute von seinem Buch auf. Ein Thriller, wie er sah.

„Ah hallo“, erwiderte der Mann erfreut. „Es geht mir schon ein bisschen besser.“

„So soll es sein!“

Roman schaute nach den Geräten. Alles war in Ordnung.

„Brauchen Sie eine stärkere Medikation?“, fragte er und drehte sich zu dem Mann um.

„Nein, es geht schon“, sagte der und schüttelte den Kopf.

Roman konnte sich ein Grinsen nicht unterdrücken. Er tat, als würde er die Akte lesen.

„Ich gebe Ihnen etwas zur Beruhigung und zum Schlafen“, sagte er dann.

„Ja, das klingt gut. Habe schon ein paar Nächte nicht richtig geschlafen. Die Aufregung, wissen Sie. So eine unbekannte Höhle erforscht man ja nicht alle Tage.“

„Das glaube ich gern“, antwortete Roman und zog schnell die Spritze aus seiner Tasche heraus. Er klopfte prüfend auf die Skala und zog die Kappe ab.

„Wir lassen es am besten mit der Kochsalzlösung durchlaufen.“

Roman gab den Inhalt in den Zulauf des Beutels. Die Lösung tropfte langsam hinab und lief durch den Schlauch zum Zugang in der Ellenbeuge des Tauchers.
Für Spritzen gab einen extra Zugang. So musste man die Patienten nicht so oft mit der Nadel piksen. Für die, die Angst hatten, war das die beste Erfindung.
Später konnte Roman nicht mehr sagen, was passiert war. Er trug die Spritze unter falschem Namen in die Akte ein, als er eine Bewegung wahrnahm. Er schaute hoch und sah, wie der Körper des Mannes zuckte. Es wurde heftiger, seine Arme und Beine schlugen gegen die Bettkanten. Die Augen verdrehten sich.
Roman reagierte, ohne nachzudenken. Der Alarm schrillte, er drückte den Mann im Bett hinunter. Hinter ihm stürmten Maya, Johanne und Hans ins Zimmer.

„Ich glaube, der Mann hat einen epileptischen Anfall!“, brüllte Roman. Schnell waren sie bei ihm und halfen ihm. Maya riss sein T-Shirt auf und rammte ihm eine Spritze ins Herz. Pures Adrenalin. Es dauerte nur Sekunden, bis der Mann tief durchatmete. Sie sahen sich erleichtert an.

„Gut reagiert“, sagte Maya. „Danke, Roman.“

Der nickte nur. Beim Zurücktreten stieß er auf etwas Hartes. Der Schreck fuhr ihm in die Glieder, als er die Spritze erkannte. Er hob sie schnell auf und ließ sie in seine Kitteltasche verschwinden.

„Hier bitte, die Akte“, sagte er und hob als Vorwand die Blätter vom Boden auf. Er hatte sie mit der Spritze fallen lassen.

Puh, Glück gehabt, dachte er und verzog sein Gesicht zu einem Grinsen. Ein Hochgefühl breitete sich in ihm aus. Das Lob war Musik in seinen Ohren.

„Danke, gut, dass ich nach ihm gesehen habe."

„Wie geht es Ihnen?", fragte Johanne den Mann und fühlte den Puls. Unnötig, wie Roman fand, da er ans EKG Gerät angeschlossen war. Dort sah man, wie sich die Herzfrequenz veränderte.

„Ich dachte, ich wäre wieder im Wasser", antwortete der Mann leise. „Um mein Leben kämpfen. So hat es sich angefühlt. Gruselig."

Bei den letzten Worten schüttelte sich der Mann leicht. Er war leichenblass.

„Am besten, Sie schlafen erstmal ein bisschen", wies Maya ihn an. „Ich bringe gleich eine Tablette. In einer Stunde gibt es Abendessen, da schauen wir nochmal nach Ihnen."

Der Mann nickte. Er sagte kein Wort, sondern drehte sich ein wenig im Bett herum. Maya deutete mit dem Kopf zur Tür. Holger und Johanne liefen voraus, Roman folgte ihnen nachdenklich. Er warf einen letzten Blick auf den Taucher, der schon die Augen geschlossen hatte.

„Wir schauen uns die Aufzeichnungen vom EKG an", sagte Maya und schloss hinter sich die Tür. Roman ließ sie vorbeigehen und steckte die Hände in seine Kitteltaschen
Fast erwischte er die Nadel der Spritze. Er merkte es rechtzeitig, bevor er sich damit stechen konnte. Auf eine Übertragung von AIDS oder Hepatitis fürchtete er sich am meisten. Fest umschloss er mit seiner rechten Hand die Spritze.
Maya setzte sich an ihren Tisch, Roman und Johanne blieben stehen. Sie tippte ein paar Mal auf der Tastatur

herum. Dann drehte sie den Bildschirm und man sah die Aufzeichnungen des EKGs. Deutlich sah man, wie sich alles im Normalbereich hielt. Der Ausschlag schoss nach oben. Ein zweiter Pik nur zwei Minuten später, sonst nichts.

„Nichts Auffälliges“, sagte Maya und wirkte mit einem Mal völlig erledigt. „Ich trage es ein. Wir beobachten das. Roman, schaust du später nah ihm. Am besten alle 15 Minuten.“

Sie schaute ihn prüfend an. Roman beschlich die Ahnung, dass sie mehr wusste, wie sie zugab. Er musste aufpassen.

„Mache ich. Erst schreibe ich meinen Bericht fertig und dann schau ich nach ihm.“

„Alles klar.“

Roman verließ das Zimmer und setzte sich an den Tisch. Nachdenklich schaute er die Postkarte aus Griechenland an, die eine Kollegin mal geschickt hatte. Er fühlte sich zerrissen und das gefiel ihm nicht.

Holger, der Wirt, stand an der Terrasse. Er rauchte eine Zigarette. Matthias hatte sich zu ihm gesellt. Langsam wurde es dunkel.
Keiner sagte ein Wort. Der Tag hatte es in sich. Niemand hatte mit dem Ansturm gerechnet.
Als ein Stück vom Fels abbrach, war die Panik groß. Viele rannten die Wege entlang, ein paar erlitten Schürfwunden. Die Polizei sperrte sofort den Weg und die schmalen

Strände ab. Es löste sich kein Fels mehr, doch kein Mensch sollte in der Nähe sein. Hauptkommissar Herle schickte viele der Besucher weg. Es gab nichts mehr zu sehen.

„Wie geht es dem Taucher?“, fragte Holger und drückte seine Zigarette im Aschenbecher aus. Sein schmales Glas musste er bald ausleeren.

„Er lebt“, antwortete Matthias und nahm die nächste Zigarette. „Im Krankenhaus ist er fast gestorben. Aber es geht ihm besser. Ich hoffe, er ist fit. Ich brauche ihn.“

„Sie wollen in die Höhlen tauchen, nicht wahr?“

„Sobald ich den Fels auf Risse untersucht habe. Ich klettere morgen hoch. Ist alles okay, tauche ich.“

„Sie tauchen selbst?“

„Meinen Tauchschein habe ich schon lange“, lachte Matthias. „Es ist mir eine Ehre, dort selbst tauchen zu dürfen. Ich bin echt gespannt, was wir dort alles finden.“

„Filmen Sie die Tauchgänge? Ich habe mich schon oft gefragt, wie es dort unten wohl aussehen mag.“

„Ja, ich werde sie filmen“, sagte Matthias nachdenklich. „Ich zeige sie Ihnen gern. Es ist herrlich da unten.“

„Ich freue mich“, antwortete Holger und seine Augen leuchteten. Er leitete sein Leben lang die kleine Gaststätte am Wildsee. Einen Blick in die Felswand zu erhaschen, die er jeden Tag vor sich sah, war ein lang gehegter Wunsch.

„Ich schaue nach den anderen. Die sind ein wenig neben der Spur“, sagte Matthias und drückte schwungvoll seine Zigarette aus. Er nickte Holger zu und lief nach drinnen. Der warf einen Blick zum See. Das Wasser spiegelte den Fels und ließ die Bedrohlichkeit steigen. Ein Schauer lief ihm über den Rücken hinab. Es hätte mehr passieren können.

Stop, befahl er sich in Gedanken. Alles ist gut. Niemand wurde verletzt. Er wandte sich schnell ab und betrat die Gaststätte. Seine Frau winkte ihm fröhlich von der Theke zu. Ihr schien das alles nichts auszumachen. Ihn stimmte es nachdenklich.
In den nächsten Tagen blieb alles gesperrt. Er überlegte, ob er seine Frau nochmal um Aushilfe bat oder es mit Tim alleine stemmte.
In seinem kleinen Büro schloss er die Tür hinter sich und setzte sich vor den alten Computer. Ein Lämpchen zeigte ihm den Erhalt einer neuen E-Mail an. Er rüttelte an der Maus, um den Bildschirm aus seinem Ruhezustand zu wecken. Fünf waren im Postfach.
Drei davon Spam, die er sofort löschte, ohne sie anzuschauen. Die vierte kam von der Stadt Spullberg. Er las sie mit aufsteigendem Ärger.

Sehr geehrter Herr Fels,

mit großem Bedauern haben wir von dem Vorfall erfahren.
Wir werden eine Prüfung des Felsens vornehmen. Finden wir Risse, wird der See fürs Baden gesperrt bleiben.
Der Prüfer kommt gleich morgen Nachmittag. Er macht Stichproben. Im Laufe der Woche erfolgt die genaue Prüfung.

Bitte richten Sie ihm ein Mittagessen, die Rechnung schicken Sie mir zu.
Es ist ratsam, die Gaststätte zu schließen. Wir wollen verhindern, dass Gäste auf die Idee kommen, zum Wildsee zu fahren.
Mehr Unfälle sind nicht in unserem Interesse. Ich hoffe, Sie verstehen das.
Für die Unannehmlichkeiten entschuldige ich mich im Voraus.

Wolfgang
Stadt Spullberg

Holger stand auf und drehte eine Runde um den Schreibtisch. Dann setzte er sich wieder und laß die E-Mail erneut. Sein erster Eindruck hatte sich nicht getäuscht.
Die Anweisungen waren deutlich. Der Ton gefiel ihm nicht. Anstatt ihn zu bitten, kam der Schreiber direkt mit einem Befehlston um die Ecke. Er druckte die Mail aus, schnappte das Blatt und machte sich auf die Suche nach seiner Frau. Sie stand am Tresen und zählte die Kasse.

„Hallo, Schatz“, sagte Holger. „Na, wie sieht es aus?“

Sie lächelte und drückte ihm einen Kuss auf die Wange.

„Super, obwohl so viele gegangen sind.“

„Das ist gut. Ließ mal die Mail, die eben von der Stadt Spullberg gekommen ist. Ich bin stinkwütend!“

„Zeig mal.“ Seine Frau schaute ihn lachend an und nahm ihm das Blatt aus der Hand. Während sie las, schlenderte Holger in Richtung Küche. Tim stand an der Spülmaschine und füllte sie scheppernd.

„Sei bitte vorsichtiger mit den Gläsern!“

„Denen passiert schon nichts“, kam die kurze Antwort. „Bestellung liegt auf dem Tisch.“

„Danke Tim. Du bist der Beste.“

Tim lachte. Seine ganze schlanke Gestalt schüttelte sich dabei.

„Lebt der Taucher? Ich bekomme hier nichts mit!“

Holger schüttelte den Kopf und fragte sich im stillen, woher er das schon wieder wusste. Sie hatten kaum Zeit, sich zu unterhalten. Tim kam an solchen Tagen oft nicht aus der Küche heraus. Er wollte keine Hilfe. Da war er eigen. Holger sagte nichts, so lange er alles auf die Reihe bekam. Er nahm den Zettel von dem Tisch neben der Tür und überflog ihn. Das Übliche.

„Ja. Er hatte einen Herzinfarkt unter Wasser von dem Schreck, aber es geht ihm besser. Ein paar Tage zur Beobachtung bleibt er. Wie schnell brauchst du die Sachen?“

„Holger!“, rief seine Frau, als Tom zu einer Antwort ansetzte. „Das ist echt unverschämt, diese Mail!“

Er drehte sich um und lief zu ihr. Sie hielt das Blatt wie einen dreckigen Lappen in der Hand.

„Ich regle das. Erwarten die ernsthaft, dass wir zumachen? Morgen stehen die Leute Schlange! So etwas passiert ja nicht jeden Tag!“

„Ich weiß. Wir werden jetzt alles schließen und morgen früh um acht stehen wir wieder da, okay?“ Er nickte erleichtert.

„Du gehst dann mit den Beamten mit und ich bereite mit Tim ein kleines Mittagessen zu. Damit wir wissen, was los ist. Nicht, dass sie die Sandstrände voll sperren lassen. Im Radio sagten sie, dass es ein paar Tage so herrlich bleibt wie heute.“

„Da hast du recht. Wir lassen uns das nicht nehmen. Ich mache den Tagesabschluss.“

„Ich habe nicht alles gezählt, da brauch ich ein paar Minuten.“

„Kein Problem, ich beantworte erstmal diese Mail“, meinte Holger und nahm ihr das Blatt aus der Hand. Langsam lief er Richtung Büro und warf einen Blick aus dem Fenster. Die Felswand ragte dunkel und fast bedrohlich hinter dem See hinauf.

12

MONTAG

William drückte auf den Knopf am Automaten. Kaffeeduft zog in seine Nase. Alles drehte sich im Kreis. Er musste mal kurz weg.
Der Fund Tinas, Tobias, der seine Tochter verfolgte und jetzt der Fels, der fast den Taucher erwischt hatte. Sein Magen zog sich seit ein paar Tagen vor Schmerzen zusammen. Lange konnte er es nicht mehr verbergen. Der Kaffee war nicht hilfreich, aber ohne ihn würde er einschlafen.
Zurück im Büro öffnete er den schmalen Schrank hinter der Tür. Dunkel erinnerte er sich an einen Tee, den er vor ein paar Monaten rein geworfen hatte. Er fand ihn sofort. Leider war es Pfefferminz. Den mochte er nicht. Frustriert sah er sich nach dem Wasserkocher um. Er stand in der anderen Ecke. Vorsichtig roch er an ihm.
Entkalken wäre eine Idee, dachte er sich. Er beschloss, es auf später zu verschieben. Langsam blubberte das Wasser vor sich hin. Die erste Ladung kippte er weg.
Ein Ping von seinem Computer lenkte ihn ab. Er lief hin und öffnete gleich die Mail. Sie war vom Bürgermeister Hermann Knapp persönlich.

Sehr geehrter Herr Herle,

mit großem Bedauern habe ich von dem Felssturz am Wildsee erfahren.
Wir werden eine Prüfung des Felsens vornehmen. Finden wir Risse, wird der See fürs Baden gesperrt bleiben.

Der Prüfer kommt gleich morgen Nachmittag. Er macht Stichproben. Im Laufe der Woche erfolgt die genaue Prüfung.
Es ist ratsam, die Gaststätte zu schließen. Wir wollen verhindern, dass Gäste auf die Idee kommen, zum Wildsee zu fahren.
Mehr Unfälle sind nicht in unserem Interesse. Ich hoffe, Sie verstehen das.
Daher möchte ich Ihre Präsenz am Wildsee aufrecht erhalten.
Rufen Sie mich doch bitte gleich an, damit wir die Details besprechen.

Mit freundlichen Grüßen aus dem Rathaus

Ihr Bürgermeister
Hermann Knapp

William las die Sorge des Bürgermeisters deutlich heraus. Er schaute in den Plan.
Dann musste er umplanen. Sein Blick fiel auf den Kalender. Morgen stand nur ein Termin darin. Ein Gespräch mit Tinas Eltern. Sie wollten endlich ihre Tochter beerdigen. Und er wollte den Täter erwischen. Um jeden Preis. Flo kam leise herein und schaute ihn fragend an.

„Ist was?“, fragte William, ohne eine Antwort zu erwarten. Florian machte ein paar Handbewegungen, aus denen er nicht schlau wurde.

„Besprechung“, sagte Flo knapp und ging schon wieder zur Tür hinaus. William nahm den kleinen Aktenstapel. Das Blatt aus dem Drucker legte er oben drauf. Fast vergaß er sein Handy. Er sah es aus dem Augenwinkel. Flo wartete im Gang auf ihn. Er ging langsam voran, zum kleinsten der Besprechungsräume. Julius Winkler schnaufte laut, als William den Raum betrat. Sein Kopf war rot. Kein gutes Zeichen.

„Guten Tag, Herr Herle“, sagte er beherrscht. William wappnete sich innerlich für das Schlimmste.

„Es gibt einige Entwicklungen, die mir nicht gefallen. Der Fels am Wildsee ist brüchig. Und doch sind viele Menschen dort.“

William holte tief Luft und setzte zu einer Antwort ab, als Julius sich räusperte.

„Die offenen Fälle sollen endlich geschlossen werden.“

Er fixierte William. Der wurde wütend.

„Der Felsabsturz am Wildsee wird morgen untersucht“, sagte er und legte Julius die ausgedruckte Mail vor. Der nahm sie mit einem bösen Blick und las langsam Wort für Wort.

„Dann ist das ja geklärt. “

William kochte innerlich. Doch er beherrschte sich. Julius grinste.

„Gibt es etwas Neues im Fall der Studentin?“

„Nein“, sagte William und atmete tief durch. Julius‘ Gesichtsfarbe wurde eine Spur dunkler. Er sagte jedoch nicht sofort etwas. Flo stand wie ein Fels da, still und unbeweglich.

„Wofür sind Sie hier?", polterte es aus Julius heraus. Er starrte William an, böse, sodass ihm fast das Herz in die Hose rutschte.

„Berichte lesen, Tatort anschauen, die Zeugen befragen. Herrgott, soll ich Ihnen jetzt Ihren Job erklären?"

„Ohne Beweise kann ich nicht ermitteln!", schimpfte Will zurück. „Morgen spreche ich mit den Eltern des toten Mädchens!"

„Warum sagen Sie das nicht gleich? Halten Sie mich auf dem Laufenden! Der Fall muss bald abgeschlossen werden! Und schauen Sie sich nochmal den Tatort an, nicht, dass etwas übersehen wurde!"

„Wie Sie wünschen."

Er drehte sich um und stürmte aus dem Raum. Flo folgte ihm schweigend. Zurück in seinem Büro warf er den Stapel Akten auf den Schreibtisch. Er beschloss, heute früher zu gehen. Ohne ein weiteres Wort holte er seine Tasche unter dem Tisch vor, schob alles ordentlich auf einen Haufen und sagte zu Flo:

„Ich gehe jetzt. Wenn was ist, sollen die anderen sich an dich wenden."

„Ja."

William lief aus dem Büro. Niemand sprach ihn an, als er durch die Gänge stampfte. Er stand kurz vor einen Wutausbruch. Im Auto atmete er tief durch, bevor er losfuhr. Morgen war ein neuer Tag.
Zuhause war niemand. Seine Frau Monika war im Kino, Sohn Chris und Tochter Anna bei Freunden. Er nahm die

Tupperdose mit der restlichen Lasagne aus dem Kühlschrank und stellte sie in die Mikrowelle. Das Bier öffnete zischend und hinterließ auf dem Tisch einen Fleck. Er wischte mit dem Handtuch darüber und lief ins Wohnzimmer.

Später im Bett schlief er tief und fest. Er merkte kaum, wie sich seine Frau hereinschlich und sich an ihn schmiegte. Er legte seinen Arm um sie und hielt sie fest.
Sein Wecker warf ihn ein paar Stunden später unsanft aus dem Bett. Vor sich hinbrummend schlurfte er ins Bad. Unter der kalten Dusche wurde er langsam wach. Leise zog er sich im Schlafzimmer an, um Monika nicht zu wecken.
Das Frühstück ließ er ausfallen. Auf dem Weg zur Arbeit hielt er beim Bäcker und kaufte sich eine Brezel. In der Wache lief er direkt in sein Büro. Flo war schon da. Der schwarze Hüne hatte einen dampfenden Becher Kaffee vor sich und las in einer Akte. Er bewegte sich keinen Zentimeter, schaute nicht mal auf.
William setzte sich. Der Computer war aus. Flo hatte ihn wohl ausgeschalten, nachdem er gegangen war. Keine neuen E-Mails.

„Du hast um zehn Uhr ein Gesprächstermin mit Tinas Eltern, denk dran."

Flo's Hinweis brachte William durcheinander.

„Nicht erst um elf?"

„Um Punkt zehn Uhr."

„Okay, dann ist es jetzt halt so", sagte William und verzog seinen Mund. „In zehn Minuten ist Morgenbesprechung. Ich gehe schon mal vor."

„Ja“, antwortete Flo sofort. Bewegt hatte er sich nicht. Will nahm seine Akten und machte sich auf den Weg zum großen Besprechungsraum. Die Ersten waren da, saßen oder unterhielten sich.
William legte seinen Akten am vordersten Tisch ab. Er sah sich um. Nach und nach kamen die anderen.
Lang hielt er es nicht aus. Doch die Besprechung zog sich. Zurück im Büro arbeitete er sich durch die Berichte vom Vortag durch und setzte unter jeden seine Unterschrift. Es gab kaum neue Ergebnisse. Es klopfte an der Tür und einer der Streifenbeamten streckte seinen Kopf herein.

„Herr und Frau Schwarz sind jetzt da. Sie warten im Eingangsbereich.“

William schaute auf und nickte.

„Bringen Sie sie bitte in den kleinen Konferenzraum?“, bat William ihn und schob den Bericht zusammen. Der Beamte schloss die Tür hinter sich. Er nahm sein Handy und lief hinaus. Unten erkannte er die beiden schon von weitem.

„Guten Tag“, sagte er beim Nähertreten. Beide sahen ihn an.

„Hallo, Herr Herle.“

Die vom Rauch gezeichnete Stimme klang etwas heiser. Herr Schwarz reichte ihm die Hand. Seine Frau sagte nichts.

„Kommen Sie bitte mit“, sagte William und deutete mit der Hand in Richtung des kleinen Raumes. Schweigend folgten ihm die beiden.

„Danke.“

Frau Schwarz nahm als erste Platz. William schloss leise die Tür hinter sich. Er wusste nicht recht, wie er anfangen sollte. Die beiden waren nicht hilfreich, sondern schwiegen weiterhin.

„Ich will mit Ihnen über den Tag sprechen, als Tina verschwunden ist.“

„Wozu? Unsere Tochter ist tot! Das ändert nichts!“, polterte Herr Schwarz zornig. „Jemand hat sie wie Dreck verscharrt! Und wir hofften, dass sie nur weggelaufen ist!“

„Ich weiß, dass es nicht einfach für Sie ist und es tut mir sehr leid. Aber ich will den Fall abschließen und ...“

„Also geht es doch nur um Ihren Fall!“, warf Herr Schwarz wütend ein.

„Nein. Es geht darum, dass Sie Gewissheit haben, wer Ihre Tochter getötet hat!“

William wurde wütend. Herr Schwarz mauerte und ließ ihn nicht an sich heran.

„Wir wollen es wissen“, sagte Frau Schwarz leise. William nickte erleichtert.

„Erzählen Sie mir von dem Tag. An was erinnern Sie sich?“

„Das steht doch alles in Ihrem Bericht!“

„Herr Schwarz, bitte, manchmal täuschen einen die Erinnerungen.“

„Bei mir nicht!“ Herr Schwarz schaute ihn wütend an. „Solange es dazu dient, den Mörder zu fassen, werde ich mich fügen!“

„Oli, beruhige dich“, sagte Frau Schwarz und legte ihre Hand auf seine.

„Ich war arbeiten, wie immer“, fuhr Herr Schwarz mit einem Seitenblick auf seine Frau fort.
„Gegen sechs war ich zuhause und habe meine Frau und Tochter begrüßt. Wir aßen gemeinsam zu Abend. Es gab Gulasch mit Salat. Tina hat sich danach gerichtet, um auf diese Party zu gehen. Sie wollte nicht, dass wir sie extra fahren, deswegen hat sie das Rad genommen. Sie hat sich von mir verabschiedet, als ich schon im Wohnzimmer saß. Ich habe sie nie wieder gesehen.“

Sein Gesichtsausdruck verhärtete sich.

„Ich sah ein Fußballspiel und habe ein paar Bier getrunken. Meine Frau ging früh schlafen.“

„Mit Fußball kann ich nichts anfangen“, warf Frau Schwarz ein. „Ich war fertig von der Woche und bin früh schlafen gegangen.“

„Erst am nächsten Morgen merkten wir, dass Tina nicht da war.“

„Herr Schwarz, gibt es jemand, der ihr etwas antun wollte?“, fragte William aus einer Intuition heraus. Die aufgeschlagene Akte lag vor ihm. Es war nicht greifbar, dieses Gefühl, dass langsam in ihm aufstieg.

„Nein, es gab niemand“, brummte Her Schwarz verbittert.

„Sind Sie sicher?“, antwortete William. „Ein Ex-Freund vielleicht?“

„Sie war brav. Es gab keinen Jungen in ihrem Leben.“

„Und wenn doch? Sie muss es nicht erzählt haben.“ William schaute Frau Schwarz an. Sie hielt den Kopf gesenkt und drehte ihren Ring.

„Sie wusste, dass sie jederzeit zu uns kommen konnte zum Reden!“, brummte Herr Schwarz. „Es reicht jetzt! Wir gehen!“

„Herr Schwarz, bitte beruhigen Sie sich!“

William war ebenfalls aufgestanden. Herr Schwarz sagte kein Wort. Als dieser zur Tür hinaus stampfte, hörte er ein leichtes Klirren. Frau Schwarz senkte den Blick, als sie an ihm vorbeiging und ihrem Mann schnell hinterherlief. Er wurde sein ungutes Gefühl nicht los, wie er den beiden nach schaute.

13

DIENSTAG

Punkt acht Uhr schloss Holger seine Gaststätte auf. Gefühlt hatte jede Ampel vor ihm auf Rot umgeschaltet. Deswegen war er zehn Minuten später dran, wie er geplant hatte.
Mit einem Klick erhellten die Lichter das Gasthaus. Seufzend sah er, dass niemand die Tische geputzt hatte. Das musste er schnell nachholen, bevor der Gutachter kam.
Er lief zur Küche und holte ein Lappen. Wilma, seine Frau, wollte erst zur Mittagszeit kommen und dann das Essen vorbereiten.
Tim und Bernie kommen gegen 10 Uhr, dachte er. Er wollte den Anweisungen aus der Mail nicht folgen. Eine Sensation lockte die Leute förmlich an. Und das zusätzliche Geld war ihm wichtig.
Pfeifend wischte er die Tische ab. Ein lautes Klopfen an der Tür lenkte seine Aufmerksamkeit dorthin. Als er sie öffnete, stand ein recht schlanker Mann mittleren Alters vor ihm.

„Guten Tag, ich bin Alexander Bauer. Ich prüfe heute die Felswand auf Risse.“

„Hallo, ich habe Sie erwartet. Mein Name ist Holger und bin der Besitzer.“

Die Männer schüttelten sich die Hände.

„Es ist wunderschön hier. Das habe ich vergessen. Das letzte Mal war ich vor 20 Jahren hier mit meinem jüngsten Sohn.“

„In der Zeit hat sich hier einiges verändert“, sagte Holger und lachte. Immer mehr Menschen entdeckten den Wildsee für sich als Oase.

„Bekomme ich einen Kaffee? Ein paar Beamten kommen gleich. Sie begleiten mich.“

„Nehmen Sie doch Platz und ich bringe ihn sofort.“

„Danke.“

Holger lief zur Theke. Er schaltete die Kaffeemaschine ein und sie blubberte und spuckte. Die Geräusche klangen normal. Trotzdem schaute er nach dem Wasserstand. Der Behälter war zur Hälfte gefüllt. Es klopfte erneut an der Tür. Als er sie öffnete, erkannte er einen der Beamten wieder. Er war in den letzten Tagen immer vor Ort gewesen.

„Hallo Holger“, sagte der Beamte erfreut. „Wir sind startklar.“

„Wir gleich. Herr Bauer trinkt seinen Kaffee, dann kommt er.“

„Wir schauen uns solange die nähere Umgebung an.“

Der Beamte winkte seinen drei Kollegen zu und sie schwärmten aus. Holger schloss die Tür hinter sich und lief zurück zur Theke. Er nahm die Kaffeetasse und brachte sie zu Alexander.

„Dann lassen Sie uns mal mit der Arbeit anfangen", sagte er fröhlich und Alexander nickte. Er nahm einen großen Schluck aus der Tasse. „Ah", machte er. „Das habe ich jetzt gebraucht."

Holger grinste. Das Gefühl kam ihm bekannt vor. Mehr als zwei Tassen am Tag trank er nie.

„Kommen Sie mit?", fragte Alex.

„Nein. Aber ich will es gleich wissen. Nicht, dass es nachher heißt, die Felswand sei so instabil, dass sie jederzeit auf meine Gäste herabstürzen könnte."

„Sie sind der Erste, der es erfährt."

Alexanders Worte waren deutlich. Holger war skeptisch. Er befürchtete das Schlimmste. Er hatte nur ein paar Stunden geschlafen, weil er zu viel nachgedacht hatte. Die Sorgen um seine Gaststätte traf ihn mehr, wie er zugab. Er gab sich einen Ruck und lief zur Tür. Alex folgte ihm direkt. Draußen warteten die vier Beamten.

„Ich bin Valentin Fischer. Ich bringe sie hin." Ein Beamter schüttelte ihnen die Hand. Die anderen nickten nur.

„Wo geht es lang?", fragte Alexander und drehte sich um. Valentin winkte und lief voraus. Holger schaute ihnen nach.
Er schlenderte zurück, blieb auf der Terrasse stehen. Die Felswand ragte hoch hinaus und er fragte sich, was Alexander finden würde.

14

MITTWOCH

Roman saß am Tisch und dachte nach. Sein Tee war kalt geworden. Er schob ihn beiseite. Sein Sandwich hatte er nicht angerührt. Er ließ es stehen.

„Kommst du? Wir müssen los!“, rief Maya. Er sah auf und sah sie am Eingang lehnen. Ohne zu antworten, stand er auf. Sie sollten einen Patienten auf eine andere Station bringen. Und nach dem Taucher sehen.
Ein ungutes Gefühl wappte in Roman hoch. Maya schien ihn zu beobachten. Er spürte es. Als er sie ansah, wich sie seinem Blick aus. Immer wieder. Es war komisch. Abgelenkt ließ er die Box mit den Tüchern fallen. Maya starrte ihn an, seufzte aber nur.

„Ach Roman, pass ein bisschen auf, ja?“

Er nickte und hob die Box auf. *Vorsicht,* mahnte er sich. Maya durfte er nicht unterschätzen. Er schickte ein Lächeln hinterher und zuckte mit den Schultern.
Später, als er nach Hause lief, dachte er nach. Sie musste es ahnen. Anders war ihr Verhalten nicht zu erklären.
Im Fernsehen lief eine Doku, doch er nahm sie nicht wahr. Zu sehr beschäftigte ihn, ob es jemand ahnte. Er brauchte diesen Kick. Held zu sein. Dass nicht alles gut ausging, verdrängte er.
Plötzlich musste er sie in den Händen halten. Er stand auf, warf fast die Bierflasche um. Sie fing sich selbst wieder. Im Schlafzimmer kroch er unters Bett und zog die Kiste

hervor. Sie war alt, gehörte mal seinem Vater. Er hatte sie ihm geschenkt, für kleine Dinge. Schon immer hatte er gesammelt, Steine vor allem.
Das Schloss an der Kiste verlor die Farbe, der Lack blätterte ab. Beim Öffnen quietschte es. Er würde es ölen müssen. Vorsichtig hob er den Deckel an.
Alle seine Schätze waren da. Er nahm ein paar heraus und legte sie vor sich auf den Boden. Im Schneidersitz saß er da und schaute sie einfach nur an. Er strich mit dem Finger über sie, berührte sie kurz. So gern er sie um sich hatte, er musste sie verstecken. Das war ihm heute klar geworden. Ein letzter Blick, dann schob er sie zusammen und legte sie zurück in die Kiste. Er griff zum Handy.

„Hallo, Mama“, sagte Roman, als sie sich meldete. „Wie geht es dir?“

„Das ist ja eine Überraschung!“ Die Stimme am anderen Ende war ihm so vertraut, dass es wehtat. Er hatte sie zu lange nicht mehr gehört. „Mir geht es gut. Nur mein Knie macht mir zu schaffen. Wann kommst du mal wieder vorbei?“

Roman musste schlucken. Er hatte einen Kloß im Hals. Zu sehr hatte er sie vermisst, hatte es geahnt und doch immer abgetan.

„Wie passt es dir?“, fragte er mit belegter Stimme. Seine Mutter schien es zu ahnen.

„Komm doch gleich“, meinte sie liebevoll. „Dann erzählst du mir, was dich bedrückt und wir bestellen uns eine Pizza.“

„Klingt super. Ich fahr gleich los. Danke, Mama.“

Roman fing an zu heulen, als seine Mutter „*Hab dich lieb, Junge*" sagte und auflegte. Er zog ein Taschentuch aus der Tasche und putzte sich die Nase. Das war genau das, was er jetzt brauchte. Er nahm die Kiste, machte das Schloss zu und steckte sie in den Rucksack. Den Fernseher ließ er laufen, ging nicht einmal zurück. Mit dem Schlüssel in der Hand rannte er die Treppe hinunter. Im Auto dachte er nach. Es war verhext. Maya ahnte etwas. Das war sicher.
Er durfte sich nicht erwischen lassen. Es war ihm zu wichtig. Er war der Held. Und sonst niemand.

15

DONNERSTAG

Ich lief mit gesenktem Kopf die Straße entlang. Der Schultag hatte mich völlig geschafft. Nach vier Stunden Mathe hatte selbst ich die Nase voll. Wir schrieben in ein paar Monaten unser Abitur. Die Vorbereitungen liefen. Jenny machte nur Blödsinn und ich bekam die Ermahnung. Den Frust ließ ich an meinem Nebensitzer Patrick aus. Der hatte nur gegrinst.
Ich bog in die Straße ein, in der ich wohnte. Der Wind pfiff über die Felder und wurde von den Häusern in eine Richtung gelenkt. Die dunklen Wolken am Himmel trugen zu dem stürmischen Herbstwetter bei.
Es war kalt geworden in den letzten Tagen. Zu kalt für Anfang Oktober. Die Sonne verschwand hinter den Wolken. Ein Sturm war für das Wochenende gemeldet.
Zum Glück hatte ich meine Mütze mitgenommen. Der raue Herbstwind ließ einen frösteln.
Meine Hand zitterte, als ich den Schlüssel aus der Hosentasche zog. Fast ließ ich ihn fallen. Ich schloss auf und schlug die Haustür hinter mir zu.

„Anna, kannst du die Tür leise zumachen?“

Mama klang wütend. Ich verdrehte nur die Augen und sagte nichts. Ich lief an der Küche vorbei, ihr Blick ließ mich innehalten.

„Sorry, das war der Wind“, sagte ich schnell. Sie schaute mich nur an. „Okay, ich hab sie zugeworfen. Aber der Wind ist schuld!“

„Pass halt auf“, antwortete Mama und lächelte. „In zehn Minuten ist das Essen fertig.“

„Super, was gibt es den?“, frage ich, obwohl mir der Geruch vom Käse schon in die Nase gestiegen war.

„Lass dich überraschen, wenn du es nicht errätst.“

Ich grinste und stieg langsam die Treppe zu meinem Zimmer hinauf. Die Tasche fiel schon am Eingang auf den Boden. Meine Tür schloss, ohne das ich sie auf die Seite schieben musste. Die Jacke landete direkt daneben. Rückwärts ließ ich mich in mein Bett fallen und starrte an die Decke.
Ein paar Minuten lag ich nur da und dachte nach. Max war in der Uni, er wollte am Abend zu mir kommen. Mit Jenny wollte ich mich später im Café Blues treffen, unser Ritual. Wir wollten quatschen. Das hatte sich nach meiner Entführung so eingeschlichen.
Mein Handy brummte. Eine Nachricht von Markus.

Ich komme mit der Aufgabe in Mathe nicht weiter. Kannst du mir helfen?

Seufzend stand ich auf, nahm meine Tasche und setzte mich an den Schreibtisch. Ich zog die Unterlagen heraus und blätterte sie durch. Die Aufgabe war nicht schwer.

„Kommt ihr zum Essen?“, hörte ich Mama rufen. Ich ließ alles liegen. Markus musste warten.
Es gab Käsespätzle. Ich liebte sie. Mein Bruder erzählte von seinem Fußballspiel. Ich hörte kaum zu. Zum Nach-

tisch holte ich mir eine Tafel Schokolade und verzog mich wieder in mein Zimmer. Ich schickte Markus die Lösung für die Aufgabe und schaltete den Fernseher an, um mich etwas abzulenken.

Schon als ich das Haus verließ, hatte ich ein ungutes Gefühl im Bauch. Der Wind zerstreute es schnell. Ich zog den Schal enger und trat entschlossen auf die Straße. Meinen Plan, zum Café Blues zu laufen, bereute ich schon auf den ersten 100 Meter. Die 15° Grad erschienen mir wie Null Grad. Der Sturm schickte seine Vorboten. Schnell war ich in der Stadt und lief direkt zum Café. Jenny war schon da. Sie winkte mir fröhlich zu. Erleichtert rutschte ich zu ihr an den Tisch.

„Da bist du ja endlich!“, empfing sie mich.

„Sorry, ich hab Markus geholfen mit Mathe.“

„Okay.“

Fragend schaute sie mich an. Ich gab den Blick zurück. Die Kellnerin kam auf uns zu und ersparte mir die Antwort.

„Was wollt ihr beiden?“

„Zwei Kaffee und ein Stück Torte“, sagte Jenny, bevor ich reagierte.

„Und für dich ein Stück Kuchen?“, fragte mich die Kellnerin.

„Käsekuchen.“

Sie nickte und schien mir meine kurze Antwort nicht übel zu nehmen. Ich schaute mich um und folgte der Kellnerin mit den Augen, bis sie in der Küche verschwunden war.

„Hast du schon das Bild gesehen?“

Ich erschrak fast, als Jenny mir plötzlich ihr Handy unter die Nase hielt. Es zeigte ein Mädchen unserer Schule. Ich zuckte mit den Schultern und handelte mir einen bösen Blick ein.
Etwas lenkte mich ab. Die Tür hatte sich geöffnet und neue Besucher traten ein. Die Kellnerin kehrte zurück und brachte uns den Kaffee.

„Der Kuchen kommt gleich nach“, sagte sie und lächelte. Wir hörten schon gar nicht mehr zu, sondern schütteten den Zucker in den Kaffee. Beim ersten Schluck verbrannte ich mir die Lippen, so heiß war er.

„Aua, ist das heiß!“, fluchte Jenny. Beide waren wir nicht geduldig. Ich ließ ihn stehen. Die Kellnerin brachte den Kuchen und verschwand schnell wieder. Der aufsteigende Geruch ließ mir das Wasser im Mund zusammenlaufen. Voller Vorfreude steckte ich die Gabel hinein und brach das erste Stück vom Kuchen ab. Er schmeckte herrlich. Zufrieden kaute ich und hob das nächste Stück auf.
Etwas ließ mich innehalten. Ich hielt die Gabel direkt vor meinem Mund und war nicht fähig, mich zu bewegen. Mein Blick wanderte vom Kuchen geradeaus. Dort stand jemand in Jeans und schwarzem T-Shirt. Ich erkannte ihn sofort.

„Hallo, Schatz“, sagte der Mann, dessen Stimme mir einen Schauer über den Rücken laufen lies.
Bevor ich reagierte, setzte er sich neben mich. Ich konnte mich nicht bewegen, geschweige denn etwas antworten.

Jenny hing mit der Nase im Handy fest und hatte nichts mitbekommen.
Der Mann legte seinen Arm um mich und grinste fröhlich. Erst als er mit der anderen Hand die Gabel griff und das Stück Kuchen in seinen Mund schob, brach meine Erstarrung. Es kam Bewegung in mich und ich versuchte, den Arm abzuschütteln.

„Lass mich in Ruhe!“, schimpfte ich.

„Schatz, alles ist okay.“

Sein irrer Blick machte mir Angst. Er glaubte nicht ernsthaft, dass wir immer noch zusammen waren. Irgendetwas lief da gewaltig schief. Ich riss fast die Blumen hinter mir herab beim Versuch, seinen Arm wegzuschieben. Doch er war stärker als ich und hielt mich eisern fest. Langsam stieg Panik in mir auf und vernebelte meinen Verstand.

„Jenny!“, brachte ich heraus, bevor meine Stimme versagte. Da erst schaute sie auf und erkannte ihn sofort. Ihr Gesicht wechselte von heiter in wütend innerhalb von Sekunden.

„Hast du sie noch alle?!“, fauchte sie und sprang auf. So schnell, wie sie um den Tisch herum war und ausholte, reagierte keiner.
Das Klatschen hörte man durch das ganze Café. Es war mit einem Mal mucksmäuschenstill.
Langsam drehten sich alle um. Ich war erschrocken, als es klatschte. Ich riss mich los. Tobias starrte mit irrem Blick auf Jenny, die wutschnaubend und zitternd vor ihm stand.

„Du hast kein Recht, ihr nahezukommen!“

„Hindere mich doch daran.“

Tobias verging sein Lachen. Jennys Hand klatschte erneut auf seine Wange. Er sprang auf und baute sich bedrohlich auf. Jenny bewegte sich keinen Millimeter. Sie starrten sich an.

„Lass sie in Ruhe!“, zischte Jenny.

„Du kannst nichts dagegen tun“, sagte Tobias und breitete seine Arme aus. Ich saß in der Ecke auf der Bank und konnte nicht fassen, was passierte. Das zweite Mal war niemand in der Nähe, der uns half. Die Angst fraß sich fest und ließ mich erstarren. Kein Gedanke war greifbar und ich wünschte mir stattdessen nur, dass es schnell vorbei sein würde. Tobias sah nur kurz zu mir, bevor er Jenny fixierte.

„Nein heißt nein.“

Die tiefe Stimme klang entschlossen. Hinter Tobias stand ein älterer Herr. Seine braunen Haare waren leicht grau. Er trat näher und drehte, bevor jemand reagierte, Tobias den Arm auf den Rücken. Der schrie auf. Der Mann drückte weiter, bis er nur noch wimmerte. Ihn so zu sehen, war neu für mich. Und doch war es befreiend.

„Er belästigt euch, nicht wahr?“, sprach der Mann und schaute uns prüfend an.

„Ja, er findet sich nicht damit ab, dass wir Schluss gemacht haben“, antwortete ich wütend. Überrascht über mich selbst, schob ich hinterher: „Seitdem lauert er mir ständig auf!“

„Er hat sie mit einer anderen betrogen“, warf Jenny ein. Dem fremden Mann die komplette Geschichte zu erzählen, war mir nicht geheuer. Zum Glück sagte sie nicht mehr dazu. Wir schauten ihn beide an.

„Junge, wenn eine Frau *Nein* oder *Schluss* sagt, dann heißt das auch so!“, wandte sich der Mann, ohne auf unsere Erklärung einzugehen, wieder Tobias zu. Der antwortete nicht.

„Ich erwarte von dir, dass du die beiden Mädels in Ruhe lässt, haben wir uns verstanden?“

„Soll ich die Polizei rufen?“

Der Ruf der Kellnerin, die herbeieilte, hörte sich leicht panisch an. Ich sah, wie die anderen Gäste sich zu uns umgedreht hatten. Sie redeten. Zwei Männer standen auf und näherten sich.

„Ich denke, das ist nicht nötig.“

Der ältere Mann ließ Tobias los, nachdem er fest zugedrückt hatte.

„Bitte entschuldigen Sie die Unannehmlichkeiten“, sagte er und wandte sich der Kellnerin zu. Sie schaute uns an und nickte.

„Alles gut. Es ist nichts passiert und der junge Mann wird unverzüglich das Café verlassen.“

Ihr Ton duldete keinen Widerspruch. Tobias fügte sich. Er stand auf und schwankte leicht. Er hielt sich die schmerzende Schulter. Sie war nicht ausgekugelt. Da hatte er Glück gehabt. Mein Vater wäre nicht so sanft gewesen.

„Es tut mir leid, dass wir so Ärger machen“, sagte ich und sah verlegen zur Kellnerin. Sie schaute mich mitfühlend an.

„Da kannst du nichts dafür.“

Ihre Antwort beschwichtigte mein Gewissen kaum. Es war meine Schuld. So viel stand fest.

„Los, geh jetzt.“

Der Mann starrte Tobias böse an. Der sagte nichts, sondern warf mir einen letzten hasserfüllten Blick zu und schritt ohne sich umzudrehen, zur Tür. Hinter ihm fiel sie zu. Langsam fühlte sich der Raum mit Geräuschen.

„Danke“, murmelte ich und setzte mich an den Tisch. Ein bisschen schwindelig war mir nach der ganzen Sache. Das Adrenalin hatte mich hoch geputscht.

„Gern geschehen“, sagte der Mann und lächelte uns zu. „Lasst euch bloß nicht von so einem Pimpf einschüchtern. Der hatte mehr Angst vor mir als ihr vor ihm. Jetzt genießt euren Kuchen und macht euch keinen Kopf.“

Er zwinkerte uns zu und lief zurück zu seinem Tisch. Jenny und ich starrten unseren Kuchen an. Mir war der Appetit vergangen und ihr ging es genauso.
Vorsichtig stupste ich die Tasse an. Sie war lauwarm. Ich nahm einen Schluck. Wenigstens verbrannte ich mich nicht mehr. Ich grinste Jenny an, die erleichtert ein Stück Kuchen aufstach. Sie schob es in ihren Mund und schloss genießerisch die Augen.

„Das musst du deinem Papa erzählen“, sagte sie mit vollem Mund. Ich nickte nur. Das würde ihm nicht gefallen. „Und Max.“

Manchmal las sie meine Gedanken. Ich wollte es unter den Tisch kehren. Es war nichts passiert. Doch sie hatte Recht. Beide mussten es erfahren.

„Ich sage es ihnen.“ Nachdenklich schaute ich meinen Kuchen an. Er sah verführerisch aus. Ich stach mit der Gabel hinein und ließ das Stück auf der Zunge zergehen. Dabei dachte ich nach. Tobias hinterließ ein ungutes Gefühl, dass sich nicht vergraben ließ.

„Glaubst du, dass er es wieder versucht?“, fragte ich Jenny nach ein paar Minuten Stille. Sie schaute mich an.

„Auf jeden Fall. Und wenn du Pech hast, geht es nicht so gut aus wie heute.“

Ihre Warnung stimmte mich nachdenklich. Was sollte ich tun, wenn er mich allein erwischte?
Er wird mir weh tun, schoss es mir durch den Kopf. Diese Gewissheit verfolgte mich in meine tiefsten Gedanken und fraß sich fest. Und das machte mir mehr Angst, als ich mir eingestehen wollte.

16

Samstag Vormittag

Holger stieg aus seinem Auto und streckte sich erstmal ausgiebig. Er hatte ein bisschen krumm gelegen in der Nacht und das rächte sich jetzt. Einige Knochen knackten. Der Wind war stärker geworden. Ein Herbststurm war auf dem Weg zu ihnen. Holger warf die Autotür hinter sich zu und stapfte den Weg entlang zur Gaststätte.
Die Tannenbäume bogen sich unter dem Druck des Windes. Er hatte ein Stück entfernt geparkt. Den Platz vor der Gaststätte hatte er Matthias überlassen.
Der kleine Fußmarsch tat ihm gut. Frische harzige Luft strömte in seine Lungen und ließ ihn durchatmen. Die zerklüfte Felswand blitzte zwischen den Bäumen hervor, bis er sie in ihrer vollen Pracht vor sich sah. Er liebte diesen Augenblick.
Die Gaststätte wirkte klein im Vergleich zu der Felswand. Es erfüllte ihn jedes Mal aufs Neue mit Stolz. Sie gehörte ihm und er hatte sich den Ruf hart erarbeitet. Nicht mal der Abbruch des Felsens hatte ihn in Verruf gebracht.
Als er näher kam, beschloss er, kurz auf der Terrasse stehen zu bleiben. Den Blick auf den leicht aufgewühlten See genießen, bevor er mit der Arbeit begann. Jeden Tag sah es anders aus und es gab immer etwas Neues zu entdecken. Selbst wenn nur ein Vogel über den Wildsee flog.

Knirschend brach Glas unter seinem Schuh, als er die Treppen hinauf zur Tür stieg. Verwundert schaute er runter und entdeckte lauter Scherben.

Wo kommen die her?, fragte er sich. *Vermutlich hat ein Gast beim Verlassen sein Glas fallen lassen.*
Doch das hätte er am Abend schon bemerkt. Beim Zuschließen war er den gleichen Weg gegangen. Oder jemand war in der Nacht da gewesen.
Er wusste nicht, was er davon halten sollte. An der Tür steckte er den Schlüssel ins Schloss, um aufzuschließen, als er die eingeschlagene Scheibe sah.

„Verflucht!", entfuhr es ihm. Schnell schloss er auf und trat ein. Das Chaos sprang ihn förmlich an. Tische und Stühle waren umgestoßen worden, die Blumen und andere Deko verteilten sich auf dem Boden dazwischen. Mit einem aufsteigenden Panikanfall lief er durch den Gastraum, ohne sich um die Spuren zu kümmern. Die Kasse hinter der Theke stand offen. Doch das Geld lag sicher im Tresor.
Vorsichtig schob er die Küchentür auf und erstarrte.
Alle Türen standen weit offen. Das Essen war auf dem Boden verteilt, das Obst und Gemüse zertrampelt.
Er brachte kein Wort heraus. So fassungslos war er. Sein gesamter Lebensunterhalt lag in seinen Einzelheiten vor ihm. Das Plätschern des Wasserhahns riss ihn aus der Starre. Er schaute sich suchend um und rannte im nächsten Moment los. Jemand hatte den Abfluss verstopft und langsam lief das Waschbecken über, während der Wasserhahn munter vor sich hin tropfte. Schnell drehte er ihn zu und verhinderte so das Schlimmste.
Er schüttelte den Kopf und schaute sich traurig um. *Wer um alles in der Welt tut so etwas?*
Als er sein Büro betrat, sah er die Verwüstung. Die Blätter waren quer verweht im Raum. Er öffnete die Tür zum Schrank. Erleichtert stellte er fest, dass der Tresor an Ort und Stelle war.

Er zog den Schlüssel aus der Hosentasche. Die Tür öffnete sich normal. Er griff zur Tasche. Das gesamte Geld war da. Er warf die Tür wieder zu und drehte sich um.
Auch hier knirschte es unter seinen Schuhen. Neben dem Tisch lag das Bild von ihm und Frau Wilma. Er hob es auf und schüttelte die restlichen Scherben vom Bild ab. Ihr Lachen war so wunderschön. Es war das erste, in das er sich damals verliebt hatte.

„Hallo?“, rief eine Stimme von draußen und Holger erschrak. Er stellte das Bild schnell hin und stieg über die Blätter. Als er zurück in den Gastraum kam, sah er, wie Matthias an die Eingangstür klopfte.

„Bin ich froh, Sie zu sehen!“, rief Matthias sichtlich erleichtert. „Hier sieht es ja furchtbar aus! Was ist passiert?“

„Ein Einbruch“, antwortete Holger und kratzte sich am Kopf. „Ich rufe den Hauptkommissar an. Der soll sich das hier anschauen. Ich kann Ihnen nicht mal ein Frühstück anbieten. Die haben alles auf den Boden geworfen und zertrampelt.“

„Ernsthaft? Das ist unmöglich! Fehlt denn etwas?“

„Nein, das Geld ist im Tresor. Sonst weiß ich es nicht.“

„Kommen Sie. Die Polizei soll die Spuren sichern. Ich helfe beim Aufräumen.“

„Danke.“

Holger lief an Matthias vorbei und atmete tief durch, als er wieder draußen auf der Terrasse stand. Er zog sein Handy aus der Tasche. Die Nummer war eingespeichert.

Ein paar Jahre zuvor musste er die Polizei rufen. Ein paar Jugendliche störten die Gäste. Bei einem fand man mehrere Messer. Sie wurden verhört. Mehr war nicht passiert. Schon beim ersten Klingeln hob der Hauptkommissar ab.

„Hallo, Holger, das ist ja eine Überraschung! Wie geht es Ihnen?“

„Hallo, William, ja leider sind die Umstände nicht die besten. Bei mir wurde eingebrochen. Kannst du dir das anschauen?“

„Hast du einen Verdacht?“

„Nein.“

„Okay. Ich bin in zehn Minuten da. Lass niemanden in die Nähe und fass nichts an.“

„Alles klar. Ich warte. Bis gleich.“

„Bis gleich.“

Holger legte auf und schob sein Handy zurück in die Hosentasche.

„Er kommt. Wir warten hier auf ihn.“

„Super Zigarette?“, sagte Matthias fragend und hielt Holger die offene Schachtel unter die Nase. Der nickte und nahm sich eine. Das Feuerzeug war ihm aus der Tasche gefallen, als er den Schlüssel herausgezogen hatte. Matthias hatte eines. Er zündete sie an. Schweigend rauchten sie und bliesen den Rauch nachdenklich in die Luft. Nach ein paar Minuten drückte Holger den Rest der Zigarette auf dem Boden aus.

Er drehte sich um und hörte die Sirene. Zwei Streifenwagen bogen um die Ecke. Sie parkten mitten auf die freie Fläche. William stieg als Erster aus. Er kam direkt auf die beiden zu und schüttelte ihnen die Hand.

„Dann erzählen Sie mal. Was ist passiert?“

Holger erzählte ihm, was er gesehen hatte. William hörte zu, ohne sich zu äußern. Die anderen Beamten schauten sich schon um.

„Nichts, Boss“, sagte einer der Beamten, als sie um das Gasthaus gelaufen waren.

„Gut. Wir schauen uns jetzt den Tatort an. Holger, Sie bleiben bitte draußen.“

Der nickte. Ein Beamter holte in der Zwischenzeit seine Ausrüstung aus dem Wagen.
Holger beobachtete sie. Das Klicken der Kamera hörte fast nicht auf. Einer hielt den Notizblock und schrieb mit.

„Eingeschlagenes Fenster an der Eingangstür. Scherben auf dem Boden.“

Holger schaute William an und fragte sich, was ihn ablenkte. Als einer der Beamten ihm etwas zeigte, reagierte er erst auf das dritte Rufen.

„Chef, schau mal!“

William schien aus einer Trance aufzuwachen und schaute erst nach ein paar Sekunden hoch. Er kam zu der Stelle, auf die der Beamte zeigte.

„Ein Schuhabdruck im Mehl“, sagte er. „Holger, sind Sie hier langgelaufen?“

„Nein“, antwortete Holger, nachdem er kurz nachdachte. „Ich war nicht in der Küche. Aber ich bin quer durch den Raum gelaufen.“

„Wir nehmen ein Abdruck Ihres Schuhs. Um ihn auszuschließen.“

Der Beamte nickte und winkte einem anderen zu. Während er von Holgers Schuhen die Abdrücke machte, lief William mit dem dritten Beamten in die Küche. Sie schauten sich das Chaos an.

„Das ist eine richtige Schweinerei!“, schimpfte William. Holger nickte. Er empfand nur Wut.

„Die Täter haben nichts mitgenommen?“, fragte William nochmal.

Holger schüttelte den Kopf. Er beschloss, eine weitere Zigarette zu rauchen. William schaute sich das Büro an. Holger setzte sich auf die Stufen. Der Wind nahm zu, der See wurde unruhig. Dunkle Wolken zogen sich in der Ferne zusammen. Er brauchte mehrere Versuche für die Zigarette.
Nachdenklich blies er den Rauch in die Luft und bereute es sofort. Der Wind drehte sich genau in dem Moment und der Rauch wehte ihm ins Gesicht. Er hustete und lies fast die Zigarette fallen.

„Das war wohl nichts“, lachte William, der neben Holger auftauchte. Der schüttelte nur den Kopf und nahm den nächsten Zug. Den atmete er vorsichtiger aus. Gemeinsam schauten sie zu, wie sich die Tannen am Rand des Wildsees vom Wind umgebogen wurde.

„Der Sturm hat uns erreicht“, sagte Holger leise.

„Ja, ich hoffe, dass nichts passiert.“

„Die Feuerwehr ist in Bereitschaft, habe ich gehört.“

„Ich weiß. Einige Freiwillige stehen auf Abruf bereit. Für alle Fälle.“

17

SAMSTAG NACHT

Roman stand am Fenster vom Wohnzimmer und starrte hinaus in den Regen. In ein paar Minuten musste er los zur Arbeit. Der Sturm hatte seine höchste Stufe erreicht. Die Bäume bogen sich im Wind, die Mülltonnen fielen teilweise um und das Papier verteilte sich auf der Straße. Seine Laune schwand mit jeder Minute. Am liebsten würde er sich wieder in sein Bett verkriechen. Er konnte es sich nicht erlauben. Maya beobachtete ihn. Erst gestern hatte er gesehen, wie sie Notizen prüfte.
Er fühlte sich mies. Unnütz. Fehl am Platz. So, als hätte sein Leben keinen Sinn. In solchen Momenten musste er sich immer über den Beruf klar werden.
Er half als Krankenpfleger Menschen in Not. Viele waren ihm dankbar, für das, was er tat, wie er half. Das Glück in ihren Augen zu sehen, erfüllte ihn. Dass er dabei die eine oder andere Regel brach, störte ihn nicht.
Der Blick auf die Uhr zeigte ihm mit aller Deutlichkeit, dass es Zeit wurde, loszugehen.
Seufzend nahm er seinen Mantel und schlug direkt die Kapuze hoch. Den Rucksack ließ er stehen. Die Schicht war kurz, er stand auf Abruf. Falls es mehr Verletzte durch den Sturm gab, war er da. Maya forderte von allen Einsatz.
Im Hausflur begegnete er niemandem. Draußen schlug ihm der Wind entgegen. Er zog die Kapuze enger und stampfte den Weg bis zu seinem Auto entlang.
Zum Glück war sein Mantel wasserdicht, sonst wäre er jetzt komplett durchnässt. Der Motor sprang an, er würgte

ihn sofort wieder ab. Ein Fluch später lief der Wagen ohne Probleme.

Er fuhr auf dem schnellsten Weg zum Krankenhaus. Der Regen zwang ihn, langsam zu fahren. An tiefen Stellen sammelte sich das Wasser.
Er bog in die nächste Straße ein. Dabei sah er nicht, dass sich auf der Fahrbahn eine große Lache gebildet hatte. Fast verlor er die Kontrolle. Er schaffte es, das Lenkrad so zu drehen, dass er nicht auf die parkenden Autos vor ihm krachte.
Sein Herz schlug bis zum Hals und das Adrenalin schoss durch die Adern. Er bremste und stand. Seine Atmung beruhigte sich. Ein Hupen riss ihn aus der Starre, die ihn kurz befallen hatte.
Er schaute auf und direkt in die Lichter eines großen Porsches, der vor ihm stand still. Der Mann hinter dem Steuer fuchtelte herum. Da erst realisierte er, dass er mitten auf der Gegenfahrbahn stand. Er fuhr an und winkte dem wütenden Mann im Porsche zu.

Krass wie schnell so was passiert, dachte er und schüttelte den Kopf. Den Rest des Weges achtete er mehr auf die Fahrbahn und fuhr vorsichtig. Erleichtert bog er auf den Mitarbeiter Parkplatz ab und stellte sein Auto ab.
Er zog seine Kapuze tief ins Gesicht und lief schnell über den Parkplatz. Den Pfützen, die sich gesammelt hatten, wich er geschickt aus.
Er nickte der Frau am Eingang zu und lief zu den Fahrstühlen. Im Erdgeschoss waren die Umkleiden. Jeder hatte einen Spind für seine Sachen.
Die Schuhe warf er hinein, ohne sich zu kümmern, wie sie landeten.
Zum Glück war niemand im Raum. Manchmal ertrug er seine Kollegen nicht. Sie rissen Witze oder zogen über die anderen her. Zurück im Fahrstuhl drückte er auf die vier.

Oben angekommen verließ er ihn und lief direkt nach rechts zur Station.

„Hey“, begrüßte ihn die Praktikantin mit einem Lächeln.

„Guten Tag, die Dame. Wie war der gestrige freie Tag?“

„Toll, ich war bei meinen Eltern.“

„Das ist klasse“, sagte Roman und linste in Richtung Mayas Büro.

„Die ist sauer auf dich“, flüsterte Vanessa, als sie an ihm vorbei lief.

Roman war ihr dankbar für die Warnung. So konnte er sich wappnen.

„Ah, Roman, da bist du ja! Kommst du bitte mal in mein Büro?“, rief Maya im nächsten Moment. Er seufzte und fing einen schnellen genervten Blick von Vanessa auf, bevor er eintrat. Leise schloss er die Tür hinter sich und setzte sich auf den Stuhl vor ihrem Schreibtisch.

„Hier unterschreib bitte das Formular. Dr. Fischer sagt, der Taucher hatte keinen Anfall. Eher die Aufregung. Und er hat sehr viel Wasser geschluckt.“

Roman nickte erleichtert. Er versteckte es hinter einem Lächeln. Er angelte sich das Blatt Papier, das Maya halb hochhielt. Er überflog es und unterschrieb. Es war das gleiche Formular wie immer. Es diente als Nachweis über gewisse Vorfälle. Falls jemand klagen wollte.
Roman legte es zurück und starrte Maya an. Ihre hellblond gefärbten Haare fielen ihr in Strähnen aus dem Zopf heraus. Den sollte sie erneuern.

„Danke“, sagte sie zerstreut. „Nachher kommen zwei Patienten zu uns. Kümmerst du dich darum?“

„Was sonst?“, fragte Roman. „Hast du noch was?“

„Die Beurteilung der Praktikantin. Ich brauche von dir und Vanessa ein paar Notizen, wie sie sich angestellt hat. Ich muss da so einen Wisch für ihre Schule ausfüllen und da ich sie kaum gesehen habe ...“

Roman wusste, wie der Satz enden würde. Vanessa hatte dem Mädchen vieles gezeigt. Er hatte sich gedrückt.

„Ich schreibe dir was.“

„Danke, Roman.“

Maya schaffte es, kurz den Blick zu heben und zu lächeln, bevor sie wieder vertieft war. Roman lief ohne weiteres Wort hinaus. Vanessa erwartete ihn.

„Der Herr wird jetzt ein paar Tage bei uns untergebracht. Hier hast du die Liste.“

Sprach es und drückte ihm ein Klemmbrett in die Hand. Er zwang sich zu einem Lächeln und trat zu dem älteren Herrn mit Stock und seiner Frau, die klein und fast verloren neben ihm stand.

„Guten Tag, ich bin Roman und ich kümmere mich um Sie.“

Er hörte ihnen zu und brachte sie auf das Zimmer. Mayas Reaktion war seltsam. Etwas beschäftigte sie. Das erkannte er sofort. Er hatte das Gefühl, das sie ihm aus dem Weg ging. Er wollte sie darauf ansprechen.

Später lief er an der Apotheke vorbei. Das neue Mädchen winkte ihm zu. Er kämpfte gegen sich, um nicht stehen zu bleiben. Zu verlockend war es plötzlich, eine Spritze hinter ihrem Rücken zu klauen. Er lehnte sich an die Tür und grinste.

„Da dürfen nur Mitarbeiter hinein."

Ihr Lächeln zeigte ihre weißen Zähne und verstärkte ihr tolles Aussehen. Sie war nur ein paar Jahre jünger als er, doch das merkte man ihr kaum an. Roman erwiderte das Lachen und schon hatte er sie mit seinem Charme um die Finger gewickelt.

„Ich arbeite hier."

„Nein, du arbeitest für das Krankenhaus, nicht für mich."

„Ist das ein Problem, wenn ich hereinkomme?"

Roman schaute ihr in die Augen und machte einen Schritt auf sie zu. Sie rührte sich keinen Millimeter, auch nicht, als sich ihre Nasenspitzen fast berührten. Ihre Augen waren grünblau.
Sie lachte verlegen und wandte sich ab. Roman dachte nicht über seine nächsten Schritte nach.
Die Spritze lag fast griffbereit da. Er ließ sie in die Tasche seines Kittels gleiten. Es war fast zu einfach, ein Spiel, fast so, als hätte er es schon hunderte Male gespielt.
Das Adrenalin puschte ihn. Er näherte sich ihr von hinten und schlang die Arme um ihren Körper. Sie zuckte zusammen, doch ließ ihn gewähren.

„Wir könnten das woanders fortsetzen", flüsterte er ihr ins Ohr. Ihr Lächeln zog sich fast über beide Ohren.

„Wenn du dich traust“, antwortete sie und löste sich aus der Umarmung. Er lachte leise und sah ihr zu, wie sie ihren Kittel gerade zog. Sie grinste ihm zu und nahm ein Klemmbrett in die Hand.

„Ich muss arbeiten.“

„Wir sehen uns.“

Roman drehte sich um und steckte lässig die Hände in seine Kitteltasche. Dabei umklammerte er die Spitze. Sie sollte keiner bemerken.
In der Cafeteria holte er sich einen Kaffee. Er schaute sich um und nahm Patienten und Kollegen wahr. Zucker und Milch verrührten sich schnell in der dunklen Flüssigkeit in seinem Becher. Der erste Schluck war heiß. Fast verbrühte er sich daran. Beim nächsten war es leichter. Das Koffein schoss in sein Gehirn und machte ihn wach. Sein Handy klingelte.

„Ja, Roman?“

„Kommst du? Der Patient ist gleich da und du machst die Übernahme.“

„Bin gleich da.“

„Super danke dir.“

Er legte auf. Vanessa klang genervt. Er beeilte sich. Auf dem Weg zum Aquarium grüßte er die Kollegen nur flüchtig. Zu sehr tauchte er in seine Gedanken ab. Die Ahnung, dass jemand etwas bemerkte, fraß sich fest. Vanessa stand vor der Tür.

„Hier das Blatt. Er wird hochgebracht. Wir werden ihn die nächsten Tage überwachen mit dem EKG und der Arzt schaut alle drei bis vier Stunden nach ihm“, informierte sie ihn. Roman nickte nur. Er nahm das Klemmbrett und sah sie an. Sie stellte ihre Frage nicht sofort.

„Ist dir aufgefallen, dass Maya sich komisch benimmt?“

„Weshalb?“

„Etwas beschäftigt sie und ist seit Tagen angespannt. Vielleicht redest du ja mal mit ihr. Die schlechte Laune, die sie hat, ist echt unerträglich.“

„Ist mir aufgefallen. Ich rede mir ihr.“

„Danke, Roman. Das beruhigt mich.“

Roman grinste. Vanessa verdrehte die Augen. Dann lachten beide. Von weitem sah er Jonas, der ein Bett vor sich herschob.

„Da kommt er schon.“

Er lief Jonas entgegen. Der schlug Roman freundschaftlich auf die Schulter und ließ ihn mit dem Mann allein. Roman brachte ihn in das Zimmer und schloss ihn an das EKG Gerät an. Der Mann sprach nicht. Ihm war das recht. Nach ein paar Fragen verließ er das Zimmer und schritt den Gang entlang. Er überlegte, wie er Maya ansprechen konnte. Da kam sie ihm im Gang entgegen.

„Hast du Lust, mit mir eine rauchen zu gehen? Bei dem ganzen Stress kann ich eine kurze Pause vertragen.“

Sie schaute ihn erwartungsvoll an. „Na klar, gerne. Ich lege nur schnell die Akte ins Aquarium."

Maya nickte und wartete an der Tür. Roman fühlte sich unwohl, wenn er beobachtet wurde. Aber er sagte nichts. Schweigend legte er die Akte auf den Stapel. Die Notizen waren nicht abgetippt. Mit einem Lächeln, zu welchem er sich zwang, lief er auf Maya zu.

„Sollen wir zum Balkon oder hinten raus?", fragte er sie.

„Lieber hinten raus. Da sind wir geschützt."

„Der Sturm, nicht wahr?"

„Ja, es stürmt. Und heute soll es am schlimmsten sein."

Roman nickte. Man hörte den Wind um die Ecke pfeifen. Da dass Krankenhaus hoch oben auf einer Ebene war, spürte man es mehr wie unten in der Stadt. Dafür war der Ausblick besser. An klaren Tagen sah man bis zum Rand der Alb. Sie liefen zur Tür, ohne stehen zu bleiben.
Der Wind klatschte ein paar Regentropfen gegen das Fenster der Tür. Dunkle Wolken und der starke Regen trübten die Sicht. Man sah kaum bis zum Parkplatz.

„Mistwetter!", schimpfte Maya, bevor sie die Tür öffnete. Die Windböe schlug sie ihr um ein Haar aus der Hand. Hier war es überdacht, die Gebäude umschlossen drei Seiten. Es war kalt und der Wind pfiff.
Vor ihnen war eine kleine hüfthohe Steinmauer. Rechts führte eine metallische Treppe in den Keller. Dort lagerte alles Mögliche. Hinter der Mauer lag ein kleiner Teich, von Büschen umschlossen. Links führte der schmale Weg am Gebäude entlang. Der Regen prasselte laut auf das Dach über ihnen. Erst nach ein paar Versuchen schaffte es

Maya, ihre Zigarette anzuzünden. Roman brauchte nur zwei. Er drehte sich um. Der Wind blies ihm den Zigarettenrauch ins Gesicht. Er hustete.

„Ich muss dich was fragen. Mir ist etwas aufgefallen und ich weiß nicht, was ich davon halte."

Roman durchfuhr es gleichzeitig heiß und kalt. Ahnte sie es? *Bleib ruhig*, befahl er sich.

„Es geht um verstorbene Patienten."

Roman stand still. Bloß keine Reaktion zeigen, denn sie starrte ihn unentwegt an. Sie zog an ihrer Zigarette.

„Tom hat was gefunden. In den Mülleimern lagen Spritzen. Solche, die nur Ärzte geben. Es waren drei in den letzten Wochen. Alle Besucher könnten das gewesen sein. Seltsam oder?"

Maya schaute ihn wütend an und warf dann ihre Zigarette in Richtung Teich. Sie landete in einem der Büsche. Es war ihr egal.

„Hast du den Patienten etwas gespritzt, damit sie sterben?"

Roman sah die Erleichterung, als sie ihren Verdacht aussprach. Die Wut in ihm fing an zu brodeln. Wie konnte sie es wagen, ihm das zu unterstellen? Er half den Menschen, er brachte sie nicht um.

„Nein, das habe ich nicht."

Es war halb gelogen. Manchen hatte er etwas gespritzt, aber nur, um sie wieder zu beleben. Er war ihr Held. Nur das zählte.

„Ich glaube dir nicht.“ Maya trotzte ihm. Das gefiel ihm nicht. Konnte sie nicht einfach die Klappe halten? „Bist du ein Todesengel?“

Roman fühlte die Wut durch seine Adern fließen. Sie konnte und wollte nicht locker lassen. Er ballte die Fäuste zusammen.

„Pass auf, wem du hier was unterstellst!“, sagte er mit unterdrückter Wut. Maya schüttelte den Kopf.

„Ich habe in den letzten Tagen die Notizen durchgeschaut. Es gibt fast doppelt so viele Sterbefälle, wenn du Schichtdienst hast. Genauso sind die Notfälle gestiegen. Das kann kein Zufall sein. Roman, bitte, sag mir, dass du nichts mit der Sache zu tun hast!“

Mayas Augen füllten sich mit Tränen. Roman wusste nicht, was er tun sollte. Er war der Held. Das war das Wichtigste. Niemand würde ihm das wegnehmen. Maya verstand es nicht.

„Ich muss es melden, Roman.“

Sie sah so traurig und verletzt aus, dass es Roman die Kehle zuschnürte.

„Nein, bitte, Maya“, brachte er heraus.

„Wie kannst du so etwas tun? Jeder hätte sterben können! Mit einem Herzstillstand spielt man nicht! Warum, Roman? Erklär es mir!“ Sie trat einen Schritt zurück. „Das ist krank! Siehst du das nicht?“

In Roman brach die Wut durch. Er wünschte sich, dass sie endlich den Mund hielt. Das es still war. Es war sein Geheimnis. Niemand durfte davon erfahren. Er brauchte es zum Überleben. Wie die Pflanzen die Sonne. Die Anerkennung, wenn er zu Hilfe eilte. Ein paar schnelle Schritte später war er bei ihr und packte sie fest am Arm.

„Du erzählst das niemandem! Hast du mich verstanden? Du machst es mir nicht kaputt!“

Maya schaute ihm in die Augen und schüttelte dann den Kopf.

„Nein, Roman. Dafür ist es zu spät.“

Sie versuchte, sich aus seinem Griff zu befreien. Er drückte fester zu.

„Lass mich los!“

Ihre Stimme wurde schriller. Roman verlor die Kontrolle über sich. Später wusste er nicht mehr, was passiert war. Als er wieder klar denken konnte und seine Wut verraucht war, hing Maya über dem hüfthohen Zaun. Aus ihrem Bauch ragte eine von den Spitzen heraus. Entsetzt lief er zu ihr. Im strömenden Regen schaute er auf sie herab.

„Es tut mir so leid“, flüsterte er. Maya öffnete ihre Augen.

„Roman, ich … es ...“, sagte sie, doch ihre Augenlider flackerten. Sie schloss die Augen.

„Bleibt bei mir, Maya!“, schrie Roman gegen den Sturm an. Er war so stark. Als ob er wüsste, was er getan hatte und ihn behindern wollte. Doch das gefiel Roman nicht. Da fiel ihm die Spritze in seiner Tasche ein. Schnell zog er sie heraus und hielt sie prüfend in das schwindende Tageslicht. Der Regen nahm ihm die Sicht.
Verzweifelt rammte er sie Maya in den Unterarm. Das Medikament floss in die Blutbahn und mit ihm Romans Wut. Zurück blieb ein harter Kern aus Verzweiflung und Trauer. Er warf die Spritze in den Teich und hielt ihre Hand fest. Tränen liefen ihm über die Wangen, vermischten sich mit den Regentropfen.

„Was ist passiert, Roman?“, brüllte eine Stimme in sein Ohr. „Los, hilf mir, Junge!“ Herbert schüttelte ihn und löste ihn aus seiner Starre.

„Der Sturm“, stammelte Roman. Wie in Trance packte er mit an und gemeinsam mit Herbert hoben sie Maya langsam hoch und befreiten sie von der Pfeilspitze. Sie trugen sie rein.
Jemand schob ein Bett her, das Blut färbte es schneller rot, als sie reagierten. Herbert zog an dem Bezug, die Blutung ließ sich nicht stoppen.

„Sie verblutet! Los, helft mir!“, brüllte Herbert. Roman hielt sich an ihr fest. Er sah, wie das Leben aus ihr wich. So viel Blut. Alles färbte sich. Jemand schubste ihn beiseite. Da kam Bewegung in ihn.

„Maya!“, brüllte er und versuchte, sich loszureißen. „Nein, Maya, bleib bei mir!“

„Roman, beruhige dich!“, schrie Herbert ihn an. Er packte ihn fest am Arm. „Sie bringen sie in den OP! Es sieht verdammt schlecht aus!“

Roman brach zusammen. Sein Körper gab nach. Hätte Herbert ihn nicht gehalten, wäre er auf den Boden geknallt. *Was habe ich getan?,* fragte er sich und alles drehte sich.

„Hörst du mich, Roman? Verdammt, der hat ´nen Kreislaufzusammenbruch!“

Roman hörte seine Stimme kaum. Vor seinen Augen verschwamm die Welt, der Nebel umhüllte ihn. Er stürzte in tiefe Dunkelheit.

18

SONNTAG FRÜH

William stapfte wütend durch den Gang. Das Gespräch mit Tinas Vater hing ihm in den Knochen. Der Mann hatte ihn angelogen. Er hatte es im Gefühl. Wie konnte er es ihm nachweisen? Die Frage geisterte in seinem Kopf herum.
Der Einbruch in die kleine Gaststätte ließ ihm keine Ruhe. Die Ergebnisse waren da. Nichts. Trotzdem wurde William das Gefühl nicht los, dass es seltsam war. Doch greifen konnte er es nicht. Er war sich sicher, dass Matthias‘ Team damit zu tun hatte. Flo schien es nicht zu kümmern.

„Ich glaube kaum, dass Matthias etwas damit zu tun hat“, hatte er gemeint. „Es war ein wütender Gast. Wir finden ihn. Lass sie erstmal weiter forschen.“

William hatte nur genickt. Seinen Verdacht würde er für sich behalten.

„Herr Hauptkommissar!“

Der Ruf riss ihn aus seinen Gedanken. Fast war er in Lars gerannt.

„Entschuldige, ich hab meine Gedanken woanders“, sagte er und schaute ihn an.

„Hab ich gemerkt. Die Schäden durch den Sturm sind größer, als die Feuerwehr anfangs dachte. Sie brauchen Leute.“

„Habt ihr die freiwilligen Helfer angerufen?“

„Nicht, dass ich wüsste. Aber ich kümmere mich sofort darum.“

Lars drehte sich um und lief in das Großraumbüro. William blieb an der Tür stehen.
Draußen vor den großen Fenstern tobte der Sturm. Der Regen prasselte so stark, dass es die Geräusche des Büros übertönte. Eine der Tannen auf dem Parkplatz wurde fast in die waagrechte gebogen, so drückte der Wind gegen den Stamm. Er hoffte, dass sie nicht umfiel. Sonst bräuchten sie ein paar neue Dienstwagen. Lange lag die Zeit nicht zurück, als er ebenfalls hier saß. An den Geräuschpegel hatte er sich nie gewöhnt. Ein Brummen ließ ihn herumfahren. Flo stand hinter ihm. Er wirkte fast bedrohlich.

„Wir brauchen mehr Leute. Die Feuerwehr hat alle Hände voll zu tun. Überall laufen die Keller voll.“

„Verdammt, dass ist nicht gut“, erwiderte William besorgt.

„Bisher gab es zwei Tote. Einer bei einem Unfall und einer wurde vom Baum erschlagen.“

„Hoffen wir, dass es dabei bleibt.“

„Die Bahn stellt jetzt den Fernverkehr bis auf weiteres ein! Eben kam die Meldung!“, rief Lars quer durch den Raum. „Der Nahverkehr hat Einschränkungen und jede

Menge Verspätungen. Das gibt eine Flut von Beschwerden!“

„Nicht unser Problem, Lars!“, rief William zurück. „Ich informiere den Chef.“

Er drehte sich um und lief den Gang entlang. Der Wind tobte um das Gebäude. Ein paar Rollläden klapperten. Wie ausgestorben wirkte es.
Er wollte nicht telefonieren. Der Chef sah die Dinge gern in einem anderen Licht. Die Öffentlichkeit war für ihn das Wichtigste.
William neigte dazu, seiner Intuition zu folgen. Dabei nahm er es mit den Regeln nicht so genau. Seufzend öffnete er die Tür zum Büro, welches er sich mit Flo teilte.
Am Tisch sitzend starrte er das Telefon an. Erst nach einigen tiefen Atemzügen wählte er die Nummer vom Chef. Es klingelte ein paar Mal.

„Winkler.“

Die rauchige Stimme am anderen Ende verhieß nichts Gutes. Daher beschloss er, sich kurz und knapp zu halten.

„Guten Tag, William Herle. Die Feuerwehr braucht mehr Leute. Es gibt große Schäden und Keller laufen voll.“

„Ja, die Meldung hat mich eben erreicht. Es werden ein paar Freiwillige aus der Ulmer Gegend kommen. Dort ist der Sturm nicht so stark. Ich habe alles arrangiert.“

William blieb die Sprache weg. Damit hatte er nicht gerechnet.

„Sie sorgen dafür, dass sie sich bei Ihnen melden. Das ist wichtig. Es sorgt für gutes Ansehen.“

„Alles klar.“

„Melden Sie sich, wenn ich mehr Helfer schicken soll. Aber schnell, bevor sie wo anders hingeschickt werden.“

„Ja, Chef.“

Er legte auf. Draußen tobte der Wind weiter. Da klopfte es an der Tür. Fast hörte er es nicht.

„Die Helfer aus Ulm sind da“, sagte der Beamte. William stand auf. Sie warteten unten in der Eingangshalle.

„Danke für’s Helfen“, begrüßte er sie. Ein schlanker Mann mit schwarzer Brille schüttelte ihm die Hand.

„Klar, kein Problem. Wir sind mit 35 Mann gekommen. Die anderen warten im Auto.“

„Haltet euch an die Anweisung der Feuerwehr. Die weiß das am besten.“

„Perfekt. Dann los. Es gibt viel zu tun!“

William seh den Männern nach. Er war froh, dass sie gekommen waren. Die Feuerwehr brauchte sie. Wenn der Sturm so weiter wütete, wurde es ernst.
Zurück im Büro rief er die Wetterseite auf. Besserung war in Sicht. Gegen Mittag sollte der Wind nachlassen. Das Tief Axel wanderte weiter.
Nachdenklich sah er aus dem Fenster. So einen Sturm erlebte man nicht alle Tage. Der Regen prasselte weiter. Er meinte, dass die Wolkendecke aufriss. Doch als er nochmal hinschaute, war alles schwarz.

19

SONNTAG

Klaus stand über die Leiche gebeugt, als Ben hinter ihm eintrat.

„Da bist du ja endlich“, sagte er kühl, ohne sich umzudrehen.

„Man kommt kaum durch. Der Sturm tobt“, antwortete Ben schuldbewusst. „Was gibt es?“

Klaus wartete, bis er sich den Kittel übergeworfen hatte.

„Der Mann wurde vorgestern in seinem Wagen gefunden. Sein Genick ist gebrochen. Wir müssen feststellen, ob es Mord oder ein Unfall war.“

Ben nickte. „Lass mal sehen.“

Er ging zum Tisch, auf dem die von unten beleuchteten Röntgenaufnahmen lagen. Er schaute sie sich in aller Ruhe an.

„Darf ich mir die Leiche dazu ansehen?“

„Was ist deine erste Vermutung? Ohne die Leiche gesehen zu haben?“

„Ich brauche doch erst alle Fakten, bevor ich mich äußern darf! Hast du selbst gesagt!“

Klaus lächelte und schüttelte den Kopf. „Das ist korrekt. Komm her, ich zeige dir etwas."

Gemeinsam beugten sie sich über die Leiche des Mannes. „Siehst du diese Male? Die werden immer dunkler."

„Das ist doch nicht möglich. Der Blutfluss ist ja nicht mehr vorhanden."

Ben schaute Klaus an. Der sagte kein Wort und gab den Blick ohne zu Blinzeln zurück.

„Das heißt, die Verletzung ist kurz vor seinem Tod passiert!", Ben war aufgeregt. „Krass, so etwas habe ich nie gesehen!"

„Er wurde vom Baum erschlagen. Doch er ist nicht gleich gestorben. Erst nach ein paar Minuten."

„Krass", wiederholte Ben nur und beugte sich über die Schulter des Mannes. Vorsichtig tippte er mit dem Finger mitten in den Fleck hinein. Die Haut gab kaum nach und blieb als kleiner weißer Punkt inmitten des bläulich grauen zurück. Das Telefon klingelte und erschreckte die beiden.

„Ja, Rechtsmedizin?", sagte Klaus, als er den Hörer abnahm. „Okay. Kein Problem. Bringt sie schnell her, ich kümmere mich darum."

Klaus schaute nachdenklich. Er legte den Hörer mit einem *klack* wieder zurück.

„In einer halben Stunde bringt man uns eine neue Leiche. William lässt alle während des Sturms Verstorbene zu uns bringen. Das heißt Überstunden."

Ben schaute ihn überrascht an. „Ist das immer so?“

„Ja, es ist notwendig. Für die Statistik. “

Klaus schaute Ben erwartungsvoll an. Der zuckte mit den Schultern und fragte: „Wann kommt die Leiche? Was weißt du?“

Klaus lächelte und erzählte ihm, was er wusste.

„Sie muss während des Sturmes rauchen und dabei von einer Windböe erfasst worden sein. Die hat sie auf einen Zaun mit Spitzen geworfen. Sie ist verblutet. Sie konnten sie nicht retten.“

„Oh man, krass.“ Ben wirkte sichtlich betroffen. Klaus nickte nur. So etwas passierte. Niemand war vor den gewaltigen Mächten der Natur geschützt.

„Hallo.“

Die Stimme des Jungen klang leise. Ben war erschrocken. Er versuchte, sein Zucken zu unterdrücken, aber Klaus sah es.

„Ich bringe Ihnen die Leiche aus dem Krankenhaus.“

„Vielen Dank. Wo soll ich unterschreiben?“

Der Junge machte eine hastige Bewegung. Er zog ein Klemmbrett hervor.

„Da unten“, sagte er und schaute auf den Boden. „Behandelt sie gut. Sie war immer so freundlich.“

Er konnte die Tränen kaum unterdrücken. Ben wusste nicht, was er sagen sollte und drehte sich weg. Klaus nahm ihn kurz in den Arm. Der Junge schniefte und sagte nichts.

„Alles wird gut."

Klaus ließ ihn los und unterschrieb auf dem Klemmbrett. Damit war bestätigt, dass er die Leiche von Transport übernommen hatte. Der Junge nahm es und verschwand. Gemeinsam mit Ben schob Klaus den Wagen zum Stahltisch und hob die Leiche herüber. Ihr Gesicht sah so friedlich aus. Aber er wusste, dass es manchmal täuschte.
Er betrachtete die Leiche von oben bis unten. Sie trug ihre Arbeitsklamotten, ein blaues T-Shirt mit Taschen, eine passende Hose und Turnschuhen. Blut hatte es getränkt. In der Mitte ihres Bauches war ein großes Loch. Dort musste sie auf die Pfeilspitze gefallen sein. Ben schaute sich ihre Hände an.

„Keine Spuren", sagte er. Klaus sprach kein Wort und begann mit seinen Aufzeichnungen. Er wies Ben an, Blutproben zu nehmen. Sie arbeiten schweigend. Als sie fertig waren, schob er die Leiche in das Kühlfach.
Er setzte sich an den Schreibtisch. Die Laborergebnisse waren da. Als er die Datei öffnete, überflog er sie nur. Ein Detail sprang ihm ins Auge. Ein hoher Wert. Ungewöhnlich.
Faszinierend, dachte Klaus. Er schaute auf, als es anklopfte. William steckte seinen Kopf zur Tür herein.

„Na, wie sieht es aus?"

„Seltsam. Die Laborergebnisse sind vor ein paar Minuten eingetroffen."

„Okay. Schieß los.“

„Komm doch erstmal herein. So zwischen Tür und Angel rede ich nicht mit dir.“

Williams mürrisches Gesicht ließ Klaus schmunzeln. Er kam nicht gerne in die Rechtsmedizin. Da er ihn aufsuchte, war es ihm wichtig. Langsam schob sich William in den Raum herein. Er blieb an der Tür stehen. Sein Unmut stand ihm deutlich ins Gesicht geschrieben. Klaus hielt ihm das Blatt hin. William überflog es.

„Sieht für mich normal aus.“

„Dann schau genau hin. Es springt einen förmlich an.“

William drehte das Blatt hin und her. Er schüttelte den Kopf und gab es Klaus zurück. Der deutete auf eine Zahl.

„Was ist da?“

„Schau den Kalium Gehalt an. Der ist viel zu hoch. Ist das nicht auffällig?“

„Jetzt versteh ich, was du meinst“, murmelte William. Er runzelte die Stirn, während Klaus ihn amüsiert beobachtete. Man sah ihm an, wie es in seinem Kopf ratterte. Aber er war nicht bei der Sache. Irgendetwas beschäftigte ihn. Dafür kannten sie sich zu lange.

„Was geht dir durch den Kopf, Will?“

„Nichts wichtiges“, wehrte der sofort ab.

„Will!“, sagte Klaus streng. „Erzähl es mir. Ich sehe doch, dass es dich nicht loslässt.“

Sie schauten sich in die Augen, bis William seufzte.

„Tina."

„Und weiter?"

„Es wurde bestätigt, dass wir ihr Skelett vor ein paar Tagen gefunden haben. Im Wald."

„Jetzt spuck es endlich aus!", schimpfte Klaus, als William ein paar Minuten nicht weitergeredet hatte. Der guckte ihn erschrocken an.

„Schon recht. Die Eltern habe ich informiert, als ich es erfahren habe. Ihnen mitzuteilen, dass man ihre Tochter gefunden hat, war schwer. Die Hoffnung, dass sie nur weggelaufen war, zerstört. Dass sie ein glückliches Leben hat, die Sonne und den Wind genießt. Sie hat Spullberg nicht mal verlassen. Ihr Vater hat mich zur Schnecke gemacht. Er glaubt, dass wir uns nicht die Mühe gemacht haben, sie zu suchen. Wir hätten sie im Stich gelassen. Ihr Bild stand jeden verdammten Tag auf meinem Schreibtisch! Ich musste die Suche nach ein paar Tagen abbrechen, weil es nichts gebracht hat! Wir fanden sie nicht! Sie war verscharrt worden! Wie Abfall! Dreck, der es nicht wert ist, je wieder an die Oberfläche zu kommen!"

William redete sich in Rage. Klaus sagte leise: „Das ist nicht deine Schuld und das weißt du auch."

„Danke, das versuche ich mir die ganze Zeit einzureden", brummte William. „Ich muss wissen, wer das Mädchen umgebracht hat. Sonst kann ich es mir nicht verzeihen."

„Mach dich nicht verrückt. Du wirst den Täter finden, versprochen. So, wie du alles schaffst. Aber jetzt kümmere dich mal um den Sturm. Dein Handy klingelt schon wieder."

William starrte das blinkende schwarze Ding in seiner Hand nachdenklich an. Florian wollte ihn sprechen. Er seufzte und nahm das Gespräch an.

„Ja?"

„Wo steckst du? Wir brauchen dich sofort. Besprechung! Komm hoch!"

Bevor William ein Wort sagen konnte, hatte Flo das Gespräch beendet.

„Na los, die brauchen den Hauptkommissar", sagte Klaus. „Ich melde mich, wenn der Bericht über die Leiche fertig ist."

„Danke."

Mehr brauchte es nicht. William lief zur Tür hinaus, während Klaus sich wieder an die vor ihm liegenden Unterlagen machte. Er trug die Zahlen vom Labor in seine eigene Statistik ein.
Während er sie betrachtete, kam ihm plötzlich ein Verdacht in den Sinn. Er klickte auf die Einstellungen und tippte ein paar Formeln und Befehle ein. Als er bestätigte, verkleinerte sich seine Liste. Aber sie wurde nicht so klein, wie er es erwartet hatte. Neugierig betrachtete er die Daten.

„Klaus, ich brauch mal kurz Hilfe!"

Bens Ruf unterbrach seine Gedanken. Er ließ alles stehen und eilte Ben zu Hilfe.

20

MITTWOCH

Ich stand vor dem Spiegel und betrachtete meinen Körper. Später fand eine große Party an der Uni statt. Max hatte mich eingeladen. Unschlüssig, was ich anziehen sollte, starrte ich in den Schrank. Ich griff zu den Blusen, dann zu einem T-Shirt. Ich warf alles auf den Boden.
Seit mich Tobias vor ein paar Tagen im Café angegriffen hatte, wich Max kaum von meiner Seite. Er war fast ausgeflippt, als ich es ihm erzählt hatte.

„Was fällt dem Mistkerl ein? Wenn ich den erwische, breche ich ihm alle Knochen!"

Ich sagte kein Wort mehr, sondern ließ mich von ihm in die Arme nehmen. Er gab mir einen Kuss auf die Stirn.

„Macht dein Papa was dagegen?", hatte er mich gefragt. Ich schüttelte den Kopf.

„Mehr wie ein Annäherungsverbot? Es ist ja nichts passiert."

„Nichts passiert! Der verfolgt und bedroht dich!"

„Schatz, solange er mich nicht umbringt, kann man nichts machen."

Nachts konnte ich nicht schlafen. Im Internet suchte ich nach Stalkingfällen. Immer wieder las ich, wie die ande-

ren verfolgt wurden. Sie brachen in die Häuser ein. Die Polizei konnte nichts tun. Eine Frau schrieb von ihrer Schwester, wie sie geflohen war. Der Stalker fand sie und brachte sie um.
Ich schüttelte den Kopf und konzentrierte mich wieder auf den Schrank. Mein Blick wanderte von den Tops über die T-Shirts bis hin zu meinen Kleidern. Es war kühl geworden. Nachts sanken die Temperaturen auf 15°C ab.
T-Shirt oder Kleid? T-Shirt oder Kleid?, fragte ich mich mehrmals. Spontan griff ich zu meinem schwarzen Kleid. Max gefiel das. Das hatte er beim letzten Mal deutlich gesagt. Zusätzlich zog ich die Strumpfhose an, damit ich nicht fror.
Ich nahm die Jacke und verließ das Haus. Dabei warf ich die Tür hinter mir nur zu und lief zu meinem Auto. Die Sonne war am Untergehen. Hellrot leuchtete der Himmel über den Nachbarhäusern. Es sah herrlich aus.
Entspannt ließ ich mich auf den Sitz fallen. Ich wollte zum Bahnhof fahren und von da aus mit dem Zug zur Universität. Max holte mich dort an der Haltestelle ab. Er war schon seit Mittags dort mit seinen Kumpels, um beim Aufbauen zu helfen.
Während ich losfuhr, dachte ich über die letzten Tage nach. Es war viel passiert. An der Kreuzung hielt ich an der roten Ampel. Ich beobachtete die beiden Fußgänger, die über die Straße liefen. Bei Grün fuhr ich los. Das Auto hinter mir drängelte und fuhr dicht auf.

„Überhol doch, du Idiot!“, murmelte ich und fuhr langsamer. Mit einem langen Hupen überholte er mich kurz nach der Kurve.
Plötzlich hatte ich ein dumpfes Gefühl. Angst kroch in mir hoch und ließ mich fast erstarren. Tobias saß in dem schwarzen Auto und überholte mich.
Ich nahm unwillkürlich den Fuß vom Gas. Im nächsten Moment gab es einen riesigen Schlag, als er mich von der

Straße abdrängte. Mein Schrei erschien mir ohrenbetäubend laut. Ein Knirschen, dann konnte ich das Lenkrad nicht mehr festhalten. Das Auto schleuderte gegen die Leitplanke. Ich schloss die Augen, sah Max vor mir, meine Eltern, meinen Bruder.

Benommen nahm ich ein Quietschen von Autoreifen wahr, während ich auf den Airbag vor mir starrte. Er war mit einem Knall explodiert und hatte meinen Aufprall gedämpft. Rauchwolken stiegen vor mir auf. Als ich mich bewegte, schoss der Schmerz vom Rücken in den Nacken. Ich stöhnte auf. Es tat unendlich weh und mir wurde schwarz vor Augen.

„Hallo! Hören Sie mich?“, brüllte mir eine Stimme ins Ohr und holte mich zurück in die harte Realität. „Los Bernd, ruft einen Krankenwagen! Hallo, Mädchen! Sag was!“

Ich öffnete die Augen. Ein älterer Mann schaute mich an. Seine grau durchsetzten braune Haare waren verstrubbelt.

„Ich hol dich jetzt hier raus, ja?“

Ich versuchte zu nicken, doch ich konnte meine Muskeln nicht dazu bewegen, etwas zu tun. Der Mann drückte den Airbag zur Seite, griff unter meinen rechten Arm und zog vorsichtig. Blaulicht und eine Sirene ließen ihn stoppen. Stimmengewirr drang in meinen Kopf vor. Die Worte verstand ich nicht. Ich fühlte mich wie in Watte gepackt. Der Schmerz schien überhandzunehmen und ließ mich tiefer und tiefer in die Dunkelheit fallen.

Was später geschah, kam kaum in mein Bewusstsein an. Irgendjemand zog mich voll aus dem Auto heraus und legte mich auf eine Trage. Den Stich im Arm merkte ich

kaum, erst, als Flüssigkeit durch meinen Körper lief. Stimmen drangen durch den Nebel kaum durch, in dem ich mich befand.
Ich ahnte, dass wir uns fortbewegten. Ich glaubte, die Sirene zu hören, bevor ich wieder ins Dunkle eintauchte.
Ein Geräusch erschreckte mich und schnell öffnete ich die Augen. Ich lag in einem Krankenzimmer und hatte eine Nadel im Arm. Mein Fuß schmerzte. Ein Piepsgeräusch ließ mich hochschauen.

„Hallo, mein Schatz."

Die Stimme kannte ich gut. Sie ließ mir die Tränen in die Augen schießen. Mama näherte sich und fasste meine Hand. Sie musste geheult haben. Ihre Augen waren rot, in der Hand hielt sie ein Taschentuch.

„Was …", krächzte ich und beließ es bei dem Versuch zu reden.

„Sch", machte Mama. „Es wird alles gut. Du hattest einen Unfall."

Ihr Gesicht sah so traurig und entsetzt aus, dass sich mein schlechtes Gewissen regte.

„Schau mal, Max ist da."

Sein besorgtes Gesicht tauchte in meinem Blickfeld auf. Er lächelte und strich mir vorsichtig über die Wange.

„Was machst du den für Sachen?", fragte er leise. Ich verzog mein Gesicht zu einem Lächeln und sofort fuhr der Schmerz in die Muskeln. Ein Hustenanfall schüttelte meinen Körper. Mama hielt mir ein Glas Wasser hin. Langsam trank ich ein paar Schlucke. Mein Hals fühlte sich gleich besser an.

„Der Arzt kommt gleich nochmal vorbei, um zu gucken, wie es dir geht.“

„Okay“, sagte ich leise. Da erst bemerkte ich Papa, der am Schrank lehnte und grimmig schaute.
Als er meinen Blick sah, lächelte er schnell. Hinter ihm trat der Arzt herein.

„Guten Tag, wie geht es Ihnen? Mein Name ist Dr. Charles Schöpfer“, sagte er in die Runde. „Vor allem dir, Anna.“

Er schaute mich prüfend an. Ich sagte nichts.

„Du hast großes Glück gehabt bei deinem Unfall. Dein Fuß ist gebrochen. Ein paar blaue Flecken. Mehr nicht. Später werden wir ein paar Tests machen. Zur Sicherheit. Erzähl mir doch, was passiert ist.“

„Er … er hat mich … überholt“, antwortete ich leise und starrte die Schwellung an meinem rechten Fuß an. „Tobias.“

Papas Fluch war nicht zu überhören.

„Herr Herle, ich bitte Sie. Wir wissen, was passiert ist“, sagte Dr. Charles Schöpfer, als er sich zu mir zurückdrehte.

„Ist … ist er abgehauen?“

„Ja, das ist er. Aber es gibt jemand anderes, der dir geholfen hat. Und das ist das Wichtigste. Jetzt schau einmal zu mir. Ich leuchte dir mit der Lampe in die Augen.“

Hell blitzte seine Taschenlampe auf und ich kniff die Augen zu.

„Augen auf! So, jetzt nochmal. Gut, wir decken kurz jedes Auge ab und du schaust weiter zu mir. Ja, genau, sehr gut. Nein, nichts Auffälliges. Aber erzähl, wie fühlst du dich?“

Er warf einen Blick auf den Beutel, aus dem Flüssigkeit in meinen Körper lief.

„Mir ist schwindelig und mein Arm tut weh. Der Linke“, fügte ich hinzu. Langsam erst drangen die Worte in mein Bewusstsein. Autounfall. Tobias. Ich wurde von den Erinnerungen überwältigt und musste heftig husten. Fast übergab ich mich dabei. Der Arzt hielt mir schnell das Wasserglas unter die Nase.

„Trink“, sagte er. Ich tat wie geheißen. Der Hustenreiz ging zurück.

„Du weißt, was passiert ist oder? Sag es mir, dann kann ich endlich was tun“, fragte Papa aus dem Hintergrund. Ich nickte und schaute den Arzt an. Der starrte ihn grimmig an. Meine Augen füllten sich mit Tränen und ließen ihn verschwimmen.

„Tobi … Tobi hat mich von der Straße abgedrängt“, sagte ich leise und starrte dabei auf meine Hände. Als ich wieder aufblickte, waren Papa und der Arzt aus dem Raum gegangen. Mama war nicht von meiner Seite gewichen.

„Alles wird gut“, wiederholte sie. „Dafür sorgen wir“, sagte Max zustimmend. Er war entsetzt. Ich sah es deutlich.

„Nein, ich werde mich nicht beruhigen!“, hörte ich Papa draußen auf dem Flur wütend brüllen. „Der Kerl verfolgt sie seit Tagen! Jetzt hat er sie fast umgebracht!“

„Bitte, Herr Herle. Ich verstehe Ihre Situation, aber Sie müssen leiser reden! Ihre Tochter lebt! Es ist nichts Schlimmes passiert!“

„Nichts Schlimmes passiert! Ich hatte fast einen Herzinfarkt, als ich es gehört habe! Ich werde dafür sorgen, dass er so etwas nicht nochmal macht!“

„Atmen Sie tief durch! Es bringt nichts, sich aufzuregen!“

„Es geht um meine Tochter! Da rege ich mich so viel auf, wie ich will!“

„Kümmern Sie sich um Ihre Frau und Tochter! Ihre Kollegen erledigen die Arbeit! Nichts Tun ist keine Strafe! Seien Sie vernünftig! Roman, komm her! Bringen Sie dem Mann eine Tasse Tee! Das Mädchen im Zimmer bekommt einen neuen Beutel Kochsalzlösung!“

„Ja, Dr. Schöpfer“, antwortete eine männliche Stimme. „Herr Herle, begleiten Sie mich bitte die paar Meter zur Küche. Dort erzählen Sie mir in Ruhe die ganze Geschichte.“

Keiner von uns hatte sich getraut, etwas zu sagen. Dr. Schöpfer kam zurück.

„Bitte entschuldigen Sie das eben. Das Mädchen braucht jetzt Ruhe. Roman wird sich um sie kümmern. Er ist einer der besten Krankenpfleger hier."

Mama und Max warfen sich einen Blick zu, den ich nicht deuten konnte. Doch sie fügten sich den Anweisungen des Arztes.

„Ich habe dir eine Tasche mit ein paar Sachen gepackt. Sie steht am Tisch. Wir besuchen dich morgen wieder. Dein Handy hängt an der Steckdose hinter dir. Melde dich bitte später, ja?"

„Danke Mama", sagte ich leise und umarmte sie, als sie zu mir herkam. Max drückte mir einen Kuss auf den Mund und schaute mir tief in die Augen.

„Ich … ich hätte besser aufpassen sollen. Es tut mir leid."

„Du bist doch nicht schuld", sagte ich und schaute ihn unverwandt an. Eine Träne lief mir die Wange hinunter. Er wischte sie vorsichtig weg und gab mir einen Kuss auf die Stirn. Dr. Schöpfer räusperte sich. Mama und Max drehten sich beide nochmal um und verließen dann erst das Zimmer.

„Schlaf ein bisschen. Das wird dir gut tun. Und machen dir nicht so viele Gedanken", sagte Dr. Schöpfer und verließ ebenfalls den Raum. Ich schloss kurz die Augen, nur um sie sofort wieder zu öffnen. Den Unfall wollte ich nicht noch mal erleben. Nicht die Angst spüren, die sich in jede Faser meines Körpers festgefressen hatte. Nicht das Grinsen von Tobias sehen, in dem Moment, als er das Lenkrad zu mir gedreht hatte. Und nicht den Schmerz, der mich erfasst hatte, so tief, dass es keine Möglichkeit gab, um ihm zu entkommen.

„Hallo."

Ein junger Pfleger mit kurzen braunen Haaren kam ins Zimmer. Er trug eine dampfende Tasse in der Hand.

„Ich heiße Roman und kümmere mich ein bisschen um dich."

Er lächelte mich an und das ließ mein Herz schneller schlagen. Verlegen zupfte ich an meinem T-Shirt. Er sah süß aus und setzte sich zu mir ans Bett.

„Wie geht es dir? Ich habe dir eine Tasse Tee mitgebracht."

„Danke. Mir tut alles weh."

„Das ist verständlich. So ein Aufprall ist echt heftig. Aber du sitzt hier. Das kann nicht jeder behaupten." Ein schiefes Grinsen huschte über mein Gesicht.

„Ich erledige ein paar Dinge. Später hole ich dich ab. Ein paar Tests stehen noch aus. Ehe du dich versiehst, darfst du nach Hause!"

Er strahlte mich an, als sei er überzeugt, dass alles kein Problem sei. Ich nickte, um ihn zu bestätigen. Er winkte mir zu und lief hinaus. Leise machte er die Tür zu.
Still war es mit einem Mal. Nur das Piepsen des Monitors unterbrach sie. Ich nahm die Tasse und probierte vorsichtig einen Schluck. Der Tee heiß und Kamille zählte nicht unbedingt zu meinen Lieblingssorten. Ich stellte die Tasse zurück auf das Kästchen neben mir und lehnte mich ans Kissen. Mein Blick fiel aus dem Fenster und dort sah ich die Bäume sich leicht im Wind bewegen.

21

FREITAG

William ließ den vierten Becher Kaffee aus dem Automaten. Obwohl er erst seit zwei Stunden da war, fühlte er sich nicht fit. Er hoffte, die neue Tasse machte ihn wacher. Ihm ging das Bild von Tina mit ihrem Lächeln nicht aus dem Kopf. Es verfolgte ihn. Nicht nur, weil es auf seinem Schreibtisch stand. Julius sagte ihm die Meinung deutlich. So lange es in ihrem Fall keine neuen Hinweise gab, sollte er sich um anderes kümmern. Er hob die Tasse und trank den ersten Schluck. Fast verbrannte er sich die Lippen.

„Ein bisschen Geduld schadet dir nicht“, hörte er Flo hinter sich lachen. William verdrehte die Augen. Er nahm einen weiteren Schluck, den er schnell bereute. Der Kaffee war heiß.

„Wie geht es Anna?“

„Etwas besser. Sie wollen sie bis Sonntag dabehalten. Für alle Fälle. Nicht, dass es Spätfolgen gibt.“

„Okay. Die Anzeige läuft. Wir haben ihn nicht gefunden.“ Flo schaute grimmig. Ihm ging die Situation genauso nahe. Anna hatte ihnen erst gestern vom Unfall erzählt. Das wenige reichte aus, um William auf 180 zu bringen. Tobias stalkte sie seit Tagen. Er hatte sie mit dem Auto von der Straße gedrängt und war geflüchtet. Er war wie vom Erdboden verschluckt. Bei der Arbeit hatte er sich für die ganze Woche krank gemeldet. Der Chef hatte nur mit den Schultern gezuckt und die beiden hinausgeworfen.

„Der Bericht liegt auf deinem Schreibtisch“, sagte Flo und schlenderte langsam in Richtung ihres Büros. William schaute ihm nach, mit der Tasse in der Hand. Als er sich umdrehte, verschüttete er fast etwas.
Heute war nicht sein Tag. Die Akte lag sichtbar mitten auf seinem Tisch. Er schnappte sie sich und begann zu lesen. Die Kollegen hatten Annas Auto untersucht. Sie fanden Lacksplitter. Nach einigen Vergleichen stand fest, dass sie zu Tobias Wagen passten. Er schlug die Akte zu und warf sie auf den Tisch. Flo's böser Blick sagte alles.
William seufzte. Er war wütend, weil er sich machtlos fühlte. Ihm waren die Hände gebunden. Er durfte nicht ermitteln. So war es vorgeschrieben.
Er hatte sich die Akten mit den Sturmschäden vorgenommen. Die Statistik für die Stadt kostete ihn eine Menge Zeit. Sie wollten wissen, welche Schäden der Sturm verursacht hatte. Wie viele Opfer es gab und wie viele Tote. Seine Notizen waren schnell zusammen. Doch der Fragebogen war schwieriger, als er dachte.

„Vergiss den Fragebogen nicht.“

William brummte nur. Flo war immun gegen seine miese Laune. Zu oft hatten sie zusammengearbeitet, um zu wissen, wie der andere tickte. Es klopfte an der Tür des Büros

„Herein!“, rief Flo mit seiner dunklen Stimme. Klaus trat ein. Das war ungewöhnlich. Sonst kam er nie bis zum Büro herauf. Es musste ihm wichtig sein.

„Kann ich dich kurz sprechen, Will?“

„Klar. Erzähl, was bedrückt dich?“

„Ich habe eine Krankenschwester auf dem Tisch gehabt. Sie war eines der Sturmopfer. Da ist etwas komisch.“

„Ja, da war ich bei dir unten. Ist der Bericht fertig? Ich brauche ihn für die Statistik der Stadt.“

„Habe ich dir mitgebracht. Bitte schön.“

Klaus streckte William die Akte hin. Der nahm sie und schaute nur kurz hinein. Es stand das drin, was er ihm schon vor einer Woche erzählt hatte. Verblutet durch die Zaunspitze im Bauchraum. Die Fotos drehte er schnell um. Das wollte er sich nicht nochmal anschauen. Er hatte die Verletzung an der Leiche gesehen. Den hohen Kaliumwert hatte er extra markiert.

„Ich glaube, dass es einen Todesengel gibt“, platzte Klaus mit seinem Verdacht heraus. „Anders kann ich mir das Ganze nicht erklären.“

„Hast du Beweise?“, fragte William. Er war nicht überzeugt. Klaus brummte: „Nein. Du musst mir helfen. Ich muss ein paar Leichen ausgraben und untersuchen.“

„Ist das notwendig?“

„Absolut. Sonst kann ich meinen Verdacht nicht bestätigen.“

William seufzte. „Sonst hast du nichts?“

„Nein, es ist ein Verdacht, dem ich nachgehe.“

„Ich brauche Beweise. Du kannst nicht einfach wahllos Leute ausbuddeln!“ William wurde langsam wütend.

„Nicht wahllos! Es gibt ein paar, bei denen ich es vermute. Du weißt genau, dass manche Hausärzte das nicht unterscheiden können! Die stellen die Totenscheine einfach aus!“

„Und wo ist jetzt das Problem?“

„Sag mal, hast du mir zugehört?“, fragte Klaus bedrohlich. Sie starrten sich an.

„Doch. Aber ohne Beweise können wir nichts machen, das weißt du doch!“, schimpfte William laut. Flo schaute die beiden nur an. Klaus stand mit weiteren Akten in der Hand und zitterte vor Wut. Will haute mit der Faust auf den Tisch.

„Ruhe!“

Florians Stimme donnerte durch den Raum. Er stand auf und wirkte einschüchternd auf die beiden. Klaus und William schauten ihn an.

„Ich brauche Beweise! Dann können wir die Exhumierungen machen!“

William klang hart und kalt. Klaus sagte kein Wort und schüttelte nur den Kopf.

„Mit dir kann man heute nicht vernünftig reden!“

„Du weißt doch gar nicht, wie es mir geht!“

„Wenn du nichts erzählst, kann ich das nicht wissen, was dich beschäftigt! So einfach ist das!“

Klaus drehte sich um und warf die Tür mit einem lauten Knall hinter sich zu. Florian sagte kein Wort. Der ließ sich auf seinen Stuhl zurückfallen, von dem er aufgesprungen war.

„Was sollte das eben? Du kennst die Regeln.“

William antwortete nicht sofort. „Ich geh mal kurz an die frische Luft.“

Er erhob sich und nahm seine Jacke. Sein Telefon klingelte.

„Herle“, meldete er sich knapp.

„Guten Tag, Herr Herle, wir haben den jungen Mann festgenommen. Den ihr gesucht habt.“

William fiel ein Stein vom Herzen. Auf die Leute war Verlass. Sein Verdacht war direkt überprüft worden. Tobias' Vater fuhr das Auto, zu dem die Splitter gehörten.

„Kann ich mit ihm sprechen?“

„Nein. Anweisung vom Chef. Sie kennen ihn. Es kann den Fall beeinflussen.“

William ließ einen Fluch vom Stapel. „Schon gut. Berichten Sie mir sofort, wenn es was Neues gibt. Vor allem, wenn er es zugegeben hat!“

„Das mache ich. Keine Sorge, ich lasse nicht zu, dass er aus der Untersuchungshaft freigelassen wird!“

„Sie tun mir einen großen Gefallen“, sagte William und legte auf. Er berichtete Flo von der Verhaftung. Der nickte.

„Ich gehe hin.“

„Und ich geh mal eine Runde um den Block.“

Florian grinste und hielt ihm die Tür auf. William lief die Treppe nach unten. Draußen grüßte er zwei Streifenpolizisten, die am Rauchen waren. Die Sonne schien, als wäre der Sturm nie da gewesen. Ein bisschen sah man die Schäden. Einer der großen Ahornbäume am Parkplatz war halb entwurzelt worden. Krumm stand er da und zeigte ihm seine Wurzeln. Er atmete tief durch und schlenderte langsam die Straße entlang. Manchmal, wenn ihm alles zu viel war, musste er sich bewegen.
Auf seinen Streifgängen hatte er eine Runde für sich entdeckt, die ihn weg vom Polizeirevier führte, an der kleinen Siedlung vorbei und in den Wald hinein. Dafür brauchte er etwa eine halbe Stunde. Im Wald zwitscherten Vögel. Er genoss die Stille und die Tatsache, dass er kaum jemandem begegnete. Seine Gedanken streiften, er hielt keinen fest, ließ sich treiben.
Als er zurückkehrte, stand niemand vor dem Gebäude. Er ging ins Foyer. Dort stürmte Florian auf ihn zu.

„Komm mit“, sagte er etwas außer Atem. Irgendetwas war vorgefallen. Sonst wäre er nicht so seltsam. Flo führte ihn nach hinten.

„Es ist ...“, setzte er an. Die Tür rechts von ihnen öffnete sich. Tobias, ein älterer grauhaariger Mann und Lars kamen heraus.

„Sie werden wieder von uns hören. Guten Tag, die Herren."

Der Anwalt grinste sie an. Tobias trat zu William. Der bekam einen Wutanfall bei den Worten, die folgten.

„Du kannst mir gar nichts. Weder was nachweisen, noch in meine Nähe kommen. Alles läuft über meinen Anwalt."

Florian hielt William fest, bevor dieser etwas sagte.

„Der Anwalt hat ihn herausgeboxt. Es ist nicht klar, wer das Auto gefahren hat. Er und sein Vater geben sich ein Alibi. Ich muss ihn gehen lassen."

Lars war wütend. Seiner Schwester war dasselbe passiert. Doch sie hatte nicht so viel Glück gehabt wie Anna. Sie war gestorben. Ohne Zeugen war es fast nicht möglich gewesen, ihn zu finden. Doch der Mann wurde von seinem Nachbarn angezeigt. Er hatte auf der Straße randaliert. Die Polizei fand das unter einer Plane versteckte Auto mit dem Blut.

„Bei meinem Mandanten besteht keine Fluchtgefahr. Es ist unklar, wer in der Nacht das Auto fuhr. So wird es vor Gericht geklärt. Wir werden jetzt gehen", sagte der Anwalt hochnäsig und rückte seine Brille zurecht.

„Du kannst nichts machen", flüsterte Florian.

„Das hat Konsequenzen, verlass dich darauf!"

„Ist das eine Drohung, Herr Herle? Passen Sie auf! Sonst gibt es eine Anzeige", stachelte der Anwalt giftig. Tobias grinste höhnisch und stolzierte an den beiden Kommissaren vorbei.

„Ich gehe jetzt nach Hause“, verkündete er dabei. Florian musste William festhalten, um zu verhindern, dass er auf ihn losging. Erst als er nicht mehr zu sehen war, ließ er ihn los.

„Das wollte ich dir eben erzählen“, sagte Florian leise. William brummte. Lars zog die offene Tür hinter sich zu.

„Es tut mir leid. Er hat es nicht zugegeben. Ohne Tatverdacht kann ich ihn nicht hierbehalten.“

„Schon gut, Lars. Das hatte ich befürchtet.“

William lief, ohne ein Wort zu sagen, wieder in sein Büro. Dort setzte er sich hin und starrte den Aktenstapel vor sich an. Sein schlimmster Albtraum wurde wahr. Wie sollte er damit zurechtkommen?

22

SAMSTAG

Matthias stand mit Holger auf der Veranda und rauchte eine Zigarette. Es war früh am Morgen. Die Sonne drang durch die Bäume des blauen Waldes. Der Sturm hatte sich gelegt. Matthias wollte tauchen. Alles andere war ihm egal.

„Wann wollt ihr denn los?“, fragte Holger und drückte seine Zigarette aus.

„So früh wie möglich. Da durch den Sturm kaum Leute da sein werden, können wir in Ruhe arbeiten. Das Wetter wird trocken und nochmal etwas wärmer als die letzten Tage.“

„Könnte aber sein, dass später einige Gäste kommen.“

Matthias nickte. „Ich sperre den Strand ab. Niemand soll in den See, solange ich tauche. Ich brauche Vermessungen und Skizzen. Die macht Tom und beobachtet den Bildschirm. Andreas taucht mit. Ich nehm eine Kamera mit.“

Matthias sprach mehr zu sich selbst. Holger unterbrach ihn nicht.

„Ich muss die Flaschen prüfen. Ob genug Sauerstoff drin ist. Und die Strömung.“

Er drückte die Zigarette aus. Der Sturm hatte dafür gesorgt, dass sie im Gasthaus festsaßen. Es juckte ihm in den Fingern, endlich loszulegen. Die Männer gingen hinein. Sein Team saß in der Ecke an einem Tisch.

„Richtet euch dann gleich. Wir starten in einer halben Stunde“, sagte Matthias zu den beiden. Die nickten. Andreas hob seine Kaffeetasse zum Gruß. Tom biss herzhaft in sein mit Salami belegtes Brötchen. Matthias drehte sich zu Holger um.

„Was gibt es zum Mittagessen? So gegen eins sind wir mit dem ersten Tauchgang durch.“

„Ich mache Ihnen Maultaschen mit Kartoffelsalat.“

„Das klingt lecker.“

Matthias schritt zur Toilette. Im Spiegel betrachtete er sein Gesicht. Alles beim Alten. Der Sturm hielt sie in der Gaststätte gefangen. Die Ruhe tat ihm gut. Er konnte Berichte vorarbeiten und mal ein Buch lesen.
Der Anruf des Gutachters gestern hatte ihn mehr als erfreut. Die Risse im Fels waren zwar größer als beim letzten Mal, doch sie schienen nicht gefährlich. Alexander Bauer sagte, dass getaucht werden könne. Die Stadt erlaubte ihm das Tauchen in die Höhlen.
Es wurde Zeit, etwas zu tun. Er richtete sich auf und atmete tief durch. Die Männer warteten auf ihn. Er lief an ihnen vorbei hoch zu den Zimmern. Sein Taucheranzug lag bereit auf dem Bett. Als er ihn angezogen hatte, nahm er seine Tasche und lief wieder hinunter.
Draußen wehte ein leichter Wind. In kurzem Abstand fanden sich Tom und Andreas beim Boot ein. Matthias fing an, es zu beladen. Er holte aus dem Van die ersten Geräte.

Die Batterien der Kamera waren nicht voll, bis Mittag müssten sie aber reichen. Die Neuen legte er mit ins Boot. Die Männer drehten sich zum brummenden Geräusch um. Im nächsten Augenblick fuhr um die letzte Kurve vor der Gaststätte ein Auto. Es parkte schnell und etwas krumm auf dem Parkplatz an der linken Seite. Der aussteigende Mann kam Matthias bekannt vor.

„Hallo zusammen“, rief der Mann. Matthias grinste, als er ihn erkannte.

„Hallo Ludwig, alter Hase“, sagte er erfreut. Der begrüßte alle mit Handschlag.

„Du bist wieder fit?“

„Der Arzt sagt, ich soll mich beschäftigen. Nur Tauchen darf ich nicht. Ich will nicht nochmal im Krankenhaus liegen.“

„Da hast aber echt Glück gehabt. Es hätte viel schlimmer ausgehen können.“

„Ist es aber nicht, also machen wir weiter und denken nicht mehr daran.“

Ludwig sah entschlossen aus. Matthias bewunderte ihn dafür.

„Andreas und ich tauchen. Wir schauen, wie weit wir kommen. Gegen eins gibt es Essen. Ich will die ersten Meter der Höhle erforschen. Tom erstellt die Karten. Ludwig, du hilfst ihm bei der Orientierung über den Bildschirm“, informierte Matthias das Team. „Der Fels ist rissig, aber stabil!“ Die anderen nickten. „Gut, dann fangen wir an!“

Matthias war aufgeregt. So ein Gefühl der Vorfreude hatte er schon lange nicht mehr verspürt. Schnell war alles auf dem Boot verstaut. Tom baute Kamera und Bildschirm auf. Matthias nahm das Band und spannte es am Strand. So war eine freie Zone geschaffen.
Schwimmen war verboten, die Angst war groß. Ein Felsen konnte leicht jemand erschlagen. Einige Beamten standen bereit. Nur sein Team durfte tauchen. Er winkte Holger zu, der auf der Terrasse war und sie beobachtete. Er stieg als Letzter ins Boot. Die anderen erwarteten ihn.

„Los geht's! Ihr wisst, was ihr zu tun habt!"

„Klar", sagten die Männer im Chor. Tom startete den Motor. Sie erreichten die Mitte des Wildsees. Das Wetter war herrlich. Die Sonnenstrahlen wärmten die vier Männer, das Wasser war tiefklar. Matthias erkannte den großen Fels, der vor ein paar Tagen herabgestürzt war.
Ludwig sagte kein Wort. Er schaute nicht mal hinunter. Zu sehr war sein Blick auf den Bildschirm vor ihm konzentriert. Die Programme waren gestartet.
Kurz vor der Felswand stoppte Tom das Boot. Er warf den kleinen Anker aus, um das Boot an der Stelle zu halten. Matthias schaute in die Tiefe. An der Felswand fiel der Boden ein paar Meter tief hinab. Das Gitter war am Eingang, Andreas hatte es eingehängt, aber nicht verschlossen. Es schlug immer wieder an den Fels mit der Wasserbewegung.

„Wassertemperatur 18 Grad Celsius", sagte Andreas, als er das Thermometer aus dem Wasser zog. Matthias nickte nur. Es war nicht so kalt, wie er befürchtet hatte. Er und Andreas zogen die Flossen an. Tom half beim Anlegen der Flaschen. Ludwig schaltete die Kameras ein und Matthias steckte sie an den Helm. Er kontrollierte die Batterien. Sie waren fast voll.

„Wo ist die Sicherheitsleine?", frage Matthias. Seine Hände schwitzten, er drehte sich hektisch um.

„Vorsicht! Das Boot wackelt!", schimpfte Ludwig. Er hielt Matthias die Rolle unter die Nase. Der griff nach ihr und sagte kein Wort. Er hackte sie am Gürtel ein. Die zweite Leine nahm Andreas an sich. Sie war für Notfälle gedacht und sollte sie zurück zur Hauptleine führen.
Beide setzten die Helme auf. Die Kameras liefen, die Bilder waren klar. Sie setzten sich an den Rand des Bootes. Rückwärts ließen sie sich in das tiefblaue Wasser fallen. Als Matthias fiel, schaute er die Felswand hoch, bis ihn das Wasser verschlang. Fast schwerelos schwebte er hinab. Still war es mit einem Mal, bevor er sich bewegte. Er schwamm los und drehte sich suchend um.
Andreas hob den Daumen. Alles okay bei ihm. Matthias zog an der Leine und tat es ihm gleich. Sie näherten sich dem Gitter und zogen es zur Seite. Dabei hängten sie es versehentlich aus. Es fiel langsam um und wirbelte dabei ein wenig von dem Sand auf, der sich zwischen den Felsen angelagert hatte. Andreas befestigte das Seil an der Halterung des Gitters.
Ruhig atmete Matthias, als er durch den Eingang zur Höhle schwamm. Das Licht fiel nur ein paar Meter weit hinein. Das Karstgestein leuchtete hell auf, dort, wo die Strahlen auf den Felsen trafen. Dahinter war es dunkel. Das Licht der Lampen reichte nicht weit. Er erahnte den Tunnel nur. Andreas befestigte die Leine und ließ sie hinter sich abrollen. Der Tunnel, dem sie folgten, war schmal, keine drei Meter breit und hoch, schätzte Matthias. Er schwamm voraus, in die Schwärze hinein. Die Stille war fast greifbar. Es war merklich kühler geworden.

„Schaut mal nach rechts", hörte Matthias die Stimme von Ludwig über das Mikrophon. Er drehte sich ein Stück und

hielt sich an der Stelle durch langsame Bewegungen. Ein schmaler Spalt, etwa mannshoch, war zu erkennen.
Andreas schwamm näher und versuchte es. Matthias zog ihn zurück. Es war zu eng, um mit den Gasflaschen hindurch zu schwimmen. Sie leuchteten in den Spalt. Der Weg schien sich zu verbreitern. Einige Felsen waren gebrochen und lagen am Boden. Das Licht verlor sich schnell in der Dunkelheit. Matthias sah nicht, was dahinter kam.
Er wandte sich ab und folgte dem Tunnel, der leicht nach links abknickte. Irgendwie kam ihm das komisch vor. Als er an der Wand entlang strich, bemerkte er die flache, fast gleichmäßige Abtragung.
Als ob es von Menschen gemacht wurde, dachte er verwundert. Er schwamm weiter. Ein Felsbrocken versperrte ihnen teilweise den Weg. Er schien von der Decke herabgestürzt zu sein. Matthias gab Andreas ein Zeichen. Er kam näher und streckte den Daumen nach oben. Zuerst leuchteten die beiden die Umgebung aus. Sie schauten, was hinter dem Felsen war. Nicht, dass dahinter Ende war. Oder wenn sie den Fels schoben, dass mehr einstürzte und sie unter sich begrub.
Der Tunnel schien weiterzugehen. Matthias beschloss, den vor ihm liegenden Felsen auf die Seite zu schieben. Er hob den Daumen. Andreas schwamm zu ihm.
Mit vereinten Kräften drückten sie in dem schmalen Tunnel gegen den Felsen. Er kippte und wirbelte Staub auf. Als er sich legte, konnten sich die Männer mit den Flaschen vorbeidrücken. Bei Matthias kratzte sie leicht am oberen Gestein. Er hoffte, dass kein Loch entstand. Sonst hätte er ein Problem. Er schwamm weiter und war fasziniert. Die Stille wirkte beruhigend.
Der Tunnel verlief kurvig. Doch er folgte immer noch gen Süden. Matthias kleiner Kompass zeigte ihm das an. Er hatte eine Ahnung, wohin er führte. Vor ihm knickte der Tunnel nach links ab. Die gleichmäßige Breite irritierte

ihn. Das hatte er schon lange nicht mehr gesehen. Die Tunnel waren von Menschen geschaffen, da war er sich sicher.

„Was macht ihr jetzt?“

Ludwigs Stimme erschreckte die beiden Taucher fast zu Tode. Der Tunnel teilte sich vor ihnen. Matthias sah es im selben Moment, wie Ludwig es aussprach. Er deutete Andreas an, zu warten. Dann zog er das Messer heraus und ritzte ein Pfeil nach rechts ein. Er schwamm nach in den Tunnel. Er wurde enger. Matthias entdeckte seltsame Zeichen an der Wand neben sich. Er leuchtete die Wand ab. Jemand hatte sie in den Felsen eingeritzt.

„Ich habe Bilder von den Zeichen, die schauen wir uns später an“, sagte Ludwig. Matthias drehte sich wieder der Dunkelheit vor ihm zu. Er schwamm weiter, bis ihm ein paar Felsen den Weg versperrten. Der Tunnel war an der Stelle eingebrochen. Es gab keine Möglichkeit, sie auf die Seite zu schieben. Sie versuchten es ein paar Mal. Andreas drückte nochmal, als sich plötzlich alles bewegte. Sand wirbelte auf und ein Stück Fels krachte herab.
Matthias schloss vor Schreck die Augen. Er konnte sich nicht bewegen, war gefangen in der Angst. Seine Atmung verdoppelte sich. Er wollte nicht ertrinken.
Plötzlich packte ihn etwas am Arm und zog ihn mit sich. Matthias riss die Augen auf und erkannte durch den aufgewirbelten Sand nichts. Sein Herz raste. Er wusste nicht, wie ihm geschah. Schon wollte er sich los reisen, als das Wasser aufklarte. Ihm fiel ein Stein vom Herzen. Andreas hob den Daumen.

„Das war echt knapp, Jungs!“, hörte er Ludwig über den Lautsprecher. „Hebt mal die Daumen, wenn es euch gut geht!“

Matthias schüttelte leicht den Kopf und hob den Daumen hoch. Andreas schwamm voraus, zurück zur Kreuzung. Matthias folgte ihm. Er ritzte ein Kreuz hinter seinen Pfeil ein.
Andreas schlug den linken Weg im Tunnel ein. Der führte die beiden stur geradeaus. Nach gefühlten 100 Metern knickte er nach links ab. Das Licht von Matthias Taschenlampe streifte über den Boden. Sand bedeckte ihn, mehr als in dem anderen Tunnel. Holzreste, die man nicht mehr erkennen konnte, ragten heraus. Es sah aus, als hätte jemand dort Dinge abgelegt. In der Mitte der Wand entdeckte er eine Art Regal. Er schwamm näher. Mehrere Bretter waren in die Wand versenkt worden. Das Holz war größtenteils vermodert. Einige Gläser standen ganz oben. Innen war alles ein Brei. Zwei waren kaputt. Die Splitter lagen im Regal und auf dem Boden. Der Druck musste sie zerstört haben. Ein Glitzern lenkte Matthias ab. Sein Licht hatte etwas im Sand auf dem Boden gestreift, als er sich umdrehte.
Er leuchtete an die Stelle und schwamm darauf zu. Was immer es war, es schimmerte golden im Boden. Sand wirbelte auf, als er danach griff. Er drehte sich zu Andreas um und hielt ihm die geöffnete Hand hin. Staunend betrachteten sie die Goldmünze.

„Wow“, hörten sie Ludwig über den Lautsprecher flüstern. Matthias sagte kein Wort. Sein Herz begann zu hüpfen. Die Freude über den Fund, das Tauchen, alles fühlte sich so leicht an. Dieses Gefühl hatte er vermisst. Er packte die Münze in einen kleinen Beutel und hängte ihn an seinen Gürtel.
Er gab Andreas ein weiteres Zeichen. Sie leuchteten den Boden ab. Es gab nur Sand und Holz und Karstgestein. Nichts, dass in irgendeiner Weise ihre Aufmerksamkeit einnahm. Andreas hob den Daumen und folgte dem Tunnel nach rechts. Andreas bewegte sich ruckartig, Matthias

erschreckte sich. Er schwamm auf ihn zu und packte ihn. Der Griff beruhigte ihn.
Was hat ihn erschreckt?, fragte er sich. Er hob die Taschenlampe und ließ Andreas los. Dessen Lampe lag auf dem Boden mit dem Licht zu ihm. Matthias dachte nicht weiter darüber nach, als er sich nach ihr bückte. Er hob sie auf und richtete das Licht nach vorn. Der bleiche Totenschädel mit der Tauchermaske ließ ihn erstarren.

„Mein Gott“, rief Ludwig aus und erschreckte die beiden Taucher erneut. Diesmal packte Andreas Matthias an den Schultern. Der schloss vor Schreck die Augen.

„Beruhigt euch“, sagte Ludwig nach einer Weile, als man nur das schnelle Atmen der beiden Taucher gehört hatte. „Okay, prüft mal bitte eure Flaschen. Nicht, dass ihr mir ertrinkt.“

Der Scherz kam nicht gut an. In beide kam Bewegung. Sie prüften gegenseitig die Flaschen. Andreas' war zu zwei Drittel voll. Als er Matthias kontrollierte, zeigte er ihm einen Daumen nach unten.

„Deine Flasche ist nur halb voll. Bist du mal hängengeblieben?“

Ludwig klang besorgt. Matthias dachte nach und hob den Daumen.

Ich bin hängen geblieben, weiter vorne. Ich muss mich beeilen. Sonst komme ich nicht mehr heraus, dachte er und drehte sich wieder um. Andreas versuchte, ihn festzuhalten. Doch Matthias riss sich los und schwamm langsam nach vorn. Er hob die andere Taschenlampe auf und leuchtete. Wenn man wusste, dass etwas Unheimliches

kam, konnte man sich darauf einstellen. Sein Licht fiel auf den Boden.
An der Wand saß ein Skelett, die Beine halb im Sand vergraben. Es war verwest, selbst hinter der Taucherbrille. Hinter ihm erkannte er eine Flasche. Reste eines Taucheranzuges klebten an ihm und verliehen ihm eine seltsame Ruhe. Es hielt etwas in der Hand, doch Matthias wollte nicht näher heran. Er leuchtete weiter, am Skelett vorbei. Der Tunnel endete nach ein paar Metern an einer Treppe. Ein paar kleinere Felsen waren aus der Decke gebrochen und lagen auf dem Boden. Die Treppe war wie die Wand sauber herausgehauen.

Das müssen Menschen gemacht haben, dachte Matthias, als er sie sich genauer anschaute. Langsam schwamm er hoch. Etwa 20 Stufen bis zum ersten Absatz zählte er. Danach führte sie nach rechts weiter. Ein Felsbrocken versperrte ihm den Weg. Der war so groß, dass man nicht unterscheiden konnte, was Fels und was Wand oder Treppe war. Es hatte keinen Sinn, zu versuchen, ihn auf die Seite zu schieben. Nicht, wenn seine Flasche ein Loch hatte.
Matthias sah, dass Andreas ihm gefolgt war. Er brach dem Skelett die Finger der Hand, die etwas festhielten. Matthias ließ das Licht kreisen und fand im Boden, teils im Sand vergraben, das zweite Skelett. Es lag seitlich und trug ebenfalls eine Tauchmaske. Der Taucheranzug schien besser erhalten zu sein. Er fand ein Logo unterhalb des Schädels. Es kam ihm bekannt vor. Irgendwo hatte er es schon gesehen, da war er sich sicher. Ein Piepsen riss ihn aus seinen Erkundungen. Kurz und laut. Alle paar Sekunden.

Was ist das, fragte sich Matthias erschrocken. Andreas winkte ihm mit einem Arm und zeigte mit dem anderen hinter sich. Matthias schaute ihn an und wusste nicht, was er ihm sagen wollte. Das Fuchteln wirbelte Staub auf und trübte das Wasser. Da fiel es Matthias wie Schuppen vor den Augen.

Meine Flasche wird leer, schoss es ihm durch den Kopf. Eine leichte Panikwelle erfasste seinen Körper. Sie mussten so schnell wie möglich zurück, raus aus dem Tunnel. Andreas schwamm schon voraus. Matthias folgte ihm ohne Zögern, ohne sich umzudrehen. Sie erreichten die Kreuzung und schwammen weiter. Das Piepsen wurde lauter und ging ins Unerträgliche.

„Matthias, ihr müsst euch beeilen. Mir zeigt es bei dir schon rot an", sagte Ludwig besorgt.

Matthias verdrehte die Augen und schwamm weiter. Sie schoben sich am Felsen vorbei, der den halben Weg versperrte.
Nach der letzten Rechtskurve erkannte Matthias einen hellen Lichtpunkt. Dort musste der Tunnelausgang sein. Andreas schwamm vor ihm. Matthias merkte, wie der Sauerstoff weniger wurde. Es war stickig und er hatte das Gefühl, keine Luft mehr zu bekommen. Der Lichtpunkt vor ihm wurde größer. Seine Kraft ließ nach, als er schon fast am Ausgang war.
Der Sand glitzerte im Sonnenlicht. Andreas war am Aufsteigen. Er sah die Flossen aus seinem Blickfeld verschwinden, als ihm schwarz vor Augen wurde.
Licht blendete ihn, als er sie wieder öffnete. Er wurde gepackt. Seine Lungen zogen sich zusammen und ächzten nach Luft. Die Wasseroberfläche kam ihm entgegen. Er riss sich die Maske vom Gesicht und schluckte erstmal Wasser. Hustend durchbrach er die Oberfläche. Mehrmals holte er tief Luft.

„Alles okay?", rief Ludwig. Matthias hustete nur. „Los, helft mir!"

Jemand packte ihn an den Armen und unter der Achsel. Andreas hob vom Wasser seine Beine nach oben. Der klare blaue Himmel strahlte über ihm. Ein paar kleine Wölkchen schoben sich zusammen. Keuchend lag er auf dem Boot, die besorgten Gesichter von Ludwig und Tom beugten sich über ihn.

„Was ist passiert?“, fragte Tom und drehte ihn ein wenig. Er versuchte, ihm die Flasche abzunehmen, damit sich Matthias auf den Rücken legen konnte. Doch es gelang ihm erst mit Ludwigs Hilfe. Er schloss die Augen und atmete tief ein und aus. Langsam beruhigte sich sein Körper, während das Boot leicht im Wind schaukelte. Andreas erzählte den anderen, was sie entdeckt hatten.

„Die Tunnel sind von Menschen geschaffen worden. Da bin ich mir sicher. Die Wand ist glatt, das müsst ihr euch anschauen“, sagte er aufgeregt. Matthias bewegte sich. Sein Körper schmerzte. Er war zu schnell aufgestiegen. Sein Kopf tat weh, er konnte kaum atmen. Er schloss die Augen. Beim Aufsetzen war ihm schwindelig. Daher legte er sich wieder zurück. Tom griff nach seinem Arm.

„Schon gut“, sagte Matthias, als er die besorgten Blicke sah. Tom hielt ihm eine Wasserflasche hin. Dankbar nahm er sie. Das Wasser kühlte seine Kehle. Es tat gut.
Langsam wurde es besser. Er griff in seine Tasche und zog den Fund heraus. Das ließ ihm keine Ruhe. Es glänzte im Sonnenlicht
Die Jungs hielten den Atem an. Sie starrten es an, als wäre es eine nackte Frau. Es zog sie alle in seinen Bann.
Er drehte die Münze hin und her. Sie sah wunderbar aus. Alt, eckig und geprägt mit einer Figur.
Ihm fielen die Skelette wieder ein. Er musste wissen, wer die beiden waren.

„Lasst uns Mittagessen!“, sagte Matthias und verstaute die Münze wieder in seiner Tasche. Die anderen sahen sich an. „Mir geht es gut, keine Sorge!“ Er schaute von Tom zu Andreas und Ludwig, bis alle nickten.

„Ja, Chef.“

„Klar.“

„Definitiv.“

Tom drehte sich um und drehte den Schlüssel um. Der Motor brummte. Er zog den Anker hoch und steuerte das Boot auf das Ufer zu. Matthias sah zurück zur Felswand. Schroff ragte sie gen Himmel und wirkte mit einem Mal bedrohlich.

23

SONNTAG

Roman saß im Aquarium und starrte seit fünf Minuten den Bildschirm an. Eine Woche war es her, seitdem Maya tot war. Sieben Tage, in denen er neben sich stand. Es hatte ihn aus der Bahn geworfen. Bei den anderen war es einfach. Sie bedeuteten ihm nichts. Maya war seit Jahren seine Chefin. Es tat weh, an sie zu denken.
Der Arzt verordnete ihm ein paar Tage Ruhe. In ihm herrschte Chaos. Wie auf der Station. Die Schwestern waren verheult. Er hielt es nicht aus. Und doch war er arbeiten, um sich abzulenken. Nina sorgte dafür, dass alles normal wirkte. Sie übernahm die Leitung der Station.

„Roman!“, rief eine Stimme und riss ihn aus seinen Gedanken. Zaynap stand vor ihm und zitterte leicht.

„Was ist los?“, fragte er bestürzt.

„Ich … ich habe der Frau Müller eine Tablette gegeben und … und sie hat sich komplett übergeben. Kannst du mir helfen? Bitte.“

Roman nickte nur und stand schnell auf. „Nina, wir haben einen Notfall bei Frau Müller! Ich kümmere mich darum.“

„Ist gut, danke!“, rief Nina aus dem mit Akten überfüllten Büro zurück. Man sah sie kaum hinter dem Tisch. Es hatte sich ein bisschen was angesammelt in den letzten Tagen nach Mayas Tod. Roman folgte Zaynap ins Zimmer. Dort saß Frau Müller auf ihrem Bett. Sie schaute nicht auf, nur weiter auf den Haufen auf der Decke.

„Ich wollte das nicht. Es tut mir so leid."

„Alles gut Frau Müller, das passiert."

Roman und Zaynap nahmen die Decke und legten sie halb zusammen. Als er sich umdrehte, sah er, dass die Frau sich eingestuhlt hatte. Bräunliche Flecken unter ihrem Hintern zeigten die Spuren deutlich. Ihm wurde fast schlecht, als ihm der Geruch in die Nase stieg. Er wies Zaynap an, die Frau unter die Dusche zu stellen. Solange wollte er das Bett frisch beziehen.

„Es tut mir so leid", murmelte Frau Müller peinlich berührt. Ihre Wangen waren feuerrot. Roman brummte nur. Normalerweise war es ihm egal, aber heute widerte es ihn an.
Er nahm eine Mülltüte und stopfte alles hinein. Dann nahm er frische Bezüge für das Bett. Als er fertig war, nahm er die Tüte und lief zur großen Tonne. Er beschloss, eine zu rauchen. Er stellte sich unter die kleine Hütte am Eingang. Mehrere Menschen standen ebenfalls da und unterhielten sich. Er grüßte sie nur knapp.
Der erste Zug ließ ihn langsam entspannen. Druck war nichts für ihn. Sein Blick wanderte über den kleinen Parkplatz. Verschiedene Autos standen da und ließen sich vom leichten Wind nicht beeindrucken. Es war kühl für Oktober. Die Sonne wärmte nach dem Sturm nur langsam. Solange der Schnee nicht kam, war alles gut. Sein Handy piepste. Er drückte die Zigarette aus und schaute drauf. Nina erwartete ihn im Büro. Das konnte er nicht deuten. War das jetzt gut oder schlecht?

Vermutlich will sie nur mit mir reden, dachte er und machte sich auf den Rückweg durch die langen Gänge im Krankenhaus. Am Aquarium traf er niemanden an. Er klopfte an der Tür und wappnete sich innerlich vor dem Kommenden.

„Roman, da bist du ja!“, empfing ihn Nina mit einem Lächeln. Er gab es vorsichtig zurück. Mit Nina hatte er bisher nicht viel zu tun gehabt. Sie hatte auf einer anderen Station gearbeitet.

„Ich wollte mich nur erkundigen, wie es dir geht.“

„Gut.“

„Das freut mich. Ich muss wissen, ob du wieder fit bist. Du musst zum Hausarzt und dich durchchecken lassen.“

„Kein Problem, das mache ich. Mir geht es gut.“

Roman schickte ein Lächeln hinterher und hoffte, dass Nina es nicht merkte. Bis jetzt war es ihm immer gelungen, seine Unruhe vor allen zu verbergen.

„Die anderen erzählen, dass du manchmal in Gedanken bist.“

„Sie sind bei Maya. Ich werde versuchen, das abzustellen.“

„Versteh mich nicht falsch, ihr sollt sie nicht vergessen. Es ist wichtig, damit keine Fehler passieren. Du bist ein großartiger Pfleger. Ich brauche dich hier.“

Roman starrte sie überrascht an. Das hatte er nicht erwartet. Nina lachte.

„Hat Maya dir das nie gesagt? Das ist echt schade. Sie hat dich hoch geschätzt und bei den großen Besprechungen immer gelobt."

Roman schüttelte den Kopf. Er wollte es nicht glauben. In seinem Inneren zog sich alles zusammen. Plötzlich sah er wieder Mayas Gesicht vor sich. Wie sie im Büro saß mit der Lesebrille auf der Nase und ihn anlächelte. Ihre weichen Gesichtszüge ließen erahnen, was sie dachte.
Doch nie hätte er gedacht, dass sie ihn so schätzte. Es musste ihr mehr als schwergefallen sein, ihn auf den Verdacht anzusprechen. Ihr Gesicht, als ihr bewusst wurde, dass die Spritze in ihrem Arm echt war. Es spiegelte sich in ihren Augen, die Gewissheit. Roman konnte den Blick nicht vergessen. Blut floss über seine Hände, als er sie festhielt. Er brüllte nach Hilfe, dem Sturm entgegen, doch zugleich mit dem Wissen, dass niemand ihn hören würde.

„Roman!", drang eine Stimme in sein Bewusstsein, die so gar nicht in die Erinnerung passte. Er öffnete die Augen und schaute in das erschrockene Gesicht von Nina.

„Alles okay? Du hast geschrien."

Sie wirkte beunruhigt. Roman schüttelte den Kopf. Er war abgerutscht. Er hatte sie erschreckt.

„Entschuldige, ich … ich habe an Maya gedacht. Ich muss kurz raus."

Nina nickte und Roman rannte fast aus dem Raum. Er musste an die frische Luft. Ihm wurde schummrig und als er durch die Tür nach draußen stolperte, traf ihn der kalte Wind wie ein Schlag.
Er setzte sich auf die Bank, auf der eine ältere Dame saß. Sie nickte ihm zu und wandte sich wieder ihrem Rätsel-

heft zu. Roman zog die Schachtel aus seiner Tasche und nahm mit zitternden Fingern eine Zigarette heraus. Der Wind wehte die Flamme des Feuerzeuges immer wieder aus. Erst beim vierten Mal schaffte er es. Der erste Zug beruhigte ihn. Sein Herz wurde ruhiger.
Er drückte die Zigarette aus und lief wieder hinein. Ziellos lief er durch die Gänge, grüßte die Pfleger und Schwestern. Irgendwann stand er vor der kleinen Apotheke. Sie war geschlossen. Er schaute auf seine Uhr. Mittagspause.
Kaum jemand war in der Nähe. Jetzt war ihm bewusst, was er die ganze Zeit gebraucht hatte. Ohne weiter darüber nachzudenken zog er seinen Schlüssel heraus und schloss die Tür auf. Er ließ ihn von innen stecken und die Tür zufallen. Der Schlüssel war nachgemacht. Niemand sollte es wissen.
Er atmete tief durch und suchte nach der richtigen Kiste. Daraus nahm er eine Spritze und ließ sie in seine Tasche hineingleiten. Schnell lief er zur Tür und drehte den Schlüssel herum. Er öffnete sie einen Spalt und linste hinaus. Ein älteres Ehepaar saß auf der Bank. Er kannte sie nicht. Er beschloss, es zu riskieren. Atmete tief durch und hing hinaus. Die beiden schauten nur kurz auf, als er hinter sich abschloss.
Im Gang lief er dem Oberarzt über den Weg. Ihm rutschte das Herz in die Hose, doch der Arzt nickte nur und lief mit energischen Schritten weiter. Als er aus seinem Blickfeld verschwunden war, atmete Roman tief durch.

Alles wird gut, sagte er sich. Die Wiederholung des Satzes machte ihm Mut. Er streckte seinen Körper durch und schritt den Gang entlang.
Zurück auf der Station nahm er sich die Akte. Er trug ein, was bei Frau Müller passiert war. Zaynap war nicht zu sehen.

Das Klingeln ließ ihn aufhorchen. Brauchte ein Patient etwas, drückte er auf den Knopf. Über den Zimmern leuchtete ein orangenes Licht. Roman stand auf und schaute sich suchend um. Erst im Nebengang fand er das Licht. Er zog seinen Ausweis über das Schloss und beendete damit das Signal. Dann trat er ein und versuchte gleich, ein Lächeln aufzusetzen, obwohl er nicht wusste, was ihn erwarten würde.
Die Frau im Bett hustete. Es klang nicht gesund. Ihr ganzer Körper schüttelte sich. Er nahm ein leeres Wasserglas und füllte es bis zum Rand. Er half ihr beim Trinken. Doch der Husten ließ sie die Hälfte verschütten. Langsam wurde es besser. Sie trank einen großen Schluck.

„Danke“, murmelte sie leise. „Hab mich verschluckt.“

„Kein Problem, dafür bin ich ja da.“

Roman schaute an sich herab und sah ein paar Flecken auf seinem Kittel. Doch sie fingen schon an zu trocknen, daher ignorierte er sie.

„Wichtig ist, dass es Ihnen gut geht.“ Er schaute sie an und sie erwiderte sein Lächeln.

„Da haben Sie recht. Vielen Dank.“

Roman nickte und wandte sich ab. Als die Tür hinter ihm ins Schloss fiel, atmete er tief durch. Er war nervös. Manchmal dachte er so viel nach, dass er nichts von seiner Umgebung wahrnahm. Erschrecken konnte man ihn dabei gut. Er schob die Hände in seine Kitteltaschen. Er umschloss die Spritze in seiner Hand fest. Es war Zeit. Das spürte er deutlich. Er musste sich aufmachen und es wieder tun.

Die Erregung erfasste seinen Körper. Ohne sich dessen bewusst zu sein, lief er auf ein Zimmer zu. Langsam drückte er die Klinke hinab und schaute in den Korridor. Niemand war zu sehen.
Die Frau im hinteren Bett starrte ihn etwas verwundert an. In den letzten Tagen hatte er sich mehrmals um sie gekümmert. Bei ihrem Sturz im Bad hatte sie sich die Hüfte gebrochen.

„Ich wollte nur mal nach Ihnen schauen", sagte Roman und lächelte sie an.

„Das ist aber lieb von Ihnen", antwortete sie. Er lief zu ihrem Beutel mit Kochsalzlösung. Er war zur Hälfte gefüllt. Die Fließgeschwindigkeit war ihm etwas zu langsam. Er stellte sie schneller.

„Wie fühlen Sie sich?", fragte Roman und schaute sie an. Die Frau schüttelte den Kopf und meinte: „Ach, mal so und mal so. Heute ist ein schlechter Tag." Sie schaute auf ihre Hände.

„Ich gebe Ihnen etwas gegen die Schmerzen", sagte Roman. Er zog die Spritze aus seiner Kitteltasche und ließ den Inhalt in die Kanüle. Die Wirkung zeigte sich augenblicklich.
Die Augen fielen der Frau zu, sie klappte zusammen. Bevor er nach ihr schaute, ließ er die Spritze in seiner Kitteltasche verschwinden.
Während er ihren Puls maß, schaute er sie mit schräg gehaltenem Kopf an. Sie wirke so friedlich. Kaum spürbar war der Puls. Das Medikament, dass er sich heute ausgesucht hatte, diente zur Beruhigung. Es senkte den Puls und damit die Funktionen im Körper. Manchmal fiel er dabei so tief, dass der Patient friedlich einschlief.

Roman warf einen letzten Blick auf sie und verließ das Zimmer. Er atmete tief durch. Auf dem Rückweg ließ er die Spritze im Mülleimer verschwinden. Mit jedem Schritt wurde ihm wieder leichter ums Herz.

Ich stand am Fenster meines Krankenzimmers. Max war vor ein paar Minuten gegangen, da er zur Uni wollte. Der Wind war heute wieder etwas stärker wie in den letzten Tagen. Mein Kopf brummte und irgendwie hatte ich das Gefühl, dass ich auf einem Auge schlechter sah. Ich wandte mich ab und überlegte, was ich tun könnte. Mir war langweilig. Mama hatte mir fünf Bücher mitgebracht, aber die hatte ich fast gelesen. Und ich war erst den vierten Tag hier. Es war mir unerklärlich.
Die ältere Dame war vor ein paar Stunden entlassen werden. Sie war zur Beobachtung nach Verdacht auf Schlaganfall hier. Seitdem war ich allein. Mein Blick fiel auf die Uhr über der Eingangstür. Es war fast vier Uhr nachmittags. Irgendwie stand mir der Sinn nach etwas Süßem.
Ein Donut wäre super, geisterte mir durch den Kopf. Das Wasser lief mir schon bei dem Gedanken im Mund zusammen. Wenn ich mich jetzt nicht zur Cafeteria bewegte, konnte ich an nichts anderes mehr denken. Ich schnappte meinen Geldbeutel und zog die Jogginghose an. Unter der Decke war es zu warm mit Hose. Daher hatte ich sie ausgezogen.
Mein rechter Fuß war immer noch geschwollen. Er steckte in einer Schiene, um ihn ruhig zu halten. Mit den Krücken konnte ich mich gut bewegen. Der Gang lag wie ausgestorben da. Niemand war zu sehen, nur ein Piepsen und andere Geräusche, die ich nicht zuordnen konnte, wa-

ren zu hören. Den Weg zur Cafeteria wusste ich, dort war ich mit meinen Eltern und Max am ersten Tag.

„Du kannst so froh sein, dass nicht mehr passiert ist", hatte Mama leise gesagt. Ich hatte nur genickt und versucht, meine Tränen zu unterdrücken. Doch es war mir nicht gelungen. Eine hatte sich den Weg über meine Wange hinunter gesucht. Schnell hatte ich sie weggewischt.
Mit dem gleichen Gefühl betragt ich die Cafeteria. Es war laut. Menschen lachten. Aus der Küche drang Bratenduft. Ein Teller fiel herab und zersprang. Die Frau hinter der Theke schaute erschrocken auf ihn. Die Kollegin drückte ihr den Besen in die Hand.
Ich lächelte und nahm den letzten Schoko Donut. Er sah verlockend aus. Der Kassierer war langsam. Er grinste, als er mir mein Rückgeld gab. Ich schaute ihn nur an und wandte mich ab.
Die Ecke der Cafeteria steuerte ich bewusst an. Sie war am weitesten weg. Da es nur zwei Plätze gab, würde sich niemand zu mir setzen. Und ich hatte alle im Blick. Seit Tobias mich im Café bedrängt hatte, war ich panisch. Bei jedem Geräusch hatte ich mich umgedreht. Mehr als einmal hatte ich die anderen dabei erschreckt. Jenny hatte gelacht.

„Der hat ein Kontaktverbot! So schnell taucht der nicht auf", versuchte sie, mich zu beruhigen.

Doch mein Kopf weigerte sich, dass zu akzeptieren. Es hatte ihn beim letzten Mal nicht abgehalten und beim Unfall genauso wenig. Wer wusste schon, was ihn seinem Kopf vorging. Ich schob die Gedanken beiseite und nahm den Donut. Er schmeckte weich und schokoladig. Und so intensiv. Meine Nerven waren überreizt. Es war herrlich.
Mein Blick fiel auf den Eingang der Cafeteria. Dort erkannte ich den jungen Pfleger, der die letzten Tage nach

mir geschaut hatte. Er lief direkt zur Theke und fing ein Gespräch mit den Damen dort an. Ich fragte mich, ob er mich erkannt hatte.

Quatsch, bei so vielen Leuten wird er dich doch nicht erkennen, schimpfte ich mich in Gedanken. Ich wünschte es mir. Ich biss wieder in den Donut. Gerade, als ich den letzten Biss in den Mund schob und zubiss, tauchte er vor mir auf.

„Hey, darf ich mich setzen?"

Ich verschluckte mich und nickte hustend. Für einen Moment schloss ich die Augen und dachte nur ein Wort: *Peinlich!* Verlegen schaute ich zu ihm. Er rührte seinen Kaffee um.

„Wie geht es dir? Abgesehen von dem Husten?", fragte er und saß schon. Er grinste mich an. Ich verdrehte die Augen.

„Ganz gut, mir ist bloß langweilig."

„Ja, das ist normal. Man kann nicht ewig im Bett liegen."

„Da dreht man nur durch", flachste ich. Er lachte und ich fühlte mich frei. Ich sah ihn plötzlich in einem anderen Licht. „Wie heißt du?" Ihn danach zu fragen, war mir nie eingefallen.

„Ich bin Roman", antwortete er und reichte mir die Hand. „Ma´m, sie haben sehr weiche Hände."

„Danke."

Er zwinkerte mir verschwörerisch zu. Ich starrte auf den leeren Teller.

„Darfst du so mit deinen Patienten reden?“

„Wenn du es niemand erzählst, bleibt es unser Geheimnis.“

Mir gefiel das. Es war verboten und daher reizvoll. Zuhause wartete Max auf mich. Er war die letzten Monate immer zur Seite gestanden. Ich starrte in Romans grüne Augen. Sie waren voller Kummer. So etwas nahm ich wahr. Doch sein Lächeln verbarg es im nächsten Moment.

„Was hältst du von einer kleinen Führung durch die Gänge des Krankenhauses? Es gibt hier viele schöne Ecken. Ich hab ein paar Minuten Zeit.“

„Ja, gerne“, sagte ich ohne Zögern. Die Aussicht auf ein paar Minuten länger mit ihm allein hob meine Stimmung schlagartig. Gemeinsam standen wir auf. Roman hatte kaum einen Schluck von seinem Kaffee getrunken. Er nahm ihn mit. Wir liefen aus der Cafeteria und ich warf ein paar heimliche Blicke auf ihn. Er sah gut aus mit seinen dunkelbraunen Haaren. Sein rotes T-Shirt schaute unter dem weißen Kittel hervor. Er trug eine dunkle Jeans und Nike Turnschuhe. Er bemerkte meinen Blick und straffte sich ein bisschen. Dadurch wirkte er noch größer.
Wir gingen Richtung Eingang. Er grüßte andere Kollegen. Am Ende des Foyers kam ein kleiner Garten hinter Glas versteckt. Es sah aus wie eine Ruheoase, herrlich, wie die Sonne ihr Licht hineinwarf. Er hielt mir die Tür auf und ließ sie hinter sich zufallen. Ich war fasziniert. Das leichte Plätschern vom Wasser beruhigte mich. Ich schloss die Augen, um den Augenblick der Ruhe in mir aufzuneh-

men. Selten hatte ich so etwas gespürt. Ich schaute zu Roman und er grinste.
Als ich mich umschaute, entdeckte ich die Oase. Ein schmaler Plattenweg führte nach rechts und links mitten hinein. Vor mir lag ein kleiner See. Große orangene Fische und sogar eine Schildkröte fielen mir zwischen dem Schilf auf.

„Komm."

Roman lief nach rechts und ich folgte ihm ohne Zögern. Der Weg schlängelte sich an Büschen entlang, vorbei an kleinen Palmen, die kaum einen Meter hoch waren. Alle paar Meter gab es Nischen, in denen Bänke standen. Sie waren überwachsen vom Efeu und sahen gemütlich aus. In der Mitte vom See entdeckte ich die Ursache für das Plätschern. Den Fels in der Mitte hatte ich erst gar nicht wahrgenommen. Genau gegenüber der Tür, versteckt auf der Rückseite vom Fels, war der Wasserfall. Die drei vier Meter, die das Wasser dort in die Tiefe stürzte, waren das, was die Oase ausmachte.
Roman lotste mich zu einer Nische. Wir hatten Glück, sie war sogar frei. So ließen wir uns auf die Bank fallen und ich atmete tief durch. Die Krücken lehnte ich neben mich. Der Geruch von Holz und kühlem Wasser zog durch meine Nase. Es war herrlich. Hier konnte ich bleiben. Für immer. Oder wenigstens eine Weile.
Eine andere Patientin lief an uns vorbei und grüßte leise. Roman zog sein Handy heraus und schaute darauf. Ich konnte mich nicht sattsehen an dem Grün des Schilfes und dem Efeu. Am Rand der Platten hatte sich das Gras ausgebreitet, doch ohne Unkraut. Alles sah gepflegt aus.

„Ist herrlich hier, nicht wahr?", sagte Roman nach einer Weile und schaute verträumt in Richtung Wasserfall.

„Ja. Ich wusste gar nicht, dass es hier so etwas gibt, sonst wäre ich schon hier gewesen."

„Am Anfang war es nur für die Mitarbeiter gedacht. Einer hat die Klinikleitung gebeten, sie für alle zugänglich zu machen. Es tut gut und das merkt man den Patienten an. So wie bei dir."

Ich blickte in seine tiefgrünen Augen und musste lächeln. Ja, er hatte recht. Ein Augenblick der Ruhe war mehr wert als die ganzen Medikamente, mit denen sie mich vollpumpten.

„Man sagt es den Leuten nicht immer, manche sind ja bettlägerig, da wäre es echt gemein. Ich muss leider wieder rein, meine Pause ist vorbei."

Roman stand auf und schaute zu mir.

„Ich bring dich wieder hoch, der Oberarzt wollte nochmal nach dir sehen."

Ich nickte und irgendwie gab es mir einen Stich ins Herzen. Der Ort war so herrlich.

„Kannst ja später nochmal herkommen."

Fast schien es, als hätte Roman meine Gedanken gelesen. Ich streckte ihm aus einem Reflex die Zunge heraus und meinte: „Auf jeden Fall!"

Roman lachte und es war gut. Leicht beflügelt humpelte ich vor ihm den Weg zurück, wissend, dass er direkt hinter mir war. Die Tür öffnete sich und es war laut. Rufe und Piepsen verursachten es. Ich versuchte, mich zu orientieren, als ein lauter Ruf mich ablenkte.

„Anna!“

Die Stimme jagte mir einen Schauer über den Rücken.

„Oh nein, bitte nicht!“, flüsterte ich entsetzt. Roman schaute mich fragend an, doch im selben Moment erkannte er es. Tobias lief mit offenen Armen auf uns zu. Doch seinem Gesicht war der Hass deutlich abzulesen. Ich blieb stehen und hoffte, dass er gehen würde.

„Schön zu sehen, dass es dir gut geht.“

Die Verachtung in Tobias Stimme war nicht zu überhören. Er blieb vor uns stehen und starrte Roman finster an. Der schaute zu mir, sah die Angst, die sich durch alle Poren zu fressen schien und antwortete: „Ich möchte, dass Sie gehen.“

Tobias streckte sich und lachte nur. „Das würde dir so gefallen. Sie ist meine Freundin und ich werde sie besuchen. Der Unfall war so schrecklich. Sie braucht mich. Als Unterstützung.“

Mit diesen Worten kam er ein paar Schritte näher und packte meinen Arm. Ich schrie auf, ließ die Krücke fallen und versuchte, mich loszureißen. Roman war schneller. Er ließ Tobias über seine eigenen Füße stolpern. Dabei ließ er meinen Arm los und ich konnte weg humpeln. Wimmernd lag Tobias am Boden, doch nur Sekunden später stand er auf. Er warf sich auf Roman. Das Geschrei hatte andere Mitarbeiter aufgeschreckt. Ich sah zwei Wachleute im Stockwerk über mir. Sie fuchtelten.
Tobias war wie von Sinnen. Der Hass stand ihm ins Gesicht geschrieben. Er schlug mit der Faust zu und traf Roman auf die Nase. Sofort schoss Blut heraus und er schrie auf. Roman taumelte rückwärts und fiel fast hin.

Tobias ließ ihn links liegen und kam direkt auf mich zu. Ich schaffte zwei Schritte nach hinten, dann war die Wand im Weg. Sie hielt mich, während Tobias vor mir stand und mich anstarrte. So hatte ich ihn noch nie erlebt. Der Schmerz in meinem Fuß brach durch. Tobias stützte sich mit beiden Armen neben mir an der Wand ab.

„Hast du etwa Angst?“, fragte er mich bedrohlich. Ich sagte kein Wort und hielt seinem bohrenden Blick stand.

Was hast du nur an dem gefunden?, schoss es mir plötzlich durch den Kopf. Weder die etwas längeren Haare noch sein Geruch gefielen mir. Tiefe Angst machte sich breit, ich war wie gelähmt. Sein Gesicht näherte sich meinem. Unsere Nasen stießen an. In seinen Augen sah ich puren Hass. Schon spürte ich seine Lippen, doch er wurde weggerissen. Hinter Tobias standen die Wachleute und hielten ihn fest. Er zappelte und wollte sich los reisen. Ein weiterer Mann kam auf uns zu.

„Was ist hier los?“, fragte er und starrte uns an. Roman trat näher an mich heran und hielt sich ein Taschentuch unter die Nase. Das Blut färbe es rot.

„Ich wurde weggezerrt! Ich habe nichts gemacht“, schimpfte Tobias, bevor jemand etwas sagte. Der Mann schaute mich fragend an.

„Stimmt das?“

Ich konnte nur den Kopf schütteln, um mich nicht zu verraten. Die erste Träne lief mir die Wange herab. Sprechen konnte ich nicht.

„Er hat sie angegriffen“, sagte Roman da. „Sie ist die Tochter des Hauptkommissars. Rufen Sie ihn an.“

Ich war Roman so dankbar in dem Moment. Woher er das auch wusste, war mir egal. Doch ich vermutete Papa dahinter. Seine Wut war mir nicht entgangen.

„Gut, wir gehen jetzt alle ins Büro. Dann klären wir die Sache. Muss ja nicht jeder mitkriegen."

Der Mann nickte den beiden anderen zu. Er hatte Recht. Einige Menschen standen da und starrten uns neugierig an. Ich hinkte hinter dem Mann her. Keine zwei Schritte schaffte ich, als ein Aufschrei ertönte. Der Mann vor mir wirbelte herum und schubste mich fast um. Zum Glück war die Wand in der Nähe, an der ich mich abstützen konnte. Hinter mir brüllten mehrere Menschen durcheinander. Ich verstand kaum etwas, da mir schwindelig geworden war durch die schnelle Bewegung. Ich schloss meine Augen und beim Öffnen sah ich, dass Tobias sich losgerissen hatte. Er musste auf Roman losgegangen sein. Der lag auf dem Boden. Tobias rannte weg, die Wachleute fingen ihn wieder ein. Sie zogen ihn zu uns. Um mit ihm fertig zu werden, legten sie ihm die Handschellen an. Der Mann starrte ihn grimmig an.

„Machen Sie das nicht noch einmal!"

Tobias spuckte vor ihm auf den Boden. Der Mann drehte sich nur zu Roman um.

„Gehts?", fragte er und streckte ihm die Hand entgegen. Roman richtete sich langsam mit seiner Hilfe auf und suchte nach meinem Blick. Er war voller Sorge. Ich nickte nur.

„Muss", sagte Roman und streckte sich. Schmerzen schienen ihn zu quälen, doch er überspielte es schnell. Der Mann winkte und marschierte den Gang entlang. Ich hob die Krücken auf. Wir folgten ihm schweigend. Eine dunkelblaue Tür kam am Ende. *Sicherheitsbüro* stand darauf. Vor der Tür zog der Mann einen Schlüsselbund. Gleich der Zweite war der Richtige. Die Tür schwang auf und gab den Blick auf ein großes Fenster frei. Beim Näherkommen sah ich neben der Tür ein weiteres Fenster zum Gang. Der Rollladen war unten. Die Wachleute zogen Tobias nach links.

„Setzt euch. Wollt ihr etwas trinken?“, fragte uns der Wachmann und ließ die Tür hinter sich ins Schloss fallen. Wir schüttelten den Kopf. Die Regale waren überfüllt mit Ordnern. Links mir zweigte ein kleiner Gang ab. Ein Fenster, von dem man in den Nebenraum sehen konnte, als der Rollladen hochgezogen wurde. Tobias saß dort an einem kleinen Tisch. Weiter gab es nichts. Keine Bilder, keine Regale, kein Schrank. Es erinnerte mich an einen Verhörraum der Polizei. Papa hatte mir mal einen gezeigt, schon vor Jahren.

„Die Menschen sollen nicht abgelenkt werden. Ein neutraler Raum ist wichtig. Man muss Ruhe erzeugen. Nicht jeder mag das Meer.“

Papas Lächeln und die Anspielung auf das Meer hatte ich sofort verstanden. Das Bild hing hinter ihm am Schreibtisch. Als ich klein war, hatten wir die Ostsee besucht und waren barfuß durch das Watt gelaufen. Mama hatte das Bild gemacht, während wir auf das Meer schauten. Die Farben der Sonne faszinierten mich, wenn ich das Bild anschaute. Papa und ich waren schwarze Silhouetten, was das Ganze betonte.

„Jetzt erzählt mir bitte, was da vorhin passiert ist“, riss mich der Wachmann aus meinen Gedanken. Wir setzten uns an den Tisch. Ich nickte und schaute ihn an. Seine schwarzen Haare waren mit weißen Strähnen durchzogen und die Brille verstärkte den Eindruck eines Professors. Roman sagte nichts.

„Das da ist mein Ex-Freund“, begann ich leise zu erzählen. „Er hat mich vor ein paar Monaten betrogen. Dann hat er angefangen, mich zu stalken, zu verfolgen. Er hat mich von der Straße abgedrängt.“

Romans Husten unterbrach mich. Er wirkte überrascht. Ich wusste nicht, worauf er reagierte. Papa hatte ihm nicht alles erzählt. Der Wachmann schaute mich mitleidig an. Das änderte sich, als er nachfragte: „Hast du das genau gesehen?“

Ich nickte. Das Grinsen würde ich nie vergessen, genauso wenig wie den Unfall.

„Danke“, meinte er, während ihm die Wut deutlich ins Gesicht geschrieben standen. „Ich rufe jetzt die Polizei.“

William saß an seinem Schreibtisch und schaute aus dem Fenster. Es war schräg rechts von ihm und ließ die Sonne herein. Er war heute extra ins Büro gefahren, um ein bisschen in Ruhe zu arbeiten. Sonntags war weniger los. Die Akte, die vor ihm lag, beschäftigte ihn schon wieder. Das Lächeln von Tina auf dem Bild verfolgte ihn. Die Tatsache, dass es keine neuen Erkenntnisse gab, frustrierte ihn zunehmend. Wieder und wieder las er sich den Bericht durch.

„Das Skelett ist weiblich, etwa 22 Jahre alt. Keine Stichwunden. Gebrochenes Zungenbein. Wurde erdrosselt."

Er schlug die Akte zu und wuschelte sich durch die Haare. Die Fundstücke am Tatort hatten sie kein Stück weitergebracht. Das Fahrrad war bis heute nicht aufgetaucht. Die Eltern wussten nichts. Die Freundinnen erzählten, dass sie es abends in der Hand hielt. Sie hatte gewunken und war in der Nacht verschwunden. Aus der Akte war ein Blatt verrutscht. Er zog es heraus und hatte plötzlich einen Gedanken. Der Vater war im letzten Gespräch sehr abweisend. Seine Notizen waren daher kurz ausgefallen.

„Sie ist tot, lassen Sie uns in Ruhe!", hatte er zu William am Schluss gesagt.

„Wollen Sie nicht wissen, wer sie getötet hat?", fragte William zurück. Eine Antwort hatte er nicht bekommen. William drehte das Blatt hin und her. Gedanklich störte ihn etwas. Doch er wusste nicht, wie er es in Worte fassen sollte. Sein Bauchgefühl sagte ihm, dass mehr dahinter steckte. Aus einem Gefühl heraus griff er zu einem leeren Blatt.

„Was verheimlicht der Vater?", schrieb er darauf. Sein erster Verdacht fiel auf die Jungs der Party. Doch alle hatten Alibis. Bilder zeigten, dass sie erst lange nach Tina gegangen waren. Tina war gegen eins mit dem Fahrrad weggefahren. Sie war auf einem Video zu sehen, das die Jungs gedreht hatten, als sie draußen mit Flaschen warfen.

„Was ist passiert", schrieb er weiter und setzte ein paar Punkte darunter. „Streit, deshalb erwürgt. Wutanfall, sie war zufällig da. Missbrauch. Trennung der Eltern. Freund."

Er schaute seine Punkte an. Dann nahm er den Bericht und las ihn erneut. Die Mutter hatte angegeben, früh schlafen gegangen zu sein. Sie nahm Schlaftabletten. Er fand sie im Bad. Der Vater hatte ein Fußballspiel angesehen und Bier getrunken.

Was wäre, wenn der Vater nicht ins Bett gegangen, sondern außer Haus? Seine Frau schlief tief durch die Tabletten, schoss es William durch den Kopf. Das Alibi des Vaters war nicht wasserdicht. Das Ergebnis des Spieles konnte man nachlesen.
Er rief Google Maps auf und tippte die Route zwischen dem Haus der Party und dem von Familie Schwarz ein. Weit war es nicht.
Das Haus der Familie Schwarz stand am Rand von Spullberg in Richtung Wildberg. Die Party fand in Unterhausen statt. Es waren etwa acht Kilometer. Das konnte man schnell mit dem Fahrrad fahren.

Ich muss herausfinden, wo der Vater in der Nacht war! William griff zum Telefon.

„Hallo Lars", sagte William, als der sich meldete. „Kannst du mal kurz in mein Büro kommen?"

„Natürlich."

„Danke."

Keine zwei Minuten später klopfte es an der Tür. Lars kam herein und sah William fragend an.

„Ich habe eine Theorie und brauche ein paar Daten."

„Was soll ich tun?“ Lars nahm ungefragt am Tisch vor ihm Platz. William schrieb seine Notizen auf ein weiteres Blatt.

„Ich brauche Daten. Herr Schwarz weiß etwas von dem Tag, an dem seine Tochter verschwunden ist. Ich will wissen, wo er war. Du musst seine Nummer überprüfen.“

„Geht es um das Mädchen auf dem Foto?“

Lars zeigte auf das Bild. Es stand neben dem seiner Kinder Anna-Luisa und Christopher. Jeder wusste, dass er den Fall nicht loslassen konnte. William nickte nur.

„Ich kümmere mich darum. Worauf soll ich achten?“

„Nichts. Besorge mir die Daten und dann schauen wir, was dabei herauskommt.“

William ahnte, wie das Ergebnis ausfallen würde. Es würde ihm nicht gefallen. Lars nickte und verließ das Büro. Will drehte sich mit seinem Stuhl im Kreis. Er schaute auf die Fotos. Auf die Wand. Und zurück. Er ließ seine Gedanken treiben, hielt keinen fest. Was hatte die Wut ausgelöst? Jemanden zu erwürgen brauchte Kraft. Der Vater hatte sie. Doch war er imstande, sie einzusetzen? Ein Anruf lenkte William ab.

„Hauptkommissar Herle.“

„Ein Herr Turm ist am Apparat. Er sagt, es geht um Ihre Tochter“, sagte die junge Männerstimme am anderen Ende. „Ich leite den Anruf an Sie weiter.“

„Danke.“ William durchfuhr es eiskalt. Was war passiert? Eine leise Melodie ertönte, sie machte ihn verrückt. Ein Klicken, dann meldete sich eine tiefe Stimme.

„Guten Tag, mein Name ist Simon Turm. Ich bin Wachmann im Spullberger Krankenhaus. Ihre Tochter Anna-Luisa sitzt vor mir. Sie sagt, es liegt eine Anzeige gegen ihren Ex-Freund vor?“

„Ja, er darf nicht in ihre Nähe kommen. Es ist richterlich erwirkt“, antwortete William und wurde unruhig. „Er hat sie angegriffen, nicht wahr?“

„Ja, das hat er. Ich muss Sie ...“

William brüllte auf. Er fegte mit einer Handbewegung die vor ihm liegende Akte vom Tisch. Seine Tasse flog mit und polterte mit einem lauten Krachen auf den Boden.

„Ich bin in zehn Minuten da. Wo muss ich hin?“

William nickte nebenbei, während der Wachmann ihm den Weg erklärte. Er legte auf und warf das Telefon auf den Tisch.

Unglaublich, dachte er wütend. *Was fällt dem Mistkerl ein? Der kann was erleben!*

Er ließ alles liegen und stürmte aus dem Raum. Die Reifen quietschten beim Losfahren. Er schaltete das Blaulicht nicht ein. Im Krankenhaus orientierte er sich an der Theke und ging einen Gang nach hinten. Das Schild fiel ihm sofort ins Auge. *Sicherheitsbüro.* Er klopfte an. Die Tür öffnete und ein älterer Mann stand vor ihm. Seine Haare waren schwarz und weiß vermischt. Die Brille rief in William das Bild eines Professors hervor.

„Guten Tag, mein Name ist Turm. Simon Turm. Kommen Sie herein."

Er trat zur Seite und William erblickte seine Tochter. Sie saß etwas gebeugt mit dem Blick auf den Boden am Schreibtisch des Wachmanns. Trotzdem entging es ihm nicht, dass sie Angst hatte. Der junge Mann neben ihr in der Krankenhauskleidung hielt sich ein Taschentuch unter die Nase. Es war schon halb vollgezogen mit Blut. Er kannte ihn, er arbeitete auf der Station, auf der Anna-Louisa lag.

„Papa!", rief Anna, als sie ihn erkannte. Sie wollte aufstehen, doch der gebrochene Fuß hinderte sie.

„Bleib sitzen. Was ist passiert?" William wandte sich mit seiner Frage an Herrn Turm. Der fuhr sich mit der Hand durch die Haare und meinte:

„Die komplette Vorgeschichte kenne ich nicht. Als ich dazukam, hielten meine Männer den Jungen fest, Roman blutete aus der Nase und Ihre Tochter stand zitternd an der Wand. Beim Abführen riss der Junge sich los und griff Roman an, sodass er zu Boden fiel. Dann rannte er quer durch das Foyer, wo er von meinen Leuten wieder eingefangen wurde. Bisher hat er kein Wort gesprochen. Wir haben seinen Ausweis überprüft."

Kurz und sachlich stellte der Mann die Vorgänge dar, was William sehr schätzte.

„Danke. Tobias hat meine Tochter schon mehrfach nachgestellt und angegriffen. Er darf sich ihr nicht nähern."

Der Wachmann nickte. „Das dachte ich mir. Er sitzt im Nebenraum."

Er deutete auf das Fenster, in das ein Blick in den kleinen Raum geworfen werden konnte, in dem nicht mehr als ein Tisch und mehrere Stühle standen. Tobias saß da und starrte ihn direkt an. William wusste nicht, ob er ihn sehen konnte. Sein Blick verhieß nichts Gutes. Die beiden Männer, die vor ihm saßen, hatten die Arme verschränkt und einer sagte in dem Moment etwas zu Tobias. Der zuckte nur mit den Schultern. Sein Blick streifte ab und William fühlte sich erleichtert.

„Was machen wir jetzt?“

Die Frage von Herrn Turm war nicht einfach zu beantworten. Es konnte nicht sein, dass Tobias sie immer wieder angriff. Doch er wusste, dass die Polizei erst aktiv wurde, wenn etwas passiert war. Das durfte nicht passieren. Es ging um seine Tochter.

„Ich rufe seinen Anwalt an, um ihm davon zu berichten. Er hat schon wieder die Auflagen ignoriert. Das war das letzte Mal!“

„Das ist vernünftig. Er wird wohl langsam zu einem Stalker.“

„Das befürchte ich“, sagte William und schaute auf seine Tochter. Seit sie entführt worden war, hatte er große Angst, sie zu verlieren. Er konnte den Schmerz von Frau Schwarz nachvollziehen. Sein Kind nicht finden zu können, war unerträglich. Die verschwundene Tina ließ ihn nicht los. Er musste herausfinden, was geschehen war. Um ihren und seinen Seelenfrieden. Es war Absicht. Das stand fest. Sie war vergraben worden, am Waldrand, ein paar Meter weg von der Straße.

„Ich werde aussagen “, sagte Roman da mit näselnder Stimme. William sah auf und schüttelte den Kopf und antwortete: „Danke, das ist sehr freundlich.“

„Danke“, murmelte Anna. Sonst sagte sie nichts.

„Kein Problem.“

Im nächsten Moment klopfte es an der Tür und alle schreckten zusammen.

„Herein“, rief Herr Turm, als er sich gefangen hatte. Eine Frau mit braunen Haaren trat ein.

„Ich suche Roman. Er soll hier sein.“

„Hallo Nina, ich habe das Mädchen hier verteidigt. Ihr Ex hat sie angegriffen“, sagte Roman und stand auf.

„Etwa hier im Gebäude?“, fragte Nina entsetzt. Sie starrte alle an und William trat ein paar Schritte zur Seite, um ihr Platz zu machen. Herr Turm informierte sie kurz, was passiert war.

„Das gefällt mir gar nicht. Ich werde dafür sorgen, dass immer jemand an dem Zimmer des Mädchens vorbeigeht.“

Annas Blick sagte William, dass sie nicht begeistert war. Doch ihre Sicherheit ging vor. Daran würde er nicht rütteln. Stur sein konnte er. Das hatten die Kollegen ihm schon mehrfach vorgeworfen. Ganz besonders Klaus machte sich einen Spaß daraus. Da fielen öfter Sprüche nach dem Motto *„immer zuerst mit dem Kopf durch die Wand“*.

„Ich telefoniere. Der Junge bleibt hier, bis ich wieder zurück bin!“

„Roman, du meldest dich nachher bei mir. Ich schreibe dir die Stunden gut.“ Nina schaute ihn an.

„Mach ich“, sagte der und hielt sich sein fast voll geblutetes Taschentuch wieder unter die Nase.

Nina nickte allen zu und verließ den Raum. William schaute in den Nebenraum. Seine Wut kochte innerlich. Er durfte sie nicht zeigen. Tobias grinste frech. Er atmete durch.

„Wir füllen ein Formular aus“, unterbrach Herr Turm die Stille nach ein paar Minuten. Er zog hinter sich aus dem Regal einen der vielen Ordner heraus.

„Na, wo ist es denn?“, murmelte er dabei und schlug den Ordner auf. „Formulare über Formulare. Irgendwo bist du.“

Er schlug ihn wieder zu und zog einen anderen heraus. William musste fast lachen. Ihm ging es oft genauso. Herr Turm fand das Richtige.

„Bitte, nehmen Sie Platz.“ Er wies William auf den Stuhl an der Seite beim Fenster hin.

„Wir müssen genau festhalten, was passiert ist. Ich schreibe, was ich gesehen habe und Sie verbessern mich. Klar soweit?“

Alle nickten. Herr Turm ging die einzelnen Geschehnisse durch und Anna ergänzte die Angaben. Einmal warf Roman ein paar Details ein. William hielt sich zurück. Ihre zitternde Stimme berührte sein Herz. Das musste endlich aufhören. Das schwor er sich.

„Okay. Sie bekommen alle eine Durchschrift. Als Nächstes rede ich mit dem Jungen. Sie bleiben da, Herr Herle? Ich nehme an, Sie möchten die Anzeige aufnehmen."

William nickte. „Auf jeden Fall." Um nichts in der Welt wollte er das verpassen.

„Ich bringe Anna in ihr Zimmer", sagte Roman und bewegte seinen Kopf in Richtung ihre. Da fiel William ein Stein vom Herzen.

„Danke schön. Ich schaue später nach dir, ja?"

„Ja, Papa."

Anna stand vorsichtig auf, um den verletzten Fuß nicht zu belasten. Roman war schneller und stützte sie, damit sie die Krücke nehmen konnte. Langsam liefen sie zur Tür. Die fiel hinter den beiden ins Schloss. Deutlich atmete Simon Turm auf.

„So eine Situation ist immer schwierig. Er stalkt sie, richtig?"

„Ja. Er hält sich nicht an das Verbot. Da er sie jetzt schon tätlich angreift, will ich gar nicht wissen, was er noch vorhat."

William war mit solchen Fällen mehr vertraut, als ihm lieb war. Nach der Anzeige hörte es oft von allein wieder auf. In manchen Fällen war die Wut des Täters eskaliert. Er kannte die Akten. Simon lief an William vorbei und direkt zum Nebenraum. Er folgte ihm.

„So. Jetzt zu dir.“

Simon ließ sich vor Tobias nieder. Die beiden Männer gingen hinaus. William machte die Tür hinter sich zu und stellte sich mit verschränkten Armen hin.

„Warum haben Sie das Mädchen angegriffen?“

„Sie ist meine Freundin, ich habe nichts getan“, antwortete Tobias und klang erstaunt. „Sie haben das falsch verstanden.“

Simon schaute ihn nur an. Keine Regung war ihn seinem Gesicht abzulesen. William bewunderte ihn. Ihm selbst sah man die Wut direkt an.

„Sie hat erzählt, dass du sie gepackt hast. Als sie mit Roman aus dem Garten kam. Meine Männer haben es gesehen.“

„Sie verdrehen hier die Tatsachen. Der Mann hat mich angegriffen und ich habe mich nur selbst verteidigt. Das nennt man Notwehr.“

Hat er das gerade wirklich gesagt? William traute seinen Ohren kaum.

„Sie sind sich sicher, dass es so geschehen ist?“, fragte Simon mit Nachdruck.

„Ja.“

„Gut, ich nehme Ihre Aussage so auf. Bitte schildern Sie genau, was passiert ist.“

Das ließ sich Tobias nicht zweimal sagen. „Ohne Anwalt sage ich nichts mehr. Keine Chance. Ihr dreht euch sonst alles so hin, wie ihr es haben wollt. Das können Sie sich abschminken!“

Mit einem breiten Grinsen im Gesicht verschränkte er die Arme vor der Brust. Er fühlte sich überlegen, doch William hatte schon zu viel Zeit mit Menschen wie ihm verbracht. Er sah den reinen Hass. Seine Blicke waren ihm nicht entgangen. Er sah es aus dem Augenwinkel. Simon nickte und schrieb ein paar Worte auf sein Blatt. Er hatte zugehört.

„Ich rufe Ihren Anwalt an. Dann sprechen wir weiter.“ Er stand abrupt auf und verließ den Raum. William warf einen Blick auf Tobias und drehte sich um.

„Das wirst du bereuen.“

Der Satz jagte ihm einen Schauer über den Rücken. Er fuhr herum und sah in das wutverzerrte Gesicht von Tobias. Doch sein Grinsen überlagerte es fast sofort. William beherrschte sich. Mühsam, mit zusammen gedrückten Zähnen, welche schon knirschten, stampfte er aus dem Raum und warf die Tür hinter sich zu. Sie war nicht richtig ins Schloss gefallen. Er ging zurück und zog sie diesmal mit deutlich weniger Kraft zu. Sie rastete ein. Simon Turm schaute ihn kritisch an.

„Sorry. Ich wollte die Tür nicht hinter mir zuwerfen.“

Simon nickte und winkte ab.

„Kein Problem, das kann die ab. Es wurde ein stahlverstärktes Material genommen. Das passiert öfters. Meistens bin ich das.“

Beide Männer lachten trotz der schwierigen Situation.

„Dann mache ich mir keine Sorgen“, sagte William und holte tief Luft. „Ich gehe mal telefonieren. Der Anwalt wird bestimmt begeistert sein.“

„Das sind die meistens. Solange sie Ihnen keine Klage anhängen können, würde ich mir keine Sorgen machen.“

„Oh glauben Sie mir, das kriegt der Junge schneller hin als Sie gucken können!“, brummte William. „Der dreht Ihnen das Wort im Mund herum und der Anwalt glaubt alles!“

„Der Raum ist videoüberwacht.“

„Ach?“ William war überrascht. Das hätte er nicht erwartet. Die Bilder zeigten, was im Raum geschehen war. Außer ...

„Weiß der Junge von den Videos?“, fragte William. Wenn nicht, waren sie nicht zu gebrauchen.

„Ja. Immer, wenn jemand im Raum ist, wird ein Video gestartet. So ist alles gesichert.“

Simon hob den Daumen. William war erleichtert. Das war eine gute Nachricht. Es konnte nichts mehr schief gehen.

„Geben Sie mir die Nummer. Ich rufe den Anwalt an“, sagte Simon, nachdem er Wills genervten Blick gesehen hatte. William fand die Visitenkarte. Er gab sie ihm und der tippte die Zahlen schon in sein Telefon hinein. Es klingelte mehrmals, bis sich eine Stimme meldete.

„Hier ist Anwalt Krug. Was kann ich für Sie tun?“, tönte es aus dem Lautsprecher. Simon hatte ohne etwas zu sagen das Telefon laut gestellt.

„Mein Name ist Simon Turm und es geht um Ihren Mandanten Tobias.“

„Was werfen Sie ihm vor?“, fragte der Anwalt ruhig.

„Er hat ein Mädchen verletzt. Ich habe sie getrennt. Doch er besteht auf Ihren Rat. Bitte kommen Sie. Ich brache den Bericht für die Polizei. Herr Herle ist schon da.“

„Natürlich. Wo muss ich hin?“

„Wir sind im Spullberger Krankenhaus. Er sitzt in einem Raum bei mir im Büro. Melden Sie sich bitte, wenn Sie im Foyer angekommen sind. Ich hole Sie ab.“

„Das ist in Ordnung. Geben Sie mir eine halbe Stunde. Dann habe ich alles vorbereitet.“

„Kein Problem. Ich gebe das so an die Polizei weiter.“

„Gut. Ich beeile mich.“

Der Anwalt legte auf. Simon zuckte mit den Schultern und stellte das Telefon auf die Ladestation.

„Dann warten wir jetzt, bis er da ist.“

William nickte und seufzte. „Ich schaue solange nach Anna. Rufen Sie mich, wenn der Anwalt da ist.“

„Klar.“

Simon nahm die Visitenkarte und legte sie vor sich auf den Schreibtisch. William verließ das Büro und lief den Gang entlang. Im Foyer beschloss er spontan, erst kurz nach draußen zu gehen. Dort atmete er tief durch und schlenderte etwas nach rechts vorbei am Gebäude.
Ein paar Bäume und ein Ausblick in Richtung Autobahn ließen seine Gedanken schweifen. William schaute am Baum vorbei in den Himmel hinauf. Die Sonne stand mittlerweile tief und blendete ihn. Nach ein paar Sekunden wurde es unangenehm und er kniff die Augen zu. Er drehte sich um und ging zurück, um endlich nach Anna zu sehen.

24

DIENSTAG

Klaus saß an seinem Schreibtisch und starrte auf die Akten. Es ließ ihn nicht in Ruhe. Er verstand William. Er nahm Mayas Bericht. Wieder und wieder las er ihn. Seine Notizen halfen nicht. Er war so schlau wie vorher. Der Kaliumwert war deutlich erhöht. 23 Millimol pro Liter Blut. Es war zum Verzweifeln. Er fuhr sich mit den Händen durch die Haare.

„Hey“, tönte eine fröhliche Stimme hinter ihm und erschreckte ihn fast zu Tode.

„Ben, muss das sein? Kannst du nicht anklopfen?“

„Doch, klar, sorry.“

Bens fröhliche Stimme überzeugte ihn nicht, dass es ihm leidtat. Er wandte sich wieder den Akten zu. Seufzte und schob alles zusammen.

„Alles okay?“

Klaus drehte sich um und schaute Ben dabei zu, wie er seinen Laborkittel erst falsch herum anzog. Er drehte sich und merkte es. Grinsend zog er ihn richtig an.

„Wie kommt ein so hoher Kalium-Gehalt im Blut vor? Nichts deutet auf Probleme mit den Nieren oder anderes hin! Sie war gesund!“

„Puh“, machte Ben. „Da gibt es verschiedene Ursachen. Wieso beschäftigt dich das?“

„Weil da was nicht stimmt. Mehr kann ich dir nicht sagen.“

„Da geht es dir wie William. Den lässt das Mädchen namens Tina auch nicht los.“

Ben sah ihn an und legte den Kopf auf die Seite. Klaus wollte etwas entgegnen, doch er sagte nichts. Seit einer Woche wusste er es.

„Ich geh zum Chef des Krankenhauses!“, platzte es plötzlich aus ihm hervor. Ben schaute ihn überrascht an.

„Was soll das bringen?“, fragte er und beantwortete sich die Frage im selben Moment. „Du willst nach ähnlichen Fällen fragen. Ob das schon mal vorkam, nicht wahr?“

„Genau“, meinte Klaus. „Im Krankenhaus ist ein Todesengel! Ich glaub, ich gehe jetzt gleich. Das lässt mir keine Ruhe!“

Klaus drehte sich zu seinem Schreibtisch und schob die Akten zusammen.

„Ich komme mit.“

„Das wollte ich gerade fragen. Wo steckt den die Akte schon wieder? Ah, da ist sie ja!“

Er zog die Akte über Maya hervor und legte das Blatt zuoberst in die Akte. Ben zog seinen Kittel aus und hängte ihn an die Garderobe. Er wirkte schon wieder zappelig, wie jemand, der ständig unter Strom stand. Klaus steckte die Akte in seine Tasche und verließ als Erster den Raum. Ben löschte das Licht und schloss die Tür hinter sich ab. Ben fuhr zum Krankenhaus. Während der Fahrt schwiegen beide. Klaus dachte nochmal nach und legte sich im Stillen ein paar Worte zurecht, die er zum Klinikleiter sagen wollte.

Bei der Klinik wehte ein leichter Wind, bewölkt war der Himmel. Die Wolken zogen sich zusammen. Abends sollte es regnen. Im Foyer des Krankenhauses steuerten sie die Theke an. Die Dame lächelte.

„Man braucht einen Termin. Aber ich rufe ihn an. Vielleicht ist er noch da und hat ein paar Minuten Zeit für Sie."

„Vielen herzlichen Dank", sagte Klaus und verbeugte sich leicht. Die Dame drückte ein paar Tasten. Ben sah sich im Foyer um, lief in verschiedene Richtungen. Klaus schmunzelte, als er es sah.

„Hallo Herr Sandhausen, hier ist Sandra. Der Pathologe möchte Sie kurz sprechen", sagte die Dame. „Ist das möglich? Alles klar. Gut. Ich richte es ihm aus. Ja, ich vermute es. Vielen Dank. Auf Wiederhören."

Sie stellte das Telefon weg und sagte: „Er hat ein paar Minuten Zeit für Sie. Es holt Sie gleich jemand ab, damit Sie sich hier drin nicht verlaufen."

„Super! Vielen Dank!"

Klaus war erleichtert. Er hatte schon befürchtet, dass die spontane Aktion umsonst war. Ohne Termin war es oft schwierig. Die Person hatte keine Zeit oder war nicht da.

Aber sie konnte sich nicht auf das Gespräch vorbereiten. William sagte das häufig.

„Wenn du die Leute einfach besuchst, reden sie mehr, als sie wollen. Weil sie sich überrumpelt fühlen.“

Klaus sah einen älteren grauhaarigen Herrn auf sich zulaufen.

„Guten Tag, mein Name ist Simon Turm und ich soll Sie in das Büro des Klinikleiters bringen.“

„Ja, genau, mich und Ben.“ Die Männer schüttelten die Hände.

„Na dann, lassen Sie uns gehen.“

„Ben, kommst du?“, rief Klaus durch das Foyer. Einige Leute drehten sich um, doch nicht Ben. Der war verschwunden. Klaus schaute irritiert umher.

„Sagen Sie bitte dem Jungen, dass er hier warten soll?“, bat er die Dame am Informationsschalter. „Ich hab keine Zeit, auf ihn zu warten.“

„Natürlich, ich richte es ihm aus“, sagte die Dame und lächelte. Klaus nickte und folgte Simon Turm die Treppe hinauf. Oben ging es weiter durch einen geräumigen Gang, an dem sich Türen und Nischen abzweigten. Simon klopfte am Ende des Ganges an eine Tür. *Sandhausen, Klinikleiter* stand mittig auf dem silberschwarzen Schild.

„Herein!“, rief eine helle Stimme. Simon öffnete die Tür und Klaus erhaschte einen Blick auf die blonde Sekretärin, die in einem kleinen Vorraum ohne Fenster saß.

„Guten Tag. Der Herr Richter hat ein Termin bei Herrn Sandhausen.“

„Natürlich. Ich gebe ihm Bescheid. Einen Moment bitte.“

Sie stand galant auf und klopfte an der nächsten Tür. Keine zwei Sekunden später steckte sie ihren Kopf durch die Tür.

„Der Herr Richter ist da“, sagte sie und machte die Tür weit auf. Simon Turm nickte und drehte sich um. Klaus lief auf den Raum zu. Eine große Fensterfront zog zuerst seinen Blick auf sich. Die Aussicht war herrlich. Einige Sonnenstrahlen tanzten durch die dunklen Wolken, die sich zusammenzogen.

„Guten Tag, Herr Richter“, dröhnte eine dunkle Stimme. Klaus schaute zum großen Schreibtisch, hinter dem ein etwas fülliger, schwarzhaariger Mann saß. Das Regal, welches die komplette Wand hinter ihm einnahm, war voller Bücher. Klaus musste an einen Türsteher denken, als der Leiter aufstand. Sie schüttelten sich die Hände.

„Bitte, nehmen Sie Platz“, sagte Herr Sandhausen und deutete auf die beiden Stühle vor sich. Klaus setzte sich und schaute ihn erwartungsvoll an.

„Es geht um die Obduktion von Maya?“

Klaus gefiel die direkte Art des Klinikleiters. Er kam ohne Umwege zur Sache.

„Ja, ich habe etwas gefunden, dass mir nicht gefällt. Es hat einen Verdacht geweckt.“

„Na dann, schießen Sie los“, sagte Herr Sandhausen, als Klaus eine kurze Pause einlegte. Er räusperte sich und antwortete:

„Das Kalium ist erhöht. Ich brauche von Ihnen die Erlaubnis, einen Blick in die Akte werfen zu dürfen.“

Der Klinikleiter sah ihn nachdenklich an. „Okay. Und was sagt mir das?“

„Ich glaube, ihr wurde Kaliumchlorid gespritzt.“

„Gestorben ist sie aber am Blutverlust?“

Der Klinikleiter kannte die Akte. Klaus nickte daher nur.

„Puh. Sie deuten einem Verdacht an, der in eine Richtung geht, die mir nicht gefällt.“

„Das tut mir leid. Ich werde es nicht ignorieren. Ja, der Zaunpfahl hat sie durchbohrt. Und der Blutverlust war so groß, dass sie gestorben ist. Ich glaube, dass es kurz vor dem Unfall gespritzt wurde. Und es hat ihr Herz still stehen lassen. Ich weiß, mein Verdacht ist weit hergeholt. Aber wenn ich recht habe?“

Klaus war es ernst. So etwas ging ihm gegen den Strich.

„Dann habe ich viel zu tun. Ich muss alle Todesfälle überprüfen. Das sind hohe Kosten, die ich sinnvoller ...“

„Ich helfe Ihnen!“, fiel ihm Klaus ins Wort. „Hier ist ein Todesengel! Ich weiß es einfach!“

Jetzt war das Wort ausgesprochen. Es hing wie ein Damokles Schwert über den beiden. Keiner traute sich, etwas zu sagen. Der Klinikleiter seufzte. Der Bahn war gebrochen. Klaus rutschte unruhig auf seinem Stuhl hin und her.

„Ich habe ihre Akte hier."

Er zog sie unter einen Stapel hervor und gab sie Klaus.

„Danke", murmelte der und schlug sie auf. Ein kurzer Blick, dann legte er die Akte vor sich hin. Er öffnete seine Tasche, die auf dem Boden stand. Dort war seine Akte. Der Bericht lag oben auf. Er nahm beide und verglich die Werte. Der Klinikleiter sprach kein Wort. Klaus war sich sicher.

„Es muss so gewesen sein", sagte Klaus leise.

„Das wird eine Menge Staub aufwirbeln." Beide Männer schwiegen.

„Ich werde eine Liste der Fälle aufstellen", sagte der Klinikleiter nach ein paar Minuten. „Alle, die viel Kalium im Blut hatten. Wie weit soll ich zurückgehen?"

„Ich will alle Todesfälle der letzten vier Jahre", sagte Klaus und schaute ihn an.

„Alle? Ist das nicht ein bisschen viel?"

„Nein. Keiner weiß, wer es war oder wie viele betroffen sind. Wer sagt, dass immer Kaliumchlorid benutzt wurde? Prüfen Sie den Bestand. Und sprechen Sie mit den einzelnen Stationen. Aber nur mit den Leitern. Wir dürfen ihn nicht aufschrecken."

Klaus hatte Feuer gefangen. Er wusste tief in seinem Innern, dass er recht hatte. Nur jemand, der sich auskannte, würde so etwas verwenden. Es verlangsamte den Puls. Manche zitterten oder das Herz bleibt stehen. *Es war ein Mitarbeiter. Wer sonst käme an Kaliumchlorid heran?*, fragte sich Klaus. Wenn er recht hatte, gab es fehlende Ampullen.

„Weiß Herr Herle Bescheid? Ich muss das offiziell machen. Es darf nichts nach außen dringen. Nicht, dass hier die Leute stehen und uns Mord vorwerfen. Ich will ganz sicher sein, dass Sie recht haben."

Klaus nickte. William wusste Bescheid. Nur über den Verdacht.

„Er weiß Bescheid und wird ermitteln", log er und schickte ein Lächeln hinterher. Der Mann war zufrieden und sagte:

„Gut. Ich lasse Ihnen die Listen so schnell wie möglich zukommen. Doch bitte, sagen Sie nichts. Sie wissen selbst, wie sich die Medien darauf stürzen würden. Es muss hieb- und stichfest sein!"

„Natürlich."

Klaus stand auf und streckte dem Klinikleiter die Hand entgegen. Der schüttelte sie. Er sagte nichts mehr und tappte aus dem Raum. Es war leichter gewesen, als er gedacht hatte. Er nickte der Dame im Foyer zu.
Wo zum Teufel steckt Ben?, schimpfte er in Gedanken. Er schaute sich um, doch er sah ihn nicht.
Das Schwierigste stand ihm noch bevor. Er hatte keine Ahnung, wie und was er zu William sagen sollte. Es war nicht seine Aufgabe. Er suchte nur die Beweise. Er lief schnell die Treppe hinunter und entdeckte Ben im Foyer. Der unterhielt sich mit zwei jungen Frauen. Das passte zu

ihm. Klaus musste lächeln. Er hatte manchmal einen Charme, den er gern ausnutzte.

„ … eben und deswegen muss man vorsichtig sein“, erzählte Ben fröhlich, als Klaus näher trat. „Ach da bist du ja endlich!“

Die beiden Damen sahen nicht erfreut aus, Klaus schüttelte den Kopf, als Ben sagte:

„Ich habe erzählt, wie man ein Herz entfernen kann, ohne dass es beschädigt wird.“

„Willst du damit die beiden beeindrucken?“

Die beiden Frauen kicherten und eine meinte: „Wir müssen los. Bis dann.“

Arm in Arm untergehakt drehten sie sich um und liefen weg. Klaus stupste Ben an, der den beiden nachstarrte.

„Erde an Ben!“

„Ja, schon gut. Was hat der Chef gesagt?“

Klaus seufzte und antwortete: „Er stellt mir eine Liste der Todesfälle zusammen. Dann kann ich alles prüfen. Wir werden auch ein paar Tote ausbuddeln müssen. Ich brauche nur einen Beweis, damit ich ihn festnageln kann. William muss offiziell ermitteln.“

„Moment“, sagte Ben mit großen Augen. „Du hast William nichts von unserem Besuch gesagt?“

„Nein, das habe ich nicht!“, sagte Klaus unwirsch. Ben verdrehte die Augen.

„Dann solltest du das schnell nachholen. Der wird sonst ausrasten!"

„Als ob ich das nicht selber wüsste!", brummte Klaus und stampfte Richtung Ausgang. Auf der Rückfahrt schwiegen sie. Klaus wusste nicht, was er William sagen sollte.
An der Pathologie wurden sie bereits erwartet.

„Ein Autounfall. Die Kinder sind schwer verletzt. Der Vater ist tot. Das muss so schnell wie möglich untersucht werden. Der Fahrer hat Drogen genommen", sagte der junge Polizist zu ihnen.

„Oh nein, das hab ich vorhin gesehen, als sie ins Krankenhaus kamen", rief Ben. „Ich fang gleich an. Und du gehst zu William und erzählst ihm alles!"

Klaus konnte nicht antworten. Ben schnappte sich die Akte, die ihm der junge Polizist ihm hingehalten hatte. Er schüttelte den Kopf und machte sich auf den Weg zum Büro des Kriminalhauptkommissars.

Klaus atmete tief durch und klopfte an Williams Tür. Als sein *Herein* ertönte, fing sein Herz an, wie wild zu klopfen. Er schloss für einen Moment die Augen und öffnete dann die Tür.

Holger, der Wirt, stand an der Kasse und lächelte den älteren Herrn an.

„Das freut mich, dass es Ihnen hier so gefällt."

„Sie haben sich Mühe gegeben. Früher war es nicht schön hier. Sie haben eine Oase geschaffen."

Der ältere Herr mit den grauen Haaren hob seinen Hut leicht an und verneigte sich. Holger wusste nicht, was er sagen sollte.

„Bis zum nächsten Mal."

„Ja, danke, bis dann." Holger schaute dem Mann hinterher.

„Du schaust so fragend. Weißt du nicht, wer das ist?"

Tim war hinter Holger aufgetaucht. Er wischte sich die Finger an seiner Schürze ab, die schon allerlei Flecken hatte. Dabei hatte er sie ihm heute Morgen frisch in die Hand gedrückt.

„Der ist bekannt. Weißt du echt nicht, wer das ist?"

Holger starrte ihn an und fragte sich, wann er es aussprechen würde.

„Das war ein berühmter Kabarettist, sehr lustig", erklärte Tim da schon. Holger ging ein Licht auf. Klar, er kannte das Gesicht, doch ausgerechnet ihn hatte er hier nicht erwartet.

„Holger!"

Die Stimme von Bernie holte ihn wieder in die Realität zurück. Tim lief in die Küche und ließ die Tür hinter sich zufallen. Sie schwang nach. Er folgte der Stimme, die ihn gerufen hatte. Bernie stand am Tisch mit einem jungen Pärchen. Eines ihrer Kinder hatte sein Glas auf den Boden geworfen. Die Scherben verteilten sich rund um den Stuhl. Das andere Kind war schon halb vom seinem gerutscht, als Bernie es davon abhielt.

„Kannst du schnell den Besen holen?“

„Klar.“

Holger eilte zurück zur Küche und zog den Besen samt Kehricht aus der Ecke heraus.

„Schenk mir ein neues Glas Apfelsaft ein, Tim. Ein Kind hat sein Glas kaputt gemacht.“

„Mach ich“, hörte Holger Tim hinter sich rufen. Er fegte die Scherben zusammen, während sich Bernie mit den Kindern unterhielt. Die Eltern bedankten sich, als er das neue Glas brachte. Das Kind strahlte ihn an.

„Diesmal passt du aber besser auf, ja?“, ermahnte Holger und das Kind nickte fröhlich. Holger eilte mit den Scherben zurück in die Küche. Dort warf er sie in die große Restmülltonne. Er nahm einen Kugelschreiber. An der Tür hing eine Liste. Dort trug er alle zerbrochenen Gläser ein. So wusste er, wann er Neue bestellen musste. Er machte einen Strich bei den 0,2 Gläsern und seufzte. Das war das 23. Glas in diesem Monat.

„Ich glaub, du kannst bald einen Karton Gläser bestellen.“

Tim sagte nichts. Als Holger sich umdrehte, sah er, wie Tim mit zwei Tellern auf jeder Hand durch die Seitentür auf die Terrasse balancierte. Dort hatte er zwei Tische aufgestellt für die Geologen. Er beobachtete, wie Matthias aufstand und Tim die Teller halb abnahm. Tim verneigte sich und kehrte zurück in die Küche.

„Bestellst du in den nächsten Tagen die Gläser nach?“, fragte Holger nochmal, als Tim zurückkam.

„Das kann ich machen. Lohnt es sich schon?“

„Gläser kann man nie genug haben“, lachte Holger. Vor ein paar Tagen hatten junge Männer Biergläser auf den Strand geworfen. Alle waren zerbrochen. Tim hatte die jungen Männer rausgeworfen. Holger rief einen Kumpel an. Der Gärtner fischte den Großteil der Scherben aus dem Sand heraus.

„Die Jugend von heute“, hatte er nur gebrummt und sich an die Arbeit gemacht. Holger war froh, dass er es gleich erledigt hatte. Nicht auszudenken, wenn jemand mit nackten Füßen in die Scherben gelaufen wäre.
Schon in jungen Jahren hatte er ganze Tage hier verbracht. Es hatte ihn nie losgelassen. Und so war er wieder hier gelandet. Als die kleine Gaststätte vor einigen Jahren zum Verkauf stand, hatte er nicht lange gewartet. Er musste sie einfach haben. Seine Frau war erst skeptisch, doch mittlerweile liebte sie den See genauso sehr wie er. Die Felswand, der tiefblaue See und der Wald mit seinen Tannen waren ein herrliches Bild. Im Sommer, wenn die Sonne ihre Strahlen tanzen ließ in bunt schillernden Farben. Matthias zeigte ihm die Mineralien, die im Felsen waren. Jedes gab eine andere Farbe, je nach Sonnenlicht war es anders. Holger beschloss, sich eine kurze Pause zu gönnen.

„Tim, ich geh eine rauchen, wenn mich jemand sucht.“

„Alles klar, Boss.“

Tim grinste und schwenkte dabei die Pfanne so übermütig, dass das Fett fast heraus lief. Holger sah die Katastro-

phe schon kommen. Doch Tim hatte Glück. Das Fett blieb in der Pfanne, dort, wo es hingehörte.
Er nahm sich die Packung aus der Schublade und lief durch den Seiteneingang. Er grüßte Matthias und seine Kollegen, die über ihrem Laptop saßen. Sie reagierten kaum. Holger schüttelte den Kopf. Er stellte sich an die Terrasse und schaute auf den Wildsee. Er steckte sich seine Zigarette an und genoss die paar Minuten Ruhe, während er den Rauch in die Luft blies.
Dann drückte er die Zigarette auf dem Holz aus und warf sie in den Aschenbecher.
Die Asche schob er schnell weg. Es war verboten, die Zigarette am Holz auszudrücken. Er sollte sich nicht von den Gästen erwischen lassen. Er atmete nochmal tief durch und machte sich auf den Rückweg. Als er bei Matthias vorbeilief, sah er, dass ein Blatt auf den Boden gefallen. Die Männer bemerkten es nicht.

„Natürlich!“, schimpfte Matthias in dem Moment. „Es muss so sein! Lies dir doch den Artikel durch!“

„Aber wenn er recht hat?“

„Woher willst du das wissen? Die Daten können gar nicht genauer ...“

„Sorry“, unterbrach Holger die Männer. Er drückte Matthias das Blatt in die Hand, der unwirsch reagierte. Holger sah auf dem Bildschirm ein Bild einer älteren Münze. Sie kam ihm bekannt vor. Doch Matthias riss ihm das Blatt aus der Hand.

„Danke“, brummte der nur und wandte sich dem Mann neben ihm zu.

„Ich wollte nur helfen“, brummte Holger. Er war verstimmt. So kannte er Matthias gar nicht. Doch der war so erbost über die Störung, das er sich schnell zurückzog. Manchmal musste man die Leute ein paar Minuten in Ruhe lassen. Drinnen wartete Bernie auf ihn.

„Kannst du schnell das Wechselgeld auffüllen? Es fehlen schon wieder ein und zwei Euro Stücke. Und der Herr an Tisch acht möchte dich sprechen!“

Sie klang ein wenig gestresst. Holger nickte und lief weiter zum Büro. Dort warf er die Tür hinter sich zu. Die neue Gummierung dichtete den Lärm erstaunlich gut ab. Er konnte hier arbeiten, selbst wenn es mittags laut im Lokal war. Er zog den Schlüssel aus seiner Hosentasche. Der Tresor war im Schrank versteckt. Mehrere Rollen lagerten dort. Viele der Gäste zahlten bar. Es gab dann mehr Trinkgeld. Bernie schlachtete manchmal das Schweinchen. Da war immer etwas zum Auffüllen der Kasse drin. Er zog die Rollen heraus, die ihm Bernie gesagt hatte. Den Tresor schloss er sorgfältig wieder ab.
Kaum hatte er die Tür geöffnet, schlug ihm der Geruch nach Essen und der Lärm des Geschirrgeklappers und der Gespräche entgegen. Irgendwo schrie ein Kind, das verstärkte das Ganze. Holger lief zur Theke und räumte das Wechselgeld in die Kasse ein. Dabei sah er das Chaos bei den Geldscheinen. Er seufzte und sortierte sie richtig ein. Beim Herausgeben konnte das gefährlich sein. Eine Kassendifferenz wollte er nicht haben. Der Herr an Tisch acht schaute schon zu ihm her, daher schloss er die Kasse und steuerte direkt auf ihn zu.

„Guten Tag, Sie wollen mich sprechen?“, sagte er und lächelte. Während er ihm zuhörte, fiel Holger ein, dass er noch seine E-Mails beantworten wollte.

„Alles klar, kein Problem“, sagte Holger und wusste nicht, was der Herr zu ihm gesagt hatte. Beim Zurückgehen suchte er mit den Augen den Raum nach Bernie ab. Er hoffte, dass sie sich mit dem Herrn unterhalten hatte und ihm sein Problem nochmal darstellen konnte. Doch er sah sie nicht. An der Theke stand ein junger Mann und wollte zahlen. Holger kassierte ihn schnell ab. Er schaute sich um und dachte nach.

Später am Abend, als Bernie endlich gegangen war, atmete Holger tief durch. Die fast plötzliche Ruhe erschreckte ihn für einen Moment. Er warf einen Blick auf die Uhr, die auf kurz vor halb eins stand. Er wollte noch die E-Mails checken und den Bericht anschauen. Die Tür zum Büro ließ er offen stehen. Niemand war da, der etwas von ihm wollte. Er setzte sich an den Schreibtisch, auf dem der Kassenbericht von heute bereit lag.
Der Tag war gut. Viele verkaufte Getränke und auch das Eis war gut gelaufen. Das herrliche Wetter tat sein Übriges. Selbst jetzt spürte man die Wärme. Die Klimaanlage war an. Immer noch. An die Rechnung wollte er nicht denken. Er trug die Zahlen in seine Tabelle ein. Das neue Programm zahlte sich aus. Mit ihm konnte er die Menge der Lebensmittel besser steuern. Nachbestellen, wenn es nötig war. Nicht irgendwann.
Ein *Pling* zeigte ihm die neuen E-Mails an. Holger öffnete das Programm. Der Absender war anonym. Der Betreff kam ihm komisch vor. *Eine Legende wird wahr*. Er klickte darauf. Ein Text, ein Link und ein Bild erschienen.

„Sehr geehrter Herr Fels,

Ich weiß, wie gerne Sie Geschichten hören. Ich habe eine ausgesucht.

Wussten Sie, dass nicht jeder den historischen Wert zu schätzen weiß?
Manche Menschen wollen sich bereichern, an Dingen, die ihnen nicht gehören. Die Forschung steht vorn, doch der wahre Grund wird versteckt.

Die Geschichte begann vor vielen Jahren. Mitten im 30-jährigen Krieg. Freiherr von Wildberg ist Graf. Er besitzt die Burg hier am Fuß der schwäbischen Alb.
Der Wildberg erhebt sich hoch, unter ihm der Wildsee. Die Überreste der Burg sind heute zugänglich. Der Graf von Wildberg ist gütig und verständnisvoll, seinen Bauern geht es gut. Nicht jedem gefällt die Art und Weise, viele sind neidisch. Erst recht, als die Nachricht herumgeht, dass sich in der Burg ein Schatz befinden soll. Der König habe dem Grafen Gold überlassen, sagte man sich. Diamanten und andere Dinge. Etwa eine halbe Millionen Münzen. Die Krone soll auch in der Schatzkammer sein.
Und so kam es, wie es kam. Timon und John schlossen sich zusammen und sie griffen den Grafen an. Doch ein Bauer warnte ihn. Timon und John konnten die Burg nicht einnehmen. Mehr als ein Jahr belagerten sie die Burg. Über geheime Tunnel wurde das Wichtigste hinein geschafft.
Ein paar Bauern hatten sie in den Jahren in das Gestein geschlagen. Sie schafften einen Weg vom Tal zur Burg. Unabsichtlich. Versteckt auf einer kleinen Lichtung steigt man aus. Damals lag sie innerhalb der Burg.
Doch Timon und John fanden es heraus. Sie erschlugen die Bauern. Wütend griffen sie die Burg an. Das Tor splitterte unter dem Rammbock. Die Männer stürmten die Burg. Sie zwangen den Grafen von Wildberg, sie in die Schatzkammer zu führen. Timon und John waren enttäuscht, als sie die leeren Räume vorfanden. Der Schatz war verschwunden.

Sie stellten alles auf den Kopf. Der Schatz war nicht zu finden. Selbst als Timon und John die Burg niederbrannten, sagte der Graf kein Wort.
Man sah dem Grafen an, wie es ihm das Herz brach, als die Flammen hoch in den Himmel schlugen und die dunkle Rauchwolke immer größer wurde. Der Graf riss sich los und stürzte den Felsen hinab. Seine letzten Worte lauteten: Ihr werdet den Schatz niemals finden. Das garantiere ich euch!
Er hatte Recht. Bis heute fand man nur eine Handvoll Münzen. Sie wurden aus dem Wildsee gefischt. Daher vermutet man den Schatz in den Höhlen des Wildberges. Er wartet darauf, endlich gefunden zu werden.

Und genau da haben wir unser Problem! Jemand will sich am Schatz bereichern!

Sie tragen Schuld, wenn der Schatz gefunden wird! Er gehört nicht Ihnen oder Matthias Holzapfel! Ich werde dafür sorgen, dass er an seinem Platz bleibt!

Schauen Sie den Link an! Dort finden Sie Ihre Antwort!

Und das Bild im Anhang! Es zeigt eine der Münzen aus dem Wildsee. Sie ist im Rosenstein Museum in Stuttgart ausgestellt. Für die Geschichte sind sie wertvoll. Doch sie haben ihren Wert. Auf dem Schwarzmarkt sind sie gefragt. Landen sie dort, sind sie verloren.

Die Aktion muss abgebrochen werden! Sonst sorge ich dafür! Und dass wird Ihnen leidtun!

Mit freundlichen Grüßen
Anonym“

Holger lief es kalt den Rücken hinab. *War Matthias nur hinter dem Schatz her?*, fragte er sich. Sein Herz klopfte, ein leichtes Zittern lief durch seinen Körper. Die Drohung war deutlich. Und Matthias hatte ihn angelogen. Als diese Erkenntnis durch sein Bewusstsein geisterte, wusste er nicht, was er denken sollte. Vor allem fragte er sich, wie viel Wahrheit in der E-Mail steckte.

Ich muss ihn darauf ansprechen, dachte er sich. Kurz entschlossen druckte er die Mail aus. Er klickte, während der Drucker vor sich hin brummte, auf den Link. Eine Website öffnete sich. Da erst überlegte er, ob sich nicht ein Virus einschleichen konnte. Eine Sekunde später hatte er das wieder vergessen. Was er auf der Website mit einem Blick erkannte, ließ ihn frösteln.
Das Bild zeigte Matthias. Er schien in einem See oder Ähnlichem zu tauchen. Im Boot vor ihm lagen Goldmünzen. Es sah aus wie eine Schatzsuche. Der Text verriet nicht viel, er hätte zahlen müssen für mehr.
Holger zitterten die Hände. Er nahm die Wasserflasche und trank erstmal ein paar große Schlucke. Dabei dachte er nach, über die E-Mail, über Matthias, Ludwig und den Felsen. Konnte es sein, dass er so ausgenutzt worden war?
Er schloss die Website. Nachdenklich schaute er auf den Anhang in der E-Mail und klickte nach ein paar Sekunden drauf. Das Bild baute sich nur langsam auf, doch man konnte schnell erahnen, was darauf zu sehen war. Es zeigte die Goldmünze, die Matthias aus dem Wildsee mitgebracht hatte.
Er hielt es plötzlich nicht mehr im Büro aus. Fast stürmte er hinaus, durchquerte die Gaststätte und warf beinahe drei Stühle auf dem Weg um.
Draußen atmete er die kühle Luft ein, die der leichte Wind über den See herübertrug. Die Zigarette fiel ihm aus der Hand und bevor er es realisierte, war sie unter dem Geländer in den Wildsee gerollt. Genervt zog er die zweite

aus der Schachtel und zündete sie an. Doch seine Bewegungen waren zu hastig, weil er abgelenkt war. Das Feuerzeug fiel mit einem Platsch hinab ins Wasser. Er fluchte, doch ändern ließ es sich nicht mehr.
Wütend starrte er die Zigarette in seiner Hand an. Ein weiterer Windstoß schüttelte ihn. Kurz entschlossen packte er sie zurück und fuhr sich mit der Hand durch die Haare. Was sollte er nur Matthias sagen? Nein, geheim halten kam für ihn nicht in Frage. Er würde direkt auf ihn zugehen. Am besten gleich morgen früh. Jetzt wollte er nur nach Hause. Im nächsten Moment fuhr er herum, als es hinter ihm knackste.

„Brauchst du Feuer?“, fragte Matthias und hielt Holger ein Feuerzeug hin. Sein klopfendes Herz beruhigte sich. Matthias lehnte sich ans Geländer und schaute verträumt auf den Wildsee. Der Mond spiegelte sich im Wasser, eine Wolke hatte ihn in den letzten Minuten verdeckt. Das Wasser kräuselte sich, Wellen brachen am Strand, der sich in der Dunkelheit kaum abhob. Einzig das leichte Glitzern ließ ihn erahnen. Holger nahm das Feuerzeug. Diesmal ließ er es nicht fallen. Er überlegte, wie er Matthias fragen sollte. Er stand in der gleichen Position, nur sein Arm bewegte sich.

„Wie läuft es mit den Auswertungen?“, rutschte es Holger heraus. Im gleichen Moment ärgerte er sich, dass er es nicht anders angefangen hatte.

„Ganz gut. Der Fels ist stabil“, sagte Matthias nach einer Weile. Die seltsame Antwort verstand Holger durchaus. Er entschied sich, mit der Tür ins Haus zu fallen.

„Sucht ihr nach dem Schatz des Grafen?“

Matthias fuhr herum und starrte ihn an. Holger sah den Blick und fragte sich, ob er Recht hatte.

„Woher weißt du das?“, fragte Matthias mit blassem Gesicht. „Es gibt nicht viele, die von dem Schatz wissen!“

Bei Matthias brodelte die Wut förmlich heraus. Seine Augen blitzten, Holger bekam Angst. Er wich ein paar Schritte zurück. Matthias warf die Zigarette in den Wildsee. Holger bemerkte es, doch er sagte kein Wort. Fast greifbar war die Spannung in der Luft, die sich zwischen den Männern aufbaute. Keiner traute sich, ein Wort zu sagen. Beide waren sich bewusst, dass es jetzt mit der Ruhe vorbei war.

„Ich habe eine anonyme E-Mail erhalten. Da stand drin, dass du den Schatz des Grafen suchst.“

Deutlich sah man, wie Matthias in sich zusammenbrach. Blass stand er da und schwankte leicht. Holger befürchtete schon, dass er umkippte, doch Matthias fing sich wieder.

„Ich möchte die E-Mail lesen.“

Holger nickte nur und deutete ihm an, ihm zu folgen. Beim Durchqueren der Gaststätte blieb Matthias an einem Stuhl hängen und warf ihn um. Schnell stellte er ihn wieder auf.

„Sorry“, brummte er dabei. Holger lief weiter. Schweigend zog er die Blätter aus dem Drucker und überreichte sie Matthias. Der setzte sich auf den Stuhl vor den Schreibtisch und begann zu lesen. Wut blitzte wieder hervor, aber auch Verzweiflung.

„Ist es wahr?“, lautete Holgers einzige Frage. Matthias rührte sich nicht, sein Blick war auf die Mail gerichtet. Er schien nachzudenken. Nach einer Weile schaute er auf und ihre Blicke trafen sich. Matthias ging es nicht gut. Es war, als hätte ihn ein Schlag getroffen.

„Weißt du, ich habe immer gedacht, dass mir nichts passieren kann“, sagte Matthias leise. „Nichts hat mich abgehalten. Die Diagnose, die ich vor ein paar Wochen bekommen habe, hat mich aus der Bahn geworfen. Ich habe Darmkrebs im Endstadium. Meine Frau weiß es nicht.“

Er atmete tief durch. „Der Schatz des Grafen ist ein Mythos. Ich glaube nicht, dass er da ist. Auch die Münze änder nichts daran. Sie kann gefälscht sein. Ich will nur die Höhlen erforschen. Es ist das einzige, was mir geblieben ist. Die Freiheit, im Wasser zu schweben. Ich wollte das Gefühl erleben, bevor ich sterbe. Und etwas sehen, dass vor mir niemand gesehen hat. Daher habe ich mich für die Leitung beworben. Die Höhlen sollten schon lange erforscht werden.“

Matthias wandte sich ab, während Holger nicht wusste, was er sagen sollte. Das hatte er nicht erwartet. Niemals. Er schämte sich, dass er dachte, Matthias würde ihn anlügen.

„Das tut mir leid. Ich wusste nicht, ...“, setzte er an, doch Matthias unterbrach ihn sofort.

„Alles gut“, sagte Matthias. „Ich gehe schlafen. Lass uns morgen reden. Ich weiß nicht, wer meint, dass ich nur den Schatz in den Höhlen finden will.“

Holger nickte schnell. Matthias sah blass aus. Er sah nicht auf, als er sagte: „Ich muss es zuerst meiner Frau sagen. Das wird das schwierigste.“

Er drehte sich um und ließ den überrumpelten Holger stehen. Der setzte sich und vergrub den Kopf in seinen Händen. Mit geschlossenen Augen dachte er nach. Irgendwann schlief er mit dem Kopf auf der Tischplatte ein.

25

DONNERSTAG

Roman war verzweifelt. Er war unruhig und alles lenkte ihn ab. Der junge Mann, der ihn angegriffen hatte, hatte ihm so derb gegen die Nase geboxt, dass sie zwei Tage lang geblutet hatte. Den Schlag in den Magen spürte er immer noch. Er musste aufpassen, wie er sich bewegte. Sonst zog sich alles zusammen.
Die Kollegen beobachteten ihn. Nina hatte ihm wortlos nach zwei Stunden die erste Tablette hingelegt. Doch lange hatte sie nicht gewirkt. Wieder zog es im Innern und schmerzte so stark, dass er sich am Tisch zusammenkrümmte.

„Alles okay bei dir, Roman?“, fragte Nina hinter ihm leise.

„Geht schon“, brummte Roman, doch im selben Moment zog die nächste Schmerzwelle durch seinen Körper.

„Ich hole dir was anderes. Und dann gehst du nach Hause“, sagte Nina und lief aus dem Raum. Er riss sich zusammen und streckte seinen Rücken durch. Das wurde mit neuen Schmerzen, diesmal aus dem unteren Rückenbereich, belohnt. Roman wurde schlecht. Im selben Moment kehrte Nina zurück, erkannte es mit einem Blick und schob ihm mit dem Fuß den Mülleimer hin.
Keine Sekunde zu früh. Er übergab sich. Sein Körper zog sich zusammen. Er schämte sich. Jetzt war es besser. Er

griff nach der Wasserflasche. Für ihn gab es nichts Schlimmeres als so hilflos zu sein.

„Ich leg mich mal hin", sagte Roman und schaute zu Nina. Die nickte nur und hielt ihm in der ausgestreckten Hand zwei weitere Tabletten hin.

„Eine für den Magen und die andere gegen die Schmerzen. Am besten legst du dich auf das Sofa im Aufenthaltsraum. In einer Stunde schaue ich nochmal nach dir. Wie fest hat der dich den geschlagen?"

„Danke. Ordentlich, würde ich sagen", meinte Roman und verzog sein Gesicht zu einem schiefen Grinsen. „Ich dachte, dass drei Tage Ruhe ausreichen."

„Ja, die Schmerzen scheinen sich eher wie ein Muskelkater zu verhalten. Da ist der dritte Tag der Schlimmste. Ich brauch dich heute. Du musst nach ein paar Patienten schauen. Aber ich gucke jetzt gleich, ob ich jemand aus der anderen Station für eine Woche bekommen kann, dann bleibst du zuhause und ruhst dich aus. Du musst fit sein. Nächste Woche sind zwei Schwestern im Urlaub und die Azubine hat wieder einen Schulblock."

Roman nickte und stand auf. Dabei wurde ihm schwindelig und fast musste er sich wieder übergeben. Er stützte sich am Tisch ab und wartete die Schmerzwelle, die durch seinen Körper zog, ab. Nina hob ihren Arm, um ihn zu stützen. Er war dankbar und gemeinsam gingen sie langsam zum Sofa. Dort legte er sich direkt hin und schloss die Augen. Es drehte sich alles. Leise hörte er die Schritte, mit denen sich Nina aus dem Raum entfernte. Keine zwei Minuten später schlief er ein.
Wirre Träume suchten ihn heim. Von Wassermassen, die über ihm zusammenbrachen, ihm die Luft zum Atmen

nahmen. Er wurde durch gewirbelt von einem Sturm, der das Gesicht von Maya trug. Blut spritzte aus ihrem Mund, als sie ihn öffnete. Es formte sich zu einem Schwall, der ihn durchnässte. Er versuchte, seine vor Blut triefenden Hände in den Wassermassen abzuwaschen, doch es half nichts. Das Wasser färbte sich rot und verschwamm zu einer Masse. Er wusste nicht mehr, wo oben und unten war. Mayas Gesicht drehte sich im Kreis, während ihn das Wasser immer weiter trug. Ein Tosen lenkte ihn ab. Er drehte sich um und sah, wie der Abgrund näher kam. Panisch wollte er sich festhalten, es gab nichts. Er konnte sich nicht retten. Das Tosen wurde lauter und er hörte seinen Namen.

„Roman! Roman!“, hörte er eine Stimme, die erst leise und dann lauter wurde. Jemand zog ihn aus den Wassermassen. Ein harter Griff an seinem Arm weckte ihn endgültig. Er schreckte hoch. Als er die Augen öffnete, sah er Nina über sich. Ihr besorgter Blick sagte alles.

„Wie geht es dir?“, fragte sie ihn. Er versuchte, sich zu bewegen, doch sein rechter Fuß war eingeschlafen. Vorsichtig bewegte er ihn, um das Kribbeln zu vertreiben. Sein Kopf brummte, ihm war schlecht und die wirren Träume hingen ihm nach. Sein Herz beruhigte sich langsam.

„Es geht.“

„Roman. Wie geht’s dir?“, fragte Nina mit Nachdruck. Hinter ihr tauchte Dr. Trommel auf.

„Und?“, fragte er mit seiner tiefen Stimme.

„Ich kann es nicht sagen, aber ich glaube, dass der Schlag auf den Magen doch härter war, als wir dachten.“

„Er soll nach Hause gehen. Ich verschreibe ihm was gegen die Übelkeit. Jemand aus Station zehn soll dir die Tage aushelfen. Ich kümmere mich darum.“

Nina nickte und hielt Roman ein Glas Wasser unter die Nase. „Trink bitte. Du wirst es brauchen.“

Roman nahm das Glas und ignorierte das Zittern in seinen Händen. Brav trank er das große Glas aus. Sein Körper dankte es ihm. Er fühlte sich wohler.

„Ach, alles gut, nur ein kleiner Rückschlag“, scherzte er. Von den beiden bekam er nur ernste Blicke. Überzeugt waren sie nicht. Doch der Schlaf hatte ihm gut getan. Weniger Schmerzen, trotz seiner schiefen Lage auf dem Sofa. Er setzte sich auf und schaute Nina fest in die Augen.

„Es geht schon, alles gut.“

„Musst du wissen, Roman. Aber besser ist es, wenn du ein paar Tage zu Hause bleibst.“

„Okay, das werde ich.“

Roman streckte sich und stand auf. Sein eingeschlafenes Bein fühlte sich halb taub an, als er die Zehen bewegte und ein paar Schritte durch den Raum ging, wurde es wieder besser. Sein Kopf klarte auf und fast schämte er sich für die letzten Minuten. So schwach zu sein gefiel ihm gar nicht. Wie manche seiner Patienten wollte er die eigene Schwäche nicht wahrhaben. Dr. Trommel verließ den Raum und Nina schüttelte nur den Kopf.

„Wie soll das nur weitergehen? Erst das mit Maya und jetzt du. Wir sind eh schon unterbesetzt.“

Roman sagte nichts. Die wirren Träume hatten ihn erschreckt. Sie brachten die dunkle Nacht des Sturmes zurück. Er wusste nicht, wie er damit umgehen sollte. Dem Therapeuten hatte er kein Wort gesagt. Wohl von dem schrecklichen Unfall, nicht, dass er Schuld daran hatte. Dass seine Wut ihn dazu gebracht hatte, Maya zu töten. Er sah sie vor sich, wie sie in seinen Armen lag und langsam verblutete durch den Pfahl, der aus ihrem Körper ragte. Wie sie tief atmete und Blut spuckte, das der Regen wegwusch, bevor es auf ihrem T-Shirt landete. Der strömende Regen, die Kälte, die ihn umschloss, was er getan hatte, wallte hoch und ließ ihn taumeln. Ninas Blick holte ihn zurück in die Gegenwart.

„Ich hab dir Traubenzucker im Wasser gelöst“, sagte Nina leise. „Schaffst du die Schicht?“

Roman verspürte plötzlich den Wunsch, Nina zu schubsen. Er erschrak über sich selbst und schüttelte schnell den Kopf.

„Ich schaffe das.“

„Gut. Dann guck bitte nach Herrn Lamm. Dem geht es den ganzen Tag nicht gut. Vielleicht kannst du mit ihm eine Runde spazieren gehen? Tut euch beiden gut.“

Nina schaute ihn prüfend an und verließ den Raum. Roman dachte über die Worte nach. Ein Spaziergang würde ihm gut tun. Mit einem neuen Schub Energie lief er durch den Raum und stolperte fast über seine eigenen Füße. Er konnte sich rechtzeitig am Türrahmen festhalten. Ohne sich davon aufhalten zu lassen, lief er weiter und schnappte den Schlüssel. Der lag noch an der Stelle, an der er ihn vor ein paar Stunden achtlos hingeworfen hatte.

Er trank einen großen Schluck aus seiner Flasche und ging zur Tür. Vorsichtig schaute er in beide Richtungen. Niemand war zu sehen. *Tief durchatmen!*, befahl er sich. *Du schaffst das!*
Er lief den Gang entlang in Richtung des Zimmers, wo Herr Lamm schon wartete.

„Ja, hallo, also, ich will nur meine Ruhe“, sagte er, bevor Roman die Tür hinter sich geschlossen hatte.

„Ich wünsche Ihnen auch einen schönen Tag“, antwortete Roman. Er schaute sich um. Alles war gemacht. Er lief auf ihn zu. „Was halten Sie von einem kleinen Spaziergang? Die Sonne scheint und wir könnten uns an die Bank mit dem Blick über Spullberg setzen.“

Der Mann schaute ihn an und kämpfte innerlich mit sich. Doch Roman konnte die Antwort in seinem Gesicht ablesen.

„Okay“, brummte der Mann. Roman lächelte ihn an. So schnell konnte er die Menschen überzeugen. Trotz seines Zustandes war er stolz auf sich.

„Sehr schön, dann hole ich einen Rollstuhl und wir können gleich los!“

Der Mann nickte nur. Roman flitzte los, er fühlte sich stärker. Er schrieb auf dem Weg zu dem Abstellplatz einen Zettel und legte ihn im Aquarium auf den Tisch.
Bin mit Herrn Lamm zur Aussichtsbank spazieren, war darauf zu lesen. Er setzte sein Kürzel darunter. Auf dem Rückweg zum Zimmer grüßte er die Patientin, die mit ihrem Krückstock sich entlang an der Wand abstützte. Er half Herrn Lamm in den Rollstuhl. Das war schwierig, da

er halbseitig gelähmt war. Gemeinsam gelang es ihnen. Der Herr atmete tief ein und aus.

„Ab einem gewissen Alter sind so Dinge verdammt anstrengend“, sagte er. Roman musste lachen. „Das ist nicht lustig, Sie Jungspund! Kommen Sie erstmal in mein Alter, dann reden wir nochmal!“

„Okay“, sagte Roman und zuckte mit den Schultern. Er schob den Rollstuhl an und fuhr mit Herrn Lamm den Gang entlang Richtung Aufzug. Dort mussten sie warten, bis zwei Schwestern ein Bett herausgeschoben hatten. Er grüßte sie freundlich und ließ die Tür hinter sich zugehen. Draußen schlug ihm ein leichter kalter Wind entgegen. Man merkte, dass es langsam kühler wurde. Es tat ihm gut, die frische Luft um sich zu haben. Für Herrn Lamm hatte er eine Decke mitgenommen.

„Wenn Ihnen kalt wird, ich hab eine Decke mit.“

„Ach, schon gut. Ein bisschen kalte Luft hat noch niemanden umgebracht!“

Roman musste wieder lachen. Die schroffe Art gefiel ihm. Er schob ihn weiter. Ein Weg führte hinter das Krankenhaus. Der andere zu einer Terrasse. Von hier hatte man einen schönen Blick über das Tal. Die Burg strahlte in der Sonne. Roman genoss den Ausblick. Nina hatte Recht gehabt, ihn hier herzuschicken. Die Ruhe tat ihm gut. Auch Herr Lamm atmete tief durch und meinte nach ein paar Minuten: „Schön hier oben.“

Der Wind wehte ihnen um die Ohren, langsam wurde es frisch. Roman beschloss, ein paar Minuten länger zu bleiben. Heute verdeckten die Wolken die Sonne. Oft hatte er hier den Sonnenuntergang angeschaut. Er konnte sich kaum erinnern, wann er ihn das letzte Mal bewusst gesehen hatte. Die Farben zogen ihn in seinen Bann. Von Gelblich über Rot, bis die Sonne verschwunden waren. Ein schöner Anblick. Sein Telefon klingelte. Roman erschrak.

„Kommst du irgendwann wieder rein?“

„Ja, ich komme.“

Er seufzte, bevor er Ninas Worten folgte. Ein letzter Blick auf den Sonnenuntergang, dann stand er auf und griff den Rollstuhl.

„Ich will noch bleiben!“, brummte Herr Lamm.

„Geht nicht, ich muss arbeiten“, antwortete Roman sanft und schob ihn ins Krankenhaus.
Dort lieferte er ihn in seinem Zimmer ab, ohne viel zu reden. Er brachte den Rollstuhl zurück zu den anderen und lief zum Aquarium. Nina erwartete ihn schon.

„Wie geht's dir?“, fragte sie und schaute ihn prüfend an. Roman war das schon fast peinlich.

„Gut.“

„Super, dann guck mal nach den beiden Damen. Ich war heute noch nicht bei ihnen. Und später kommt das Mädchen, das den Autounfall hatte, zur Nachkontrolle. Da bitte ich dich, kurz nach ihr zu sehen. Dr. Trommel weiß Bescheid, sie ist ja die Tochter des Hauptkommissars. Also ganz freundlich bitte.“

Aus irgendeinem Grund ließ es sein Herz höher schlagen. Er mochte sie. Nicht erst seit dem Spaziergang. Er sah sie heute. Es freute ihn.

„Mache ich gern“, antwortete er und atmete tief durch. Sein Herz klopfte weiterhin in einem schnelleren Takt. Nina lächelte und wandte sich ab. Roman lief beschwingt den Gang entlang. Seit Tagen war es das erste Lächeln auf seinem Gesicht.

Ich stand in meinem Zimmer und versuchte, eine kurze Hose über meinen dicken Fuß zu ziehen. Dabei stütze ich mich auf die Krücke auf. Es war sehr wackelig. Hinter mir hörte ich ein leises Lachen. Ich drehte mich um und sah Max, wie er lachte.

„Statt zu lachen, könntest du mir auch helfen“, sagte ich und verlor fast das Gleichgewicht. Max lachte weiter. Ich konnte ihm nicht böse sein, sein Lachen liebte ich so an ihm.

„Setz dich her aufs Bett, das ist doch viel einfacher“, sagte er und drehte sich wieder zurück. Sein Kopf ruhte auf seiner Hand, während er seitlich ausgestreckt lag und mich angrinste. Ich schüttelte den Kopf und hüpfte zu ihm. Auf der Bettkante sitzend konnte ich mein Bein besser ausstrecken und siehe da, die Hose ließ sich leichter über den Fuß ziehen. Die Schwellung ging nur langsam zurück.

„Na siehst du, musst halt mal auf mich hören“, sagte Max. Er war näher heran gerutscht und hatte sich aufgesetzt.

Seine Arme umschlangen meinen Körper und hielten mich fest. Er küsste meinen Nacken und ich schloss genießerisch die Augen. Er war so lieb in den letzten Tagen gewesen. Ich wusste manchmal nicht, wie ich es ihm danken sollte. Sobald ich wieder Auto fahren durfte, würde ich ihn einladen. Das hatte ich mir fest vorgenommen.

„Anna, kommst du? Wir müssen los!“, rief eine Stimme von unten. Ich war hin und hergerissen, in Max‘ Armen zu bleiben oder aufzustehen.

„Gleich!“, rief ich zurück.

„Nicht weggehen“, murmelte Max in mein Ohr und hielt mich weiter fest. Ich versuchte, mich aus seinen Armen zu drücken, doch ich hatte keine Chance.

„Ich muss. Der Termin ...“

Max brummte nur. Heute wollte der Arzt den Fuß anschauen, ob alles richtig zusammenwuchs. Dafür wollten sie ein MRT machen. Ich hatte keine Ahnung, was das genau war. Es nachzulesen war mir nicht in den Sinn gekommen. Max brummte und ließ mich los.

„Wann kommst du wieder?“, fragte er und schaute mich an. Ich zuckte mit den Schultern.

„Ich weiß nicht, wie lange es dauert.“

„Okay, ich fahre bei Thomas vorbei, damit die Hausarbeit endlich fertig wird. Du schreibst mir, vielleicht komme ich wieder zu dir.“

„Mach ich“, sagte ich und strahlte ihn an. Neben ihm zu liegen, in seinen Armen, tat meiner Seele gut. Nachts lag ich manchmal wach und hörte seinen ruhigen Atemzügen zu. Ich drehte mich um und humpelte zur Treppe. Dort nahm ich die Krücken in eine Hand und stieg langsam die Stufen hinunter, während ich mich am Geländer festhielt. Papa stand unten in der Küche und redete mit meinem Bruder. Chris' letzte Mathe Note war eine Fünf. Sie waren ziemlich sauer deswegen.

„Aber das kann doch nicht so schwer sein!“, sagte Papa in dem Moment, als ich in die Küche humpelte.

„Doch! Ich kapier des einfach nicht!“, schimpfte Chris. Er drehte sich um und stampfte brummend an mir vorbei. Papa stand da und machte ein genauso brummiges Gesicht. Jetzt wusste ich wenigstens, woher er es hatte. Ich sagte kein Wort. Sonst würde ich zwischen die Fronten geraten. Eine Schmerzwelle durchzog meinen Fuß, plötzlich, als ich den nächsten Schritt machte.

„Was ist los?“, fragte Papa alarmiert und starrte mich an.

„Nichts. Tut halt weh.“

Er schaute immer noch böse, doch ich wollte nicht mehr dazu sagen.

„Wir müssen langsam los.“

Sprach‘s und humpelte langsam Richtung Tür. Belasten konnte ich den Fuß immer noch nicht. Und die Schmerzwelle, die eben durch mein Fuß geschossen war, ließ mich fast heulen. Die Schiene drückte alles zusammen, doch das half nicht. Papa folgte mir und hielt die Tür auf. Schweigend stiegen wir ins Auto ein, jeder hing seinen Gedanken nach. Worüber Papa nachdachte, konnte ich mir denken.

Er schleppte seit Tagen eine Akte mit sich herum. Vorgestern lag sie auf dem Tisch, als ich spät abends in die Küche schlich. Papa war auf dem Sofa eingeschlafen. Erst hatte ich mich nicht getraut, doch die Neugierde war stärker. An das Mädchen auf dem Foto hatte ich mich sofort erinnert. Tina, die Studentin. Ein Blatt mit Papas Notizen überflog ich nur. Er verdächtigte den Vater, etwas mit dem Verschwinden zu tun zu haben. Darunter schaute der Obduktionsbericht hervor. Ich zog die Blätter aus der Akte und las sie durch. Ich wusste nicht, welche Knochen gefunden wurden. Die Namen sagten mir nichts. Auf dem Bild waren nicht alle zu sehen. Jemand musste das Mädchen erstickt haben. So stand es auf der nächsten Seite. Papa hatte sich bewegt. Mir waren die Blätter aus der Hand gerutscht. Hastig legte ich sie zurück. Er hatte es nicht bemerkt.
Erst als ich in meinem Zimmer war, fiel mir auf, dass ich die Blätter falsch hingelegt hatte. Ich traute mich nicht, wieder hinunter zu laufen. Papa schien es nicht bemerkt zu haben.
Wir erreichten das Krankenhaus. Papa half beim Aussteigen, er sah ernst aus. Drinnen fragten wir nach dem Weg. Das Zimmer war auf dem Plan nicht zu sehen.

„Ach das ist doch leicht!“, strahlte uns die ältere Dame mit dem braunen kurzen Bob an. „Ihr müsst einfach nur vor zur Radiologie und da werdet ihr aufgerufen.“

„Super, vielen Dank.“

Papa stützte mich, als wir zur Radiologie liefen. Ein paar Menschen saßen dort. Ein dunkler Ton ertönte, dann stand ein älterer Herr auf. Der Bildschirm zeigte eine Nummer an. Ich setzte mich auf die Bank am Rand. So konnte ich meinen Fuß auszustrecken. Papa drückte auf die Klingel.

Keine fünf Sekunden später stand ein junger Mann vor ihm.

„Hallo und guten Tag“, sagte er fröhlich und grinste. Papa verzog mit keiner Miene das Gesicht und legte seinen Ausweis vor den jungen Mann. Der erschrak sichtlich, doch sein Grinsen verlor er nicht.

„Meine Tochter Anna-Luisa Herle hat einen Termin für das MRT.“

„Alles klar, ich schaue mal nach. Ah ja, da haben wir es schon. Wunderbar. Bitte nehmen Sie noch einen Moment Platz, ich hole die zuständige Krankenschwester, ja?“

Papa nickte nur knapp und der junge Mann flitzte schon los in einen der Gänge, die sich weiter hinten in alle Richtungen abzweigte. Mehr konnte ich von meinem Platz aus nicht sehen. Ich schaute mich ein bisschen um und beobachtete die Menschen, die vorbeiliefen. Papa sagte kein Wort, bis der junge Mann wieder zurück war.

„Sie können direkt mitkommen“, sagte der junge Mann und strich sich seine braunen Haare nach hinten. Ich nahm die Krücken und stützte mich darauf ab. Eine ältere Frau ließ ein wütendes Schnauben hören. Papa hielt ihr seinen Ausweis entgegen und sie war still. Manchmal hatte es Vorteile, die Tochter des Hauptkommissars zu sein. Wir folgten dem jungen Mann und er führte uns durch mehrere Gänge bis zu einem kleinen Raum, in dem nur ein paar Stühle standen. Er bat uns, nochmal Platz zu nehmen. Dann ging er durch die nächste Tür, an der ein schlichtes Schild hing, mit *Magnetresonanztomografie*.

„Ich habe einen Aufklärungsbogen. Bitte durchlesen und wahrheitsgemäß beantworten. Herr Dr. Trommel beant-

wortet in ein paar Minuten alle Ihre Fragen“, sagte der junge Mann, als er zurückkehrte und drückte mir ein Klemmbrett in die Hand. Ich schaute darauf und nahm den Stift in die Hand.
Auf der ersten Seite wurde das MRT beschrieben. Ein MRT nutzt ein Magnetfeld. Es richtet die Wasserstoff-Moleküle im Körper neu aus. Durch Radiowellen werden sie bewegt. Wenn sie zurück in ihre Form gehen, entsteht ein Bild. So kann man einzelne Schichten anschauen.
Die Fragen waren schnell beantwortet. Papa warf einen Blick mit drauf. Er half mir bei denen, die ich nicht wusste. Ich kreuzte alles an und unterschrieb den Bogen. Ich sah mich um und legte das Klemmbrett auf den Tisch vor mir. Die Tür vor mir öffnete sich. Ein älterer Herr kam heraus. Er trug einen weißen Kittel.

„Guten Tag. Ich bin Doktor Trommel und der Radiologe. Kommen Sie mit!“

Papa hielt mir seinen Arm hin und ich zog mich hoch. Erneut schwappte eine Schmerzwelle durch meinen Fuß, doch ich versuchte, es mir nicht anmerken zu lassen. Wir nahmen auf den Stühlen am Tisch Platz. Die Eckfläche war riesig und ging an der Wand entlang weiter. Die komplett weiße Einrichtung erzeugte bei mir ein komisches Gefühl. Etwas, dass ich nicht greifen konnte.

„Hast du den Fragen?“, sagte der Doktor zu mir und schaute mich an. Er strahlte Ruhe aus. Ich schüttelte den Kopf.

„Ich erkläre kurz den Ablauf und die Risiken. Wenn keine Fragen sind, geht es los. Okay?“ Er schaute mich an und lächelte. Papa nickte.

„Das MRT macht Bilder, aber ohne Röntgenstrahlen“, sagte der Doktor. „Man kann schon kleinste Spuren finden. Der Körper besteht aus mehr als 60 Prozent Wasser. Das Magnetfeld richtet die Moleküle neu aus. Wenn ich die Radiowellen reinschicke, ändert sich die Richtung. Ist die Welle weg, gehen sie zurück. Die Zeit, die das braucht, errechnet mir ein Bild. Ich kann alles genau anschauen. Wichtig ist, dass nichts Metallisches an deinem Körper ist. Das erwärmt sich und kann böse Verbrennungen geben. Du musst Ketten, Ohrringe, Piercings und alles entfernen. Hast du sonst Metall im Körper?“

„Nein“, antwortete ich leise.

Die kurze Antwort war nicht genug, er schaute Papa an. „Sie hat nichts Metallisches im Körper“, bestätigte er mich.

„Sehr gut. Du wirst in eine Röhre reingefahren. Hast du Platzangst? Nein? Super. Weil du musst still liegen bleiben. Tust du das nicht, wird das Bild verzerrt und wir müssen alles neu machen.“

Er zeigte in den Raum nebenan. „Das MRT macht laute Geräusche. Wir brauchen etwa 15 Minuten für die Messung. Am besten, du nimmst Kopfhörer mit. Dann kannst du Musik hören. Das entspannt und du wirst die Geräusche nicht so stark wahrnehmen. Du kannst jederzeit mit uns sprechen. Siehst du die Scheibe?“

Jetzt zeigte er in die andere Richtung. „Dort sitze ich und überwache. Dein Papa kann auch mitkommen. Ich schaue mir deinen Fuß an. Vielleicht brauchen wir ein Kontrastmittel.“

Er machte die Schiene ab und zog den Socken ab. Mit einem Blick schaute er sich die Schwellung an. „Wenn ich die Muskeln nicht unterscheiden kann, bringt das nichts. Es ist ungefährlich. Dein Körper gibt es nach ein paar Stunden wieder ab. Aber ich denke, wir probieren es ohne."

Ich nickte nur. Im selben Moment trat eine junge Frau ein und begrüßte uns fröhlich.

„Ich bin Nadine, die Assistentin. Herr Dr. Trommel hat Ihnen schon alles erklärt, nehme ich an? Gut, dann können wir direkt starten. Möchten Sie hier warten oder mit in den Raum? Wir machen da mal eine Ausnahme. Sie müssen aber ganz ruhig sein", wandte sich Nadine an Papa. Der schaute mich an und sagte: „Ich komme gerne mit. Vielen Dank."

„Perfekt!"

Nadine strahlte uns an und öffnete eine seitliche Türe. Ich folgte ihr und betrat den dahinterliegenden Raum. Die Röhre sah aus wie auf den Bildern im Internet. Groß, weiß, mit einer Liege und lauter blinkenden Lichtern. Links war eine große Fensterscheibe, hinter der ich einige technische Geräte sah, die Geräusche von sich gaben.

„Schau mal, hier kannst du alles ablegen", wies Nadine mich an und zeigte auf den Stuhl. Der stand in der Tür zu dem kleinen Raum. „Ich werde dort in dem Raum sein. Du kannst jederzeit etwas sagen, an der Liege ist eine Gegensprechanlage installiert. Wichtig ist, dass du dich so wenig wie möglich bewegst. Am besten gar nicht. Ich weiß, das ist nicht einfach, aber sonst müssen wir von vorne anfangen."

Ich nickte nur und tat, was sie sagte. Aus dem Augenwinkel sah ich, wie Papa und der Arzt in den kleinen Raum gingen und sich dabei angeregt unterhielten. Nadine nahm mir die Krücken und meinen Gürtel ab.

„Die Ohrringe und Kette müssen ab, dann können wir starten."

Sie wartete, bis ich ihr Kette und Ohrringe in die Hand gedrückt hatte und legte alles auf den Stuhl. Ich setze mich auf die Liege. Nadine legte ein Tuch über meinen Körper.

„Wird sonst kalt", sagte sie augenzwinkernd. Ich hörte sie weggehen und eine Tür schließen, dann war es ruhig. Die Decke hatte keinerlei Muster, um sich an etwas zu klammern. Mit geschlossenen Augen war es leichter zu ertragen.

„Bist du soweit, Anna?", tönte es neben meinem Ohr. Ich war nicht darauf gefasst gewesen, doch schnell hob ich den Daumen hoch.

„Perfekt. Das Gerät macht gleich die Klopfgeräusche, es dauert etwa zehn Minuten, bis wir das Bild haben. Dir geht's gut? Super, dann starten wir jetzt!"

Nadines fröhliche Stimme blieb in meinem Kopf hängen. Die Klopfgeräusche nahm ich kaum wahr. Das sanfte Schütteln weckte mich auf. Ich sah Papa über mir.

„Da ist wohl jemand eingeschlafen", rief Nadine von der Seite. „Umso besser für das Bild! Wir schauen uns das Bild gleich an. Du kannst drüben Platz nehmen."

„Dr. Trommel, wir brauchen Sie sofort! Ein Notfall in Zimmer sechs!“ Die Stimme gehörte zu einer jungen Frau.

„Ich komme!“ Der Arzt war schon zur Tür hinaus. Nadine zuckte mit den Schultern.

„Ich glaube, das Bild muss ein bisschen warten. Wollt ihr etwas essen gehen? Ich rufe euch, sobald Dr. Trommel wieder zurück ist.“

„Okay, das klingt doch gut.“

Papa nickte und schaute mich an. Ich zog gerade meine Gürtel durch die Schlaufen und hielt die Kette mit den Lippen fest. Daher war das Antworten schwierig und ich zuckte mit den Schultern. Der Gürtel war schnell zu und ich konnte die Kette loslassen: „Klar, ich habe Hunger.“

„Ich rufe euch, wenn ihr herkommen könnt“, sagte Nadine und winkte. „Geht einfach zu der Tür wieder raus. Sie wissen, wo die Cafeteria ist?“

„Ja, das weiß ich“, antwortete Papa und hielt mir seinen Arm hin. „Bis später.“

Ich nahm meine Socke und die Krücken. Wir liefen durch die Tür. Der Bereich hatte sich gefüllt. Im Foyer war es ruhig, meine Schuhe quietschten. In der Cafeteria war es laut. Mich störte es nicht. Papa hingegen schon.

„Willst du auch ein Stück Kuchen?“, fragte er mich und zeigte auf die Auswahl.

„Ja, gern, ein Käsekuchen. Und einen Schoko Muffin!“

Ich grinste und Papa schüttelte den Kopf. „Verfressenes kleines Ding“, neckte er mich. Ich lachte.

„Den hab ich mir verdient“, sagte ich und Papa stellte ihn zum Kuchen dazu. Er nahm sich nur einen Kaffee und zahlte an der Kasse. Ich humpelte zu einem Tisch an der Ecke. Dort lehnte ich die Krücken an die Wand und ließ mich auf die Bank fallen. Mein Fuß pochte nicht mehr so schlimm nach der Abnahme der Schiene. Aber weh tat es immer noch.
Papa kam zu mir. Ich beobachtete die anderen Menschen. Papa schaute in sein Handy und tippte darauf herum. Sein Kaffee dampfte vor sich hin, doch er trank nicht. Irgendetwas beschäftigte ihn mehr. Ich schaute auf und sah einen jungen Mann eintreten. Es war Roman, der, der mich beschützt hatte. Schnell starrte ich wieder auf meinen Muffin. Seit Tobias Angriff auf ihn vor ein paar Tagen hatte ich ihn nicht mehr gesehen. Aus dem Augenwinkel sah ich, wie er sich einen Kaffee holte und sich im Raum umschaute.
Ich hoffte, dass er nichts sagte. Was sollte ich ihm schon sagen? Es tat mir leid, dass er alles abbekommen hatte. Aber er hatte mich beschützt. Das hatte etwas in mir ausgelöst, doch ich konnte es nicht einordnen. Max hatte ich nichts davon erzählt. Von Tobias Angriff wusste jeder. Papa hatte seinem Ärger lautstark Luft gemacht. In der Schule hatte es sich schnell herumgesprochen. Jenny hatte mir erzählt, was dort gesprochen wurde. Ich war bisher nicht dort gewesen. Sie saß auf meinem Bett und hörte nicht auf zu reden.
Plötzlich schreckte ich hoch. Laut war es. Papa stand bereits ein paar Schritte weg vom Stuhl. Ich versuchte, zu deuten, aus welcher Richtung die Schreie kamen. Roman rannte Papa nach, ließ sein Kaffee stehen. Ich folgte ihnen, konnte nur vorsichtig laufen. Andere Menschen drehten sich um, zu den Tischen neben der Tür. Papa schnapp-

te sich mehrere Sitzkissen und legte sie aufeinander auf den Boden. Ein älterer Herr saß dort und hielt sich an der Brust fest. Seine Frau neben ihm war total außer sich. Sie hatte vor Schreck ihren Teller auf den Boden geworfen. Sie weinte und schluchzte. Es war kaum zu unterscheiden.

„Ganz ruhig atmen“, hörte ich Roman leise sagen. „Wir legen Sie auf den Boden. Langsam. Genau so.“

Während er redete, legten er und Papa den Mann auf den Rücken. Roman zog sein Handy heraus und tippte ein paar Zahlen ein.

„Hier ist Roman. Ich brauche Hilfe in der Cafeteria! Der Mann hat einen Herzinfarkt. Alles klar.“ Roman drehte sich zu Papa. „Sie kommen. Ich gebe ihm etwas.“

„Sicher?“, fragte Papa. „Sollen wir nicht warten, bis der Arzt kommt?“

„Ich weiß schon, was ich mache.“

Roman zog eine Spritze aus seiner Tasche heraus und zog die Kappe ab. Er klopfte oben gegen die Flüssigkeit und nahm den linken Arm des Mannes. Ich stand etwa zwei Meter weg von ihnen und beschloss, zu der Frau zu humpeln. Ich nahm nur eine Krücke. Ihre schlohweißen Haare hatte sie sich mit den Händen verwuschelt, als Roman die Spritze aus seiner Jackentasche gezogen hatte.
Sie bemerkte mich kaum, griff jedoch nach meiner Hand. Ich setzte mich und legte den Arm um ihre Schulter. Der Mann auf dem Boden fing an, leicht zu zucken. Roman zog die leere Spritze aus dem Arm heraus und schob sie mit der Kappe wieder in seine Jackentasche. Papa hob die andere Hand des Mannes, als der plötzlich heftige Krämpfe bekam.

„Was ist passiert?“, fragte Papa mit ernster Stimme. Er drückte den Mann fest auf den Boden, damit er sich nicht verletzen konnte. Roman reagierte leicht panisch.

„Oh nein, oh nein“, stammelte er. Die Frau drehte ihr Gesicht zu mir und ich sah die Trauer in ihren Augen. Sie klammerte sich an mich und ich hielt sie fest. Papa schaute kurz zu mir, in seinem Blick erkannte ich Misstrauen und Entschlossenheit.

„Los. Hilf mir“, sagte Papa laut und boxte Roman leicht in die Schulter, um ihn wachzurütteln. Der Mann krampfte unter ihm und verdrehte seine Arme und Beine in alle Richtungen. Roman war zu sehr mit sich beschäftigt, um zu helfen.

„Aus dem Weg!“, rief eine Stimme lautstark durch den Raum. Die Menschen machten dem Arzt schweigend und schnell Platz. Hinter ihm folgten zwei andere Männer mit irgendwelchen Taschen und Koffern und eine Krankenschwester, die eine Liege schob.

„Älterer Mann, krampft. Vermutlich Herzinfarkt. Drücken Sie ihn runter! Hans, die Beine! Carla, Spritze! Los, los, los!“

Der Arzt gab seine Befehle schnell. Papa drückte den Oberkörper des Mannes auf den Boden, während der eine jüngere Mann die Tasche auf den Boden fallen ließ und die Beine festhielt und Roman zur Seite schob. Die ganze Situation war bizarr. Die Schwester kam mit einer Spritze her und steckte sie an die gleiche Stelle, an der Roman nur wenige Minuten vorher seine reingesteckt hatte. Der Mann wurde ruhiger. Er zuckte nicht mehr, die Männer konnten ihn loslassen.

„Puls wird schwächer! Hans, los! Wiederbelebung in drei, zwei, eins! Jetzt loslassen!“

Der Körper des Mannes zuckte nach oben, als sie ihm den Schlag versetzten.

„Noch mal! Puls weiter sinkend!“

Wieder zuckte der Körper. Die Frau schaute weg und ich konnte meinen Blick nicht abwenden. Der Arzt wiederholte sich, doch es war vorbei. Der Mann bewegte sich nicht mehr.

„Es tut mir leid“, sagte der Arzt nach ein paar Sekunden, als die nächsten beiden Versuche scheiterten. Er stand auf und drehte sich um. Papa ließ den Mann wieder los und schaute nach mir. Ich wusste nicht, was ich denken sollte und starrte nur auf den leblos am Boden liegenden Körper. Die Frau in meinem Armen fing an zu schluchzen. Die beiden in blauen T-Shirts gekleideten Männer hoben den Mann auf die Liege.

„Roman, ist alles okay?“, fragte der Arzt, während er auf seine Armbanduhr schaute. Der starrte auf den Mann und schien in seinen Gedanken gefangen zu sein. Langsam stand er von seiner hockenden Stellung auf. Papa schaute zwischen mir und den beiden hin und her. Sein Blick war kritisch. Ich wusste sofort, dass ihn etwas störte. Seine Augenbraue war hochgezogen.
Roman stand da, schwankend und im nächsten Moment fiel ihm die Spritze aus der Tasche heraus. Sie krachte auf den Boden hinein in die plötzliche Stille. Alle starrten erst auf die Spritze und dann auf Roman. Ich bekam eine Ahnung, was Papa dachte. Der Arzt reagierte am schnellsten. Er schnappte sich eine Serviette vom nebenan stehenden Tisch und hob damit die Spritze auf.

„Ist es das, was ich denke?“, fragte er Roman und hielt sie ihm unter die Nase. Der sagte kein Wort. Er war leichenblass und schwankte leicht. Die Schwester kam mit Handschuhen und einer Tüte. Der Arzt ließ die Spritze direkt hineinfallen. Papa zog seinen Ausweis hervor und hielt ihn für alle sichtbar in die Höhe.

„Ich kümmere mich darum. Roman, kommst du bitte mit mir mit?“

Die Stille in der Cafeteria war gespenstisch. Keiner wagte es, sich zu bewegen. Selbst die Frau, die sich an mich geklammert hatte, war verstummt. Laute Schritte ließen uns herumwirbeln. Schnell und präsent erschien Simon Turm und kam direkt auf uns zu.

„Ich wurde alarmiert.“ Er wirkte dominant, übernahm die Leitung.

„Bitte decken Sie den Mann zu“, wies er die beiden jungen Männer an. „Roman, nicht bewegen. Herr Herle, Sie erklären mir, was passiert ist. Dr. Trommel, was haben Sie in der Hand?“

„Das sollten wir unter vier Augen klären, nicht hier“, sagte Papa direkt. „Anna, du bleibst hier. Ich hole dich später ab. Herr Turm, können wir in Ihr Büro ausweichen?“

„Natürlich.“

„Ich werde mitkommen“, fügte der Arzt hinzu. „Ihr bringt den Mann nach unten. Todeszeitpunkt ist 17:24 Uhr. Meldet ihn schon mal an. Den Rest besprechen wir später.“

„Gut, dann los“, sagte Simon Turm und drehte sich auf dem Absatz herum. Die jungen Männer zogen eine Decke

unter der Liege hervor und deckten den Toten zu. Carla, die Krankenschwester, lief hinter ihnen her. Papa zeigte wortlos auf Roman, der wie unter Schock dastand und kaum reagierte. Simon Turm nickte und die beiden nahmen Roman zwischen sich. Sie mussten ihn stützen, er hatte keine Kraft, sich selbst gerade zu halten.
Ich schaute ihnen hinterher, wie sie die Cafeteria verließen. Die Frau brach fast in sich zusammen. Ich hielt sie fest. Mein Fuß pochte schon seit einer Weile, doch ich hatte es nicht bemerkt. Zu sehr hatte mich die Situation abgelenkt. Ich legte meinen Fuß hoch auf den Stuhl, den ich mir herzog und schaute aus dem Fenster. Draußen ließen dunkle Wolken den Regen niederprasseln. Beruhigend fühlte es sich an und ich übertrug die Ruhe langsam auf die Frau. Sie schluchzte leise. Die Geräusche im Raum nahmen wieder zu, wie wenn nichts geschehen wäre. Ich schaute aus dem Fenster und dachte nach.

26

FREITAG

William schüttete Zucker in seinen Kaffee.

„Übertreib es nicht“, sagte Flo und schaute William missmutig an. „Das ist der dritte Becher in dieser Stunde. Willst du deinen Blutdruck noch mehr in die Höhe treiben?“

„Der ist eh nicht mehr zu retten“, brummte er. Die unterdrückte Wut, die Erkenntnis, die ihn wie ein Blitz in der Cafeteria getroffen hatte, die Tatsache, dass ihm die Hände gebunden waren und die Ungewissheit bei Tina. Alles drehte sich im Kreis. Es zog ihn tiefer in einen Strudel aus mehr Kaffee und weniger Schlaf. Wo sollte das nur enden?
Als er heute Morgen ins Büro kam, hatte er die Akten vom Tisch gefegt, so verzweifelt war er. Florian hatte ihn auf dem Boden sitzend gefunden. Die Blätter hatten sich neben ihm verteilt. Er nahm wortlos die Akten und schob sie zusammen. William musste das selbst sortieren. Erst nach einer Weile war er aufgestanden und hatte sich eine Tasse Kaffee geholt. Mit dem Koffein kehrte seine Motivation zurück und er räumte schnell das Chaos in den Akten auf. Zufrieden stapelte er die Akten vor sich hin. Flo hatte immer noch nichts gesagt, er tippte seine Notizen ab. Das Telefon riss ihn aus den Gedanken.

„Ja, Herle", meldete er sich, bevor Flo reagierte. Der schaute ihn neugierig an. „Hm. Ja. Okay. Das vermute ich auch. Ja. Du hattest recht."

Bei seiner letzten kurzen Antwort verdrehte er die Augen. „Doch ein Todesengel", flüsterte er Flo zu. Der nickte. „Ja, nein, ich werde mit dem Klinikleiter sprechen! Ich muss die Aussage von Roman aufnehmen! Wir bestellen einfach beide hier her, wäre das für dich besser?"

Klaus war hartnäckig. Das konnte William nicht leiden. Doch schien es eine gute Lösung zu sein. Er brauchte dringend ein Wunder. Das Gespräch mit dem Chef der Klinik und Roman sollte es ermöglichen.

„Bis wann hast du die Ergebnisse vorliegen? Gut. Dann sorge ich dafür, dass beide heute Nachmittag um vier hier sind. Liegt ein ausreichender Tatverdacht vor? Alles klar. Ich spreche mit ihm. Danke und melde dich, wenn du mehr weißt."

William legte auf. Er fuhr sich durch seine angegrauten Haare. Er hatte das Gefühl, die Fäden in der Hand zu halten. Doch sie waren wild verknotet. Es brauchte doch nur einen Faden, um alles zu entwirren.

„Ich telefoniere mal mit dem Staatsanwalt", sagte William. Er nahm das Telefon wieder in die Hand und suchte sich die Nummer aus dem Speicher heraus. Flo machte ein Zeichen und Will stellte das Telefon auf Laut. So konnte er mithören.

„Guten Tag, Herr Herle, hier spricht Stephan Roth. Wie kann ich Ihnen helfen?"

„Hallo, Herr Roth“, sagte William. „Ich glaube, dass es einen Todesengel im Krankenhaus gibt.“

Stephan Roth hörte William zu. Er erzählte ihm von Klaus' Verdacht und was gestern passiert war. Ihm war dieselbe Frage durch den Kopf gegangen wie Klaus.

„Als er die Spritze aus der Tasche gezogen hatte, wurde ich stutzig. Der Arzt hat es bestätigt, als er sie an sich genommen hatte. Roman wollte helfen, das ist klar. Klaus ist an der Analyse dran. Dann wissen wir, ob er Recht hat.“

„Okay. Das klingt nach einem großen Fall. Ich bereite alles vor. Wollen Sie seine Wohnung oder den Spind im Krankenhaus durchsuchen?“

„Am besten beides“, entschied William. „Für alle Fälle.“

„Ich kümmere mich darum. Sie melden sich, wenn Sie mehr wissen.“

„Natürlich. Vielen Dank.“

„Nichts zu danken. Auf Wiederhören.“ Stephan Roth legte auf. William atmete tief durch.

„Hast du schon mit Anna gesprochen?“, ließ sich Flo vernehmen.

„Gestern Abend.“

William wollte nicht mehr sagen. Er fühlte sich schon schlecht. Er hatte sie allein gelassen. Inmitten des Chaos. Mit einer fremden Frau. Ihr Mann war vor den Augen der Gäste gestorben. Eine Schwester hatte sie mitgenommen und Tee gekocht. Später brachte sie Anna zurück zu Dr.

Trommel, er hatte ihr eine neue Schiene angelegt. Er hielt eine OP für unnötig. Der Bruch war glatt und nicht verschoben. Mit dem Tapeband wurde er in der richtigen Position gehalten.
Er konnte es sich nicht verzeihen. Sein Instinkt hatte ihn voll eingenommen. Er hatte heftig mit Simon Turm diskutiert. Der wollte es ihm nicht glauben. Roman sei fürsorglich, hatte er gesagt, kein Todesengel. Auch William tat sich schwer damit, es zu glauben. Doch seine Beobachtung konnte er nicht von der Hand weisen. Der Notarzt hatte ihm die zweite Einstichstelle bestätigt und sie als Auffälligkeit notiert. Eine Kopie lag auf seinem Schreibtisch. William gab sich einen Ruck und stand auf.

„Ich geh mal die Termine für heute Nachmittag besorgen."

„Gut."

Florian schaute nicht mal von seinen Notizen auf. William schüttelte den Kopf, nahm seine noch fast volle Kaffeetasse und machte sich auf den Weg zum Streifenbüro. Er suchte Lars und beriet sich kurz mit ihm. Lars war Spezialist in Rhetorik. Oft schon hatte er Williams Texte verbessert.

„Super, so kann dir keiner was", lobte Lars.

„Dann geh ich mal telefonieren", brummte William. Mit dem Handy in der Hand und der Kaffeetasse in der anderen stapfte er durch das Foyer. Draußen blendete ihn die Sonne. Sie schien das Unwetter der letzten Woche wieder gut zu machen wollen. Fast 20 Grad waren es heute. Er lief den Weg nach hinten und setzte sich auf die Bank. Sie stand im Außengarten des Reviers. Einer der Beamten pflegte ihn täglich. Das Grün war gut für die Seele. Ruhe

genießen und ein wenig abschalten. Nach ein paar Minuten machte er die Anrufe. Simon würde den Klinikleiter mitbringen. Roman sollte abgeholt werden. Nur für den Fall, dass er fliehen wollte. William ging zurück, um ein paar Notizen zu machen.
Er sah erst am Nachmittag auf die Uhr. Kurz vor Vier. Das Gespräch stand kurz bevor. Florian war unterwegs, er suchte ein paar Unterlagen. Ein Klopfen lenkte ihn ab.

„Herein!“, rief er. Stephan Roth, der Staatsanwalt, streckte seinen Kopf herein.

„Bereit?“

„Immer.“

„Simon Turm und Herr Sandhausen sind da. Der junge Mann wird abgeholt.“

William freute sich. Das war gut. Er musste endlich die Wahrheit erfahren. Es ließ ihn nicht los. Noch ein paar Minuten und er konnte die Akte abschließen.
Er folgte dem Staatsanwalt, der forschen Schrittes den Gang entlang lief. Ein wenig fühlte er sich wie bei Flo, der oft, ohne etwas zu sagen, vorauseilte. Durch seine hünenhafte Gestalt waren große Schritte kein Problem. Fast musste er rennen, so schnell war der Staatsanwalt. Sie wurden schon erwartet. Florian stand neben Simon.

„Guten Tag“, begrüßten sich William und Simon. Der Wachmann spannte beim Händedruck so stark an, dass William kurz das Gefühl hatte, dass ihm das Blut in der rechten Hand zugedrückt wurde. Er schüttelte seine Hand, nachdem er sie losgelassen hatte.

„Wie ist der Plan?“, fragte der Klinikleiter, als er zu ihnen kam.

„Flo, der Herr Staatsanwalt und ich kommen mit hinein in den Verhörraum. Herr Turm und Sie bleiben im Nebenraum. Ich will ihn in Sicherheit wiegen. Sonst ist er befangen und redet kein Wort mit uns. Kein Wort von Ihnen. Klar soweit?“

Beide nickten. Flo drehte sich um und lief voran.

„Er bringt Sie in den Nebenraum.“

Simon Turm verzog keine Miene und der Klinikleiter schnaubte laut aus. Doch alle wussten, dass William recht hatte. Sie folgten dem Hünen wortlos. William und der Staatsanwalt tauschten nur Blicke aus. Sie hingen ihren Gedanken nach. Die Tür öffnete sich und sofort standen die beiden stramm. William fuhr sich durch die Haare und sah, wie Roman mit leicht gebeugter Haltung auf sie zusteuerte. Zwei Beamte begleiteten ihn.

„Hallo, Roman“, sagte William und gab ihm die Hand. Der schaute durch ihn hindurch. Der Staatsanwalt tat es ihm nach. Die Beamten nickten und verschwanden.

„Kommen Sie mit, wir haben ein paar Fragen an sie.“

William und der Staatsanwalt nahmen Roman in die Mitte und lotsten ihn zum Verhörraum. Dort saß Florian am Tisch, vor sich eine Akte und sein Notizbuch. Er schaute sie nur an, sagte kein Wort. Roman nahm ihm gegenüber Platz. Stephan Roth wollte die Rechte vorlesen, doch Roman winkte ab. Er war blass. Dunkle Ringe waren unter seinen Augen. Im Neonlicht sah man es deutlich. Er erschien William nervös, doch gefasst. Erleichtert. So, als wüsste er, was jetzt kommen würde.

„Ich will über gestern reden", sagte William. Roman starrte ihn an. Immer noch blass, doch da war noch etwas anderes. Wut und Erleichterung. Es war ihm nicht entgangen.

„Kennst du die Sage vom Todesengel? Er bringt den Tod ins Krankenhaus. Schleichend kommt er, dunkel wird's im Raum, wenn er ihn betritt. Er ist kaum sichtbar, ein Geisterwesen. Die Kapuze verbirgt seinen gesichtslosen Kopf. Nur für die, die schon wissen, dass sie auf ihn warten, können ihn sehen."

William redete sich um Kopf und Kragen. Er wusste nicht, warum er glaubte, die Geschichte würde Roman zum Reden bringen.

„Eines Tages kam der Todesengel ins Krankenhaus. Er schaute sich an, wer nicht mehr leben wollte. Er schlich von einem Zimmer zum nächsten. Wer wollte nicht mehr leben? Er fand einen älteren Mann mit Lesebrille auf der Nase und Laptop auf dem Schoss. Immer nur arbeiten war sein Motto. Selbst vom Bett aus gab er noch einen Kochkurs. Der wollte nicht sterben. Also musste er weiter. Im Zimmer nebenan fand er eine ältere Frau. Sie hatte sich die Hüfte gebrochen. Ein neues Gelenk, doch es tat ihr nur weh. Er spürte, dass sie es leid war. Und dann tat er es. Die Spritze war in seiner Tasche. Er zog sie hervor und nahm den Arm der Frau. Es war zu einfach. Die Flüssigkeit verteilte sich. Die Frau find an zu zucken, sich herumzuwerfen. Nicht lange, dann war sie still. Sie atmete nicht mehr. Der Todesengel war zufrieden. Er fühlte sich frei. Und dann verschwand er für den Moment."

Weder Flo noch Stephan sagten ein Wort. William schaute Roman unverwandt an. Fast schon starrten sie sich an. *Wer würde zuerst aufgeben?*, schoss es ihm durch den Kopf. Roman senkte den Blick. Für William war die Sache klar.

„Roman, bist du ein Todesengel?“

Williams Frage klang wie ein Glockenschlag durch den Raum. Erst hatte er ihn in Sicherheit wiegen wollen, dann der Schlag mit dem Hammer. Es war ihm gelungen. Der Staatsanwalt schaute Roman an.

„Antworten Sie ihm. Die Wahrheit.“

Roman brach zusammen. Es sprudelte aus ihm heraus, als hätte er nur auf ein Ventil gewartet.

„Es tut mir leid! Ich wollte das nicht! Es ist einfach passiert!“

Tränen schwammen in seinen Augen. Stephan schüttelte den Kopf. Flo und William warfen sich nur einen Blick zu. *Warum hatte er es getan*, fragte er sich und wählte seine nächsten Worte mit Bedacht.

„Erzähl es mir, Roman. Was hast du getan?“

William schaute ihn an und Roman sprach mehr mit dem Tisch als mit ihm. Er sprach leise, als er seine Geschichte erzählte.

„Mama sagte immer, ich kann den Menschen helfen. Doch das stimmte nicht. Man kann nicht jedem helfen. Es passiert einfach. Sie sterben, obwohl man sie retten könnte. Wenn man etwas schneller gewesen wäre. Oder sich vorher Gedanken gemacht hätte."

Roman atmete tief durch. „Das machte mich wütend. Aber das Leben ist nicht fair. Das war es nie. Ich habe die Ausbildung angefangen nach der Schule, weil ich dachte, ich könnte jeden retten. Ein Held werden. Die unglaubliche Geschichte des Krankenpflegers, dem nie ein Patient gestorben ist. Von wegen. Sie starben reihenweise, in all den Jahren. Ein paar konnte ich retten, doch der Tod hat sie sich immer geholt."

Er ballte die Faust und starrte William an. Der sagte nichts, ließ ihn weiterreden.

„Ich habe einfach zugesehen und nichts getan. Doch dann kam der Tag, an dem ich in einem McDonalds stand und mir etwas zu essen bestellte. Neben mir ein älterer blonder Mann. Er tippte auf seinem Handy. Plötzlich brach er zusammen. Mein Kopf schaltete auf Automatik und ich begann eine Herz-Lungen-Massage, bis der Notarzt kam. Diagnose: Herzinfarkt. Mit 37 Jahren. Ich hatte ihm das Leben gerettet. Ich war ein Held. Es kam sogar in den Nachrichten. Jeder bewunderte mich und es gab mir ein Gefühl von Glück und Zufriedenheit."

Roman machte eine kurze Pause, bevor er weitersprach: „Doch mit der Zeit ebbte es ab. Sie hatten Wichtigeres zu tun, als Helden zu bewundern. Doch ich wollte diesen Moment wiederholen. Mehr als alles andere."

Roman musste husten. Er nahm das Wasserglas und trank einen Schluck. „Ich schaute, wer meine Hilfe brauchte. Ein Arzt sagte mal, wenn man etwas haben will, muss man selbst dafür sorgen. Ich nahm ihn beim Wort. Nur eine Stunde später gab ich jemandem Kaliumchlorid. Er zitterte und bekam einen Herzinfarkt. Ich rettete ihm das Leben und schwebte auf einer Wolke. So etwas hatte ich noch nie gefühlt. Ich wurde süchtig danach. Ich musste es wieder erleben. Manchmal klappte es nicht. Das waren dunkle Stunden, in denen ich mich verkroch. Und wenn ich dachte, ich sei vollkommen am Boden, entwendete ich eine Spritze und tat es wieder. Und wieder. Und wieder."

Die letzten Worte kamen leise über seine Lippen. William hörte sie kaum. Keiner der Männer hatte sich bewegt, während Roman erzählte. Alles ergab Sinn. Roman wollte helfen und sich wie ein Held fühlen. Dafür half er nach. Und genauso wie ein Süchtiger musste er immer wieder für Nachschub sorgen. Flo bewegte sich als Erster. Er stand auf und verließ den Raum. William nickte dem Staatsanwalt zu. Er lief aus dem Raum und ließ die Tür hinter sich ins Schloss fallen. Wie ein Wasserfall floss ein Teil der Anspannung weg. Sein Bauch hatte richtig gelegen.

„Was hältst du von seiner Geschichte?", fragte er Flo. Der starrte durch die Scheibe auf Roman, wie er den Kopf zwischen den Armen auf die Tischplatte legte. Er antwortete ein paar Sekunden später: „Wahr."

Mehr sagte er nicht und doch war es alles. William nickte. Simon setzte gerade zu einer Antwort an, als sie ein Klopfen unterbrach. Lars steckte seinen Kopf zur Tür hinein.

„Die Mutter wartet im Foyer auf euch. Sie heult und versteht die Welt nicht. Tanja beruhigt sie."

„Ich komme", sagte William. Er folgte Lars auf dem Fuß und traf im Foyer auf die völlig aufgelöste Mutter.

„Er war das nicht! Das kann nicht sein! Mein armer Junge! Nein!"

William tat das Einzige, was er in der Situation tun konnte. Er nahm sie in den Arm und führte sie zu dem kleinen Sofa in der Ecke. Sie setzten sich und die Stille ließ sie ruhiger werden. Irgendwann putzte sie sich die Nase. Florian gesellte sich zu ihnen und sagte kein Wort. Er schaute sie aufmerksam an und nickte ihr zu. Das brach in ihrem Innern einen Damm.

„Sie sollten ein paar Dinge wissen, bevor Sie über meinen Sohn urteilen", sagte sie und steckte das Taschentuch zurück in die Tasche. „Er hatte es nicht einfach. Sein Bruder ist ertrunken, als er fünf war. Er hat es gesehen."

William schüttelte den Kopf. Von einem Bruder wusste er nichts. In seinem Kopf setzten sich die Teile zusammen. Das Bild eines jungen Mannes erschien ihm, verletzt und einsam. Florian zeigte sein Pokerface, Will wusste nicht, was er dachte. Er zog einen Stift heraus und machte sich ein paar Notizen.

Anton steht an der Tür und schaut nach draußen. Beinahe drückt er seine Nase an der Scheibe platt.

„Ich will schwimmen", sagt er. „Kommst du mit?"

Roman, sein kleiner Bruder, schüttelt den Kopf. Er spielt auf dem Straßenteppich mit den Autos und sagt: „Mama hat gesagt, dass dürfen wir nicht allein."

„Ach, da passiert schon nichts. Maria ist unten. Und wir spielen das Spiel."

Verschwörerisch schaut er seinen Bruder an. Das zieht immer.

„Okay", sagt Roman und lässt sein Auto fallen. Der Fünfjährige schaut seinen Bruder an und läuft zu ihm. Im Pool dürfen sie nur schwimmen, wenn die Eltern dabei sind. Aber sie schimpfen immer. Besonders, wenn sie ihr Spiel spielen. Sie wollen nicht, dass sie es tun. Anton soll auf Roman aufpassen. Er ist schon neun Jahre alt.
Er öffnet die Tür und beide rennen nach draußen. Sie wollen sich alleine anziehen. Maria hilft ihnen sonst immer. Anton läuft voraus, entlang auf dem Weg, am Pool vorbei zu dem kleinen Häuschen in der Ecke. Dort steht eine große Liegefläche, auf denen die Eltern meist sitzen. Sie ist überdacht und bietet Schutz vor der Sonne, die heute wieder scheint und die Erde wärmt.
Die Tür zum Häuschen ist offen, die Jungen laufen hinein. Sie wissen genau, wo ihre Sachen liegen. Dort sind sie immer. Jeder zieht seine Badehose aus dem Schrank.

„Zuerst schwimmen wir", sagt Anton und schaut seinen Bruder an. „Wer zuerst am Pool ist hat gewonnen!"

Er dreht sich um und rennt los. Roman folgt ihm lachend. Anton gewinnt. Er springt vom Rand in den Pool. Das Wasser ist herrlich erfrischend. Prustend kommt er an die Wasseroberfläche und schüttelt sich das Wasser aus dem Gesicht. Roman steht am Rand vom Pool.

„Traust du dich etwa nicht?"

„Doch", sagt Roman und bleibt am Rand stehen.

„Tust du nicht! Sonst wärst du schon im Wasser.“

Anton achtet nicht mehr auf seinen kleinen Bruder, sondern schwimmt auf die andere Seite des Pools. Die flache Treppe reicht vom Rand bis zum Boden des Beckens. Er läuft die Stufen, sobald er stehen kann. Hinter einer der Hecken hat er etwas versteckt. Als er sich wieder umdreht, steht Roman immer noch am Rand vom Pool.

„Komm schon!“, ruft Anton. „Geh doch bei der Treppe rein! Wie ein Baby, wenn du dich nicht traust!“

Roman guckt nur. Dann schließt er seine Augen und springt. *Platsch* macht es und hektische Bewegungen, dann taucht sein Kopf aus dem Wasser auf.

„Ich kann es!“, ruft er und spuckt Wasser aus. Er kann schon schwimmen, doch manchmal hat er Panik. Wie in diesem Moment. Schnell paddelt er an den Rand und zieht sich hoch. Anton steht seelenruhig an der Treppe, das Wasser umschlingt seine Knie. Die bunten Bälle in seiner Hand sind schwer, sie werden im Pool auf dem Grund liegen bleiben.

„Willst du sie werfen?“, fragt er seinen kleinen Bruder, der um den Pool gelaufen kommt. Freudestrahlend nickt der und nimmt die Bälle an sich. Er muss sie hinlegen, alle kann er nicht halten. Anton lässt sich fallen und schwimmt ein Stück. Roman nimmt den blauen Ball und wirft ihn mit aller Kraft, die er aufbringen kann. Er landet keine drei Meter weiter im Wasser und geht unter. Die Wellen kräuseln sich über der Stelle, an welcher der Ball sinkt. Der Rote landet nicht weit daneben. Der Grüne landet am unteren Ende der Treppe.

„Du muss weiter werfen!“, schimpft Anton. „Ich will richtig tauchen! Komm auf die andere Seite und werfe sie von da aus rein!“

Roman hebt drei Bälle auf und rennt um den Pool herum. Beinahe rutscht er aus, kann sich aber fangen. Er legt sie auf den Boden und wirft den lilanen zuerst und den gelben gleich hinterher.

„Ja des ist gut!“, ruft Anton. Er taucht und schwimmt und sammelt alle Bälle auf.

„Nochmal!“

Roman ist begeistert. Er darf die Bälle in den Pool werfen und Anton taucht wie ein Fisch nach ihnen. Das Spiel ist toll. Er könnte es jeden Tag spielen.

„Los Roman, werfen!“, ruft Anton. Er taucht und Roman wirft den Ball. Der fliegt und trifft Anton am Kopf. Vor Schreck schlägt er in alle Richtungen aus. Dabei verfängt er sich in dem Netz, das quer durch den Pool gespannt war, als Abgrenzung für den Bereich, in dem die Eltern ihre Runden drehen. Erst zieht er am Netz, versucht, seinen Arm heraus zu bekommen. Es brennt, dort, wo das Seil über die Haut fährt. Verzweifelt rudert er mit den Armen. Er kann nicht schreien. Der Druck ist schlimm, er will weg, nach oben. Die Sonne scheint durch, die Strahlen wabern im Wasser hin und her. Er wird langsamer, kann sich nicht bewegen. Da schluckt er Wasser. Es gurgelt, er schafft es nicht, den Mund zu schließen.
Mama, wo bist du, denkt er. Langsam zieht es ihn nach unten. Er bewegt sich nicht mehr, schaut nur nach oben, zur Sonne hin und fragt sich, ob er sie wiedersehen wird.

Roman kann sich nicht bewegen. Sein Bruder hat Angst, er spürt es. Doch es lähmt ihn. Anton macht Bewegungen, das Wasser wirbelt auf. Ein lautes Geräusch dringt in Romans Ohr, er kann nicht zuordnen, wo es herkommt. Er bekommt Angst und schließt die Augen. Das Geräusch ist unerträglich. Er hält sich die Ohren zu und schreit und schreit und schreit.
Als er keine Luft mehr bekommt, macht er die Augen auf. Sein Blick fällt auf Anton. Sein Körper ist unter Wasser, mit dem Rücken nach oben, seltsam verdreht.

„Anton“, ruft Roman leise. „Anton, sag was.“

Es kommt keine Antwort. Anton bewegt sich leicht hin und her, doch es ist nur das aufgewühlte Wasser. Roman springt ins Wasser und schwimmt zu seinem Bruder. Er zieht an ihm, doch er hängt fest. Das Netz hat sich um Arme und Beine gewickelt. Roman fängt wieder an zu schreien, schluckt dabei Wasser und geht unter. Seine Augen weiten sich, als er Antons Gesicht erblickt. So starr und still, die Augen sind offen, der Mund auch. Eine Luftblase entweicht aus seinem Mund. Roman hat Angst. Er bewegt sich schnell und schwimmt nach oben. An der Treppe stolpert er. Er schreit, das Bild von Antons leerem Blick will nicht aus seinem Kopf. Seine Kraft lässt nach und er fällt hin. Mitten auf die Platten, die von der Sonne angewärmt sind, liegt er da und heult. Der ganze Körper zittert.

„Roman? Roman! Was ist passiert?“

Die Stimme von Maria erklingt in seinen Ohren wie ein Engel. Er spürt, wie sie ihn hochnimmt und drückt. „Mein Gott, was ist ...“

Sie entdeckt Anton im Wasser und stellt Roman zurück auf die warmen Platten. Er fängt an zu schreien. Maria schreit auch. Er versteht die Worte nicht. Überhaupt scheint die Welt still zu stehen. Die Sonnenstrahlen tanzen auf dem Wasser hin und her, als wäre nichts geschehen. Eine Sirene durchbricht die Ruhe, dann geht alles schnell. Fremde Männer in weißer Hose und blauem T-Shirt tauchen auf, einer von ihnen springt in den Pool und zieht Anton heraus. Sie legen ihn auf eine gelbe Bahre und drücken auf seinem Körper herum. Einer der Männer schüttelt den Kopf und schaut auf seine Armbanduhr. Sie bringen Anton weg und Roman fängt wieder an zu schreien. Sie dürfen ihn doch nicht wegbringen. Maria heult, als sie Roman in die Arme nimmt.

„Ach Roman, was soll ich nur sagen? Es tut mir so leid!“

Es klingt komisch, Roman windet sich aus ihren Armen.

„Ich gehe zu Anton“, sagt er schniefend und läuft einfach los.

„Roman, nein, warte! Du darfst nicht zu Anton!“

Maria ruft ihm hinterher. Roman will zu seinem Bruder und nichts kann ihn aufhalten. Nicht mal der Sturz in den Pool, als er ausrutscht und hineinfällt. Kurz erschrickt er, doch das Wasser belebt seinen Geist. Irgendwas ist mit Anton. Und er will wissen, was er hat. Er zieht sich am Rand vom Pool raus und läuft weiter zum Haus. Dort sind die fremden Männer verschwunden. Er macht Fußspuren auf den hellen Platten, als er durchs Haus läuft. Im Wohnzimmer findet er Mama und Papa.

„Wo ist Anton?“, fragt er sie. Mama sitzt im Sessel und heult, das Taschentuch nimmt die Tränen auf. Der Papa schaut entsetzt, seine Stimme klingt hart, als er sagt: „Du darfst nicht zu Anton!“

Roman fängt wieder an zu heulen. Nass steht er da, das Wasser sammelt sich in einer Pfütze unter seinen Füßen. Das verwirrt ihn. Er hat nichts Böses gewollt, nur mit Anton spielen wollen. Eine fremde Frau in Uniform tritt ein, dicht gefolgt von Maria. Sie legt ihm die mitgebrachte Decke um die Schulter und drückt ihn kurz. Er kuschelt sich ein und guckt seine Eltern an.

„Wir müssen einige Fragen klären, was passiert ist. Der Notarzt konnte ihn nicht mehr retten. Es tut mir leid.“

Weiter kommt sie nicht, denn Mama fängt an zu schreien, der Papa nimmt sie in den Arm. Roman fällt mit ein. Maria kommt zu ihm und versucht ihn zu beruhigen. Das Stimmengewirr wird immer lauter.

„Ruhe!“, donnert die Stimme von Papa durch den Raum. Augenblicklich kehrt eine Stille ein, die fast noch unerträglicher ist als das Geschrei. Roman ist so erschrocken, dass er sich stocksteif gemacht hat. Er traut sich nicht, irgendetwas zu tun. Mama stocken kurz die Tränen, doch sie fließen wieder. Die fremde Frau steht da und dreht ihre Mütze in den Händen herum. Papa schüttelt den Kopf.

„Maria, bring den Jungen nach oben! Er soll das hier nicht hören“, sagt er dann und schaut Roman an. So traurig sieht er aus. Maria eilt herbei und nimmt Roman mitsamt seiner Decke hoch.

„Ja, sofort. Es tut mir leid“, sagt sie leise. Roman drückt sein Gesicht an ihre Schulter. Später, als Maria ihn geduscht und angezogen hat, fragt er sie: „Wann kommt Anton? Ich will ihm gute Nacht sagen.“

„Er kommt heute nicht. Aber wenn ich ihn sehe, sage ich es ihm, okay?“

Roman nickt. Brav lässt er sich ins Bett bringen. Unruhig liegt er da und denkt an Anton. Irgendwann schläft er ein und träumt davon, mit Anton im Pool zu schwimmen …

Roman wacht auf und weiß sofort, dass heute ein besonderer Tag ist. Er hat Ferien. Mama und Papa wollen nach Ägypten fliegen. Sie streiten oft. Roman hört schon lange nicht mehr zu. Als Anton noch da war, hatten sie das nicht getan. Aber das war drei Jahre her.
Er steht schnell auf und zieht den Rollladen nach oben. Mit einem *Klock* rastet er ein. Draußen scheint die Sonne, das Wasser im Pool glitzert. Vor Freude hüpft er durchs Zimmer. Er kann sich nicht mehr länger gedulden und öffnet die Tür. Von unten zieht der Geruch nach Eiern mit Speck hoch und lässt ihm das Wasser im Mund zusammenlaufen.
Er rennt los und stürmt in das Zimmer seiner Eltern. Mama liegt im Bett und starrt die Decke an. Oft schon hat er sie in diesem Zustand gefunden in den letzten Jahren. Meist mit verheulten Augen.

„Mama, Mama, komm mit! Die Sonne scheint. Heute fliegen wir. Wir fliegen, Mama! Weit oben in den

Wolken!“, sagt er und kommt zum Bett. Sein Lächeln ist ansteckend, daher setzt sich Mama auf.

„Ja, Roman, heute fliegen wir. Weit weg. Freust du dich schon?“

Roman nickt begeistert. Er hat gestern beim Packen geholfen. Maria hatte ihm gesagt, was er bringen sollte und wie ein Wirbelwind war er durchs Haus gerannt.

„Schön. Ich mich auch. Weißt du was, du guckst jetzt, wo der Papa ist und ich ziehe mich um.“

„Okay. Es gibt Eier zum Frühstück“, sagt Roman und ist schon an der Tür. Er stürmt die Treppe hinunter und hinein in die Küche. Dort steht Papa an die Theke gelehnt mit einer blauen Tasse in der Hand. Maria steht am Herd und macht in zwei Pfannen Eier und Speck.

„Das riecht gut“, sagt Roman. Papa nickt. Die Augen sind kalt, der Dampf aus der Tasse hat seine Brille anlaufen lassen. Es sieht ein bisschen gruslig aus. Zum Glück verfliegt der Dampf schnell. Er setzt sich auf seinen Platz am Tisch und Papa kommt zu ihm.

„Die Mama kommt gleich“, sagt er zu Papa.

„Das ist gut, bald geht’s los.“

Beide schauen auf, als Mama hereinkommt. Sie sieht toll aus, findet Roman. Das Kleid hat er schon lange nicht mehr an ihr gesehen. Papa ist überrascht. Maria bringt die Teller und dadurch wieder Leben in alle. Sie reden durcheinander, freuen sich. Sie essen und reden. Die große Uhr im Eingangsbereich läutet. Sie zeigt acht Uhr an. Maria drängt alle. Sie müssen schnell raus, das Taxi wartet, sagt

sie öfter. Roman hüpft hin und her und rennt von oben nach unten und wieder zurück. So aufgeregt ist er. Im Taxi verhält er sich ruhig. Mama hat gesagt, sonst gibt es kein Eis.
Der Flug ist für Roman faszinierend. Überall gibt es etwas Neues zu entdecken, neue Gerüche finden den Weg in seine Nase. Mama und Papa wirken anders wie sonst. Mama lächelt sogar ein paar Mal. Er sieht es und freut sich. Lange hat er es nicht gesehen. Da entdeckt er das Meer und zeigt aus dem Fenster.

„Mama, Mama, guck, das Meer ist so blau!“

„Roman“, sagt Papa tadelnd. „Das sieht echt schön aus.“

Roman drückt seine Nase am Fenster platt. So weit er gucken kann, ist alles blau. Ein weißer Streifen, ein paar kleine Häuser und Felsen. Er kann sich nicht sattsehen.
Nach einer Weile verändert es sich. Dann kommen mehr Häuser und weniger blau. Papa schnarcht. Es nervt ihn. Als er ihn stupst, passiert nichts.
Vor sich hin brummend starrt er wieder aus dem Fenster. Papa wacht erst auf, als es heißt, sie landen gleich. Das Flugzeug braucht ein paar Minuten, bis es richtig steht. Roman hüpft ungeduldig auf seinem Platz hin und her. Mama schimpfte ihn. Er setzt sich wieder. Ihm ist langweilig. Als er endlich in der großen Halle steht, schaut er sich staunend um. So viele Lichter und fremde Dinge. Er läuft auf ein bunt leuchtendes Ding zu, doch Papa packt ihn.

„Roman, komm jetzt! Das Taxi wartet!“

In der grellen Sonne steht ein Taxi. Es fährt sie durch die Straßen bis zum Hotel. Groß ist es. Roman hört andere

Kinder schreien, sieht den Pool und zieht an Mamas Kleid.

„Wir müssen erst ins Zimmer, Roman“, sagt sie und streichelt ihm über die Haare. Er ist enttäuscht. Am liebsten wäre er losgelaufen, aber erst geht es hoch. Der Ausblick ist toll, er bleibt einfach am Fenster stehen und starrt auf den Pool und das Haus dahinter.
Endlich ist es soweit. Roman hat die Badehose an. Beim Essen ist er zapplig. Er will ins Wasser. Papa schimpft ihn. Dann steht er auf und nimmt Roman an die Hand.

„Okay, lass uns zum Pool!“

Mama lächelt und bleibt sitzen. Roman freut sich und zieht Papa hinter sich her. Das Wasser ist kalt, Papa bleibt am Rand stehen. Er guckt, sagt aber nichts. Roman reißt sich los und springt mitten hinein. Darauf hat er gewartet. Es ist kalt und fühlt sich toll an. Er streckt die Arme und schwimmt nach oben. Papa steht noch da, er winkt ihm.

„Pass auf beim Schwimmen. Ich hab dir deine Ringe mitgebracht.“

Sein Jubeln hören die anderen Gäste, sie drehen sich kurz um. Roman klettert raus. Papa hält ihm die Ringe hin. Er wirft sie sofort ins Wasser und springt hinterher. Er taucht. Seine Augen sind geöffnet, es macht ihm nichts aus. Bis zum Grund hinunter, dort greift er nach dem Ringen. Prustend taucht er wieder auf.

„Ich passe schon auf den Jungen auf“, sagt Papa, als Roman tropfnass zu ihnen gepatscht kommt. Mama nickt und steht auf. Sie hat Sonnenbrand, wie er sieht.

„Papa, gehen wir schwimmen?“

Papa nimmt den letzten Schluck aus seinem Glas und steht auf. Er gibt der Mama einen Kuss auf die Wange, bevor sie sich auf den Weg zur Hoteltür macht. Roman hüpft schon vor. Im Wasser tauchte er wieder. Papa schnappt ihn und hebt ihn hoch. Sie lachen und spielen. Ein Ball von einem Kind landet bei ihnen. Roman wirft ihn hoch. Papa steht da und schaut kurz hoch zur Sonne. Dann dreht er sich um und greift sich an die Brust. Sein Gesicht ist schmerzerfüllt. Er kriegt kaum Luft und röchelt laut. Roman sieht ihn fallen. Er vergisst den Ball.

„Papa!", ruft Roman und sieht, wie Papa im Wasser landet. Er will zu ihm schwimmen, doch er schluckt Wasser. Er kann nicht stehen, versucht, sich zu halten. Er schluckt wieder Wasser. Er bekommt den Rand des Beckens in die Hand und greift zu. Er zieht sich hoch und spuckt es aus. Sein Papa liegt unter Wasser, die Augen weit aufgerissen, ein leerer Blick. Plötzlich sieht er Anton vor sich, mit blonden Haaren, denselben leeren Blick in den Augen. Er schreit. Laut. Schrill.

„Nein! Papa! Hilfe! Hilfe!"

Ein Mann rennt auf Roman zu. Er hält ihn fest, dann sieht er, wohin Roman zeigt.

„Oh mein Gott!", ruft er. „Hans, komm her! Da ist einer unter Wasser!"

Ein zweiter Mann kommt her und sie ziehen Papa aus dem Pool heraus. Roman fällt auf die Knie, schreit und krabbelt auf allen vieren zu ihm. Der Mann schiebt ihn zur Seite, der andere drückt auf seine Brust. Mehrmals. Roman schreit, er ist verwirrt. Die Erinnerung an Antons Tod kommen hervor, mischen sich mit dem, was er sieht. Der Mann schüttelt ihn erst und brüllt ihn an.

„Kind! Sei ruhig! Alles wird gut!“

Roman schreit, Papa liegt nur da. Er bewegt sich nicht. Andere Menschen stehen da, sie machen nichts. Die Sonne lässt das Wasser glitzern, als wäre nichts geschehen.

William wusste nicht, was er sagen sollte. Es hatte ihn mitgenommen. Die Mutter tupfte sich die Augen ab.

„Mein Mann ist ertrunken und Roman hat es gesehen. Wie bei seinem Bruder. Der Psychologe hat mir geraten, ihn in einen Beruf zu stecken, bei dem er Menschen helfen kann. Er glaubte, es sei für die Entwicklung gut. Um die Geschehnisse zu überwinden. Ich konnte doch nicht ahnen, dass es so endet.“

William nickte. „Das konnte keiner ahnen. Sie dürfen sich keinen Vorwurf machen. Flo.“

Der Hüne nickte und schrieb seine Notiz fertig. Dann stand er auf und ging ruhigen Schrittes Richtung Verhörraum. William folgte ihm. Er sagte Lars, er solle auf die Frau aufpassen. Flo stand vor dem Raum und lehnte sich an die Wand.

„Was jetzt?“, fragte er und starrte durch das Spiegelglas auf Roman. Der saß am Tisch, den Kopf in den Händen gelegt. Ein trauriger Anblick.

„Ich will wissen, wie viele es sind.“

William atmete tief durch. Er öffnete die Türe und erschreckte Roman. Der Staatsanwalt tauchte hinter ihnen auf und nahm wortlos neben ihm Platz.

„Roman, deine Mutter ist hier. Sie hat erzählt, was du erlebt hast. Es tut mir sehr leid. Das sollte niemand passieren.“

Roman schaute ihn an, traurig und nickte.

„Ich weiß jetzt, was dich dazu getrieben hat. Ich muss wissen, wie viele es sind. Und wie du vorgegangen bist. Für die Verhandlungen.“

„Roman, Du weißt, dass du die Frage nicht beantworten musst“, warf der Staatsanwalt ein.

„Was passiert jetzt mit mir?“, fragte Roman und schaute William direkt in die Augen. Der antwortete nicht sofort.

„Du wirst hierbleiben. Wir setzen uns mit dem Chef der Klinik zusammen und schauen, was wir finden. Befragen deine Kollegen und Patienten. Das sammeln wir und legen es dem Richter vor. Du sprichst in der Zeit mit einem Psychologen. Dieser wird dich einschätzen. Es geht drum, ob du voll schuldig bist.“

„Ist das notwendig?“, warf Stephan dazwischen. „Ich glaube nicht, dass er abhaut.“

„Ich entscheide das nicht. Das muss der Richter tun“, sagte William und ließ den Kugelschreiber fallen.

„Du musst nichts sagen, Roman“, warnte Stephan eindringlich. Doch Roman hatte sich entschieden. William sah es in seinen Augen. Sich als Held zu fühlen und andere in Gefahr bringen, hatte ihn beflügelt. Wie die Luft zum Atmen schien er es zu brauchen, ein Held zu sein. Hatte er doch früher selbst einen gebraucht.

„Sucht nach der Kiste“, sagte Roman und hielt Wills fragenden Blick stand.

„Eine Kiste? Okay. Was ist da drin? Und wo ist sie?“

Roman lächelte nur. Er sagte kein Wort mehr. Weder Stephan noch Florian brachten ihn zum Reden.

„Das ist doch lächerlich!“, schimpfte William, als er den Raum verließ. „Eine Kiste! Das ist eine tolle Beschreibung! Keiner außer ihm weiß doch, ob das Ding groß oder klein oder rund oder eckig ist!“

„He, beruhige dich!“

„Ist doch wahr! Woher soll ich den jetzt wissen, wo ich suchen soll! Die kann doch überall sein! Wenn sie überhaupt existiert!“

Florian brummte und stapfte den Gang entlang. William folgte ihm kopfschüttelnd, bis er erkannte, wohin Flo wollte.

„Hallo Frau Nowak, wir wollten Sie nochmal etwas fragen.“

Flo setzte sich zu ihr auf das Sofa. Lars nickte den beiden Kommissaren zu und trat ein paar Schritte zur Seite. Frau Nowak schaute sie an, tupfte sich mit dem Taschentuch die Tränen ab.

„Natürlich. Was wollen Sie wissen?“

„Roman hat mir von einer Kiste erzählt. Aber leider nicht, wo er sie versteckt hat. Oder wie sie aussieht. Ich brauche sie für meine Ermittlungen."

„Er war oft im Garten an der Holzbank", sagte Frau Nowak und schaute auf ihre Hände. „Die Jungs haben in ihr oft Sachen versteckt. Vor ein paar Jahren war plötzlich ein Schloss daran und nur Roman hatte den Schlüssel. Ich habe so getan, als wäre es mir nicht aufgefallen. Anton sammelte früher Steine und andere Dinge, die er finden konnte. Roman hat die Kiste bestimmt dort versteckt. Beim Umzug in meine kleine Wohnung nahm ich sie mit. Sie steht in der Ecke im Garten neben dem Häuschen."

Sie atmete tief ein und aus. Etwas schien sie zu beschäftigen. William ahnte, was es war.

„Wir wissen nicht, wie viele es sind. Das werden wir nie erfahren, wenn er es uns nicht sagt."

Flo musste husten. Es hallte dumpf durchs Foyer, fast wie ein Omen klang es. Die beiden Hauptkommissare standen auf und schauten sich an, dann zu Frau Nowak. Sie seufzte und gab ihnen die Adresse.

„Sagen Sie mir, was Sie finden? Und darf ich zu Roman?"

„Ich denke, dass können wir machen", sagte William und nickte. Er winkte Lars

„Bringst du Frau Nowak bitte zu ihrem Sohn. Er sitzt in Raum drei. Wenn was ist, ruf mich an."

Lars nickte und hielt Frau Nowak den Arm hin. William stieg die Treppe hoch zum Büro und schnappte sich seine Sachen. Das Telefongespräch mit dem Richter ging schnell. Er legte den Fall dar, was er vermutete und was er vorhatte.

„Die Staatsanwältin ist informiert. Ich will diese Kiste finden. Es müssen Beweise in ihr sein“, sagte William. Der Richter stimmte ihm zu.

„Ich stelle Ihnen den Durchsuchungsbefehl aus und schicke ihn per Fax. Gehen Sie gleich. Finden Sie diese Kiste.“

William war erleichtert. Er legte auf und wählte die nächste Nummer. Bei der Spurensicherung gab es nur einen Mann, dem er vertraute.

„Das ist ein wichtiger Fall und ich brauche unseren besten Mann! Richard soll so schnell wie möglich zur Adresse kommen!“

Der Mann am anderen Telefon sagte kleinlaut: „Ja, Herr Herle. Ich sage ihm, dass Sie ihn so schnell wie möglich dort erwarten.“

William legte auf und stapfte wieder aus seinem Büro. Gemeinsam mit Flo fuhr er zur Adresse.
Die Häuser standen dicht, teils schon älter, mitten in Grafshausen. Vor dem Haus warteten sechs Beamte auf die beiden. William sagte, was er wollte.

„Ihr geht durchs Haus und sucht in den Zimmern nach ungewöhnlichen Kisten. Schaut nicht hinein. Ruft mich! Lars, du kommst mit mir mit. Wir schauen uns die Holzbank an, von der Frau Nowak gesprochen hat. Fragen?“

Die Beamten schüttelten den Kopf.

„Und fasst ja nichts ohne Handschuhe an!“, rief William ihnen hinterher. Er hörte Reifen quietschen. Ein dunkelblauer Transporter hielt neben den anderen, schief und halb auf der Straße. Richard stieg aus und warf die Tür hinter sich zu.

„Wonach suchen wir heute?“, fragte er und rieb sich die Hände. Hinter ihm stiegen zwei junge Männer aus, die aus dem Transporter mehrere Kisten holten. Das Team war heute kleiner als sonst.

„Einer ist krank und der andere hat heute Geburtstag“, sagte Richard und atmete hörbar ein und aus. Ein Husten durchschüttelte seinen Körper, er wirkte dünner als sonst, fand William. Seine Frage war beantwortet. Ohne ein Wort zu sagen, ging William durch das Tor und Richard folgte ihm.

„Romans Mutter wohnt hier im Erdgeschoss“, klärte William Richard auf, als sie durch den Garten gingen. „Er besucht sie oft und sie glaubt, dass er dort eine Kiste mit Erinnerungsstücken an seine Opfer vergraben hat. Wir müssen wissen, wie viele es sind.“

„Was vermutest du?“

„Ich kann es nicht sagen. Klaus meint, es könnten mehr als 50 Patienten sein. Er arbeitet sich mit Ben durch die Unterlagen des Krankenhauses. Dort ist Roman schon seit ein paar Jahren angestellt.“

„Das ist nicht gut“, meinte Richard besorgt. Er schaute sich um. Der Garten war größer, wie die beiden vermutet hatten. Eine Hecke hochgewachsener Buchsbäumchen verbarg den Blick. Der Rasen war gepflegt. Im Eck ein Häuschen, rechts rankten sich Tomaten und Efeu.

Links die Bank. Sie stand geradeaus vor ihnen. Verwittertes Holz, man sah ihr an, dass sie älter war. Das Schloss glänzte im Sonnenlicht. Kurz entschlossen setzte William die Zange an, die er mitgebracht hatte und knackte es auf. Richard zog seine Handschuhe über und schob William ein Stück zur Seite. Er hob das Polster vorsichtig hoch und warf einen Blick hinein. William sah ein paar bunte Decken, zusammengelegt.

„Ist sie das?“, fragte Richard. Unter der blauen Plane, die er leicht zur Seite geschoben hatte, stand eine Holzkiste. Klein, abgegriffen und hell gemustert. Sie erinnerte William an die Schatzkisten, welche er früher mit Chris gebastelt hatte. Sie war etwa so groß wie ein DIN A4 Blatt und halb so hoch. Richard hob sie hoch und es raschelte. Ein paar aufgeklebte Sticker, sie waren nicht mehr zu erkennen. Das Schloss war einfach, es war vergoldet, doch es platzte langsam ab.
Tief in seinem Innern wusste William, dass es die Kiste war, die Roman vor den Augen der Welt verbarg. Sie enthielt sein Geheimnis. Roman war ein Todesengel und er hielt die Kiste mit den Beweisen in der Hand.

„Komm, gib mir die Zange!“, unterbrach Richard William in seinen Gedanken aufgeregt. Er ließ ihm kaum Zeit zum Handeln, fast riss er sie ihm aus der Hand. Das Schloss gab sofort nach und Richard legte es in eine Tüte. William klappte das Polster herunter, sodass Richard die Kiste darauf stellen konnte. Die beiden Männer schauten sich an und dann die Kiste. Vorsichtig packte Richard den Deckel und mit einem Klick öffnete sie sich. Er atmete durch, dann sahen sie hinein. Die Tütchen lagen wirr, einige mit Zahlen und Buchstaben. Er schob sie zur Seite. Der Bilderrahmen zeigte einen älteren Herrn. William sah Haare, ein paar Ringe, Ketten und eine Uhr.

„Wie viele sind das?“, fragte William Richard. Der zuckte mit den Schultern.

„Ich würde sagen, das sind 30 oder sogar mehr. Das zählen wir im Labor. Du hast deine Schatzkiste gefunden.“

„Das glaub ich auch“, murmelte William. Am liebsten würde er Richard die Kiste aus der Hand nehmen und selbst schauen. Doch er musste sich beherrschen. Zuerst die Spuren sichern, dann konnte er sich ihrer annehmen.

„Gibst du mir die große Tüte?“

William schaute sich um und einer der jungen Männer reichte sie ihm. Richard schloss den Deckel der Kiste. Er packte sie vorsichtig in die Tüte.

„Jetzt kommt der interessante Teil“, meinte Richard vergnügt und strahlte William an. Der runzelte die Stirn und fragte sich, was alles ans Licht kommen würde ...

27

SAMSTAG VORMITTAG

Matthias drückte seine Zigarette im Glas aus. Eine Woche war vergangen, seit er die Taucher gefunden hatte. Eine Woche, nachdem er fast ertrunken war. Der Arzt hatte ihm verboten wieder tauchen zu gehen. Er solle sich ausruhen. Ihm fehlte das Gefühl, er wollte hinunter, in den Tunnel, wo bisher keiner war. Dass er nichts tun durfte, nagte an ihm. Mehr, wie er zugeben wollte. Im Wasser war es, als würde die Zeit still stehen.
Die Polizei hatte die Leichen geborgen. Matthias hatte sich fast mit ihnen angelegt. Er wollte nicht, dass sie Spuren zerstörten. Nach langem Hin und Her durfte Matthias die Bergung leiten.
Es ging schnell, die Skelette waren leicht zu holen. Als der leitende Beamte Spuren sichern lassen wollte, hatte Matthias ihn vor Wut fast vom Boot geworfen. Dass sie sich nicht weiter stritten, hatten sie nur dem Hauptkommissar zu verdanken.
Er löste sich vom Anblick des Sees mit einer wachsenden Wut. Nur auf ihn zu schauen brachte ihn nicht weiter. Er musste endlich etwas tun. Es brodelte in seinem Innern. Daher ging er zurück in die Gaststätte. Es war nicht viel los, nur ein paar Paare saßen vereinzelt an den Tischen und frühstückten.

„Herr Holzapfel!", rief eine Stimme quer durch den Raum. Mit Matthias drehten sich alle zur Theke um. Holger stand da und hielt einen Umschlag in der Hand. „Der ist für dich. Soll ich dir geben."

Matthias ging zu ihm. Er nahm Holger den Umschlag ab und schaute ihn an. Mit einem schwarzen Stift war mit leicht nach rechts fallender Schrift sein Name darauf geschrieben. Sie kam ihm bekannt vor. Er setzte sich an den Tisch in die Ecke und riss den Umschlag auf. Er zog die Blätter heraus. Eine Notiz von William Herle lag oben drauf.

„Hallo Herr Holzapfel, wir wollen wissen, wer die Taucher sind. Ich habe einen Zeichner gebeten, ein paar Bilder zu malen. Erkennen Sie die beiden? Ich komme gegen vier vorbei, dann reden wir."

Neugierig zog er die Blätter heraus. Ein Mann mit schwarzen Haaren und leichtem Bart. Eine blonde Frau mit braunen Augen. Er kannte sie nicht. William hatte sich weit aus dem Fenster gelehnt, wenn er ihm die Bilder zukommen ließ. Er schob die Blätter zusammen.

„Hey Matthias, was hast denn da?", fragte eine Stimme neben ihm. Vor lauter Gedanken hatte er nicht mitbekommen, wie Ludwig hinter ihm aufgetaucht war. Der hatte manchmal eine Art sich anzuschleichen, die ihm nicht gefiel. Er hoffte, dass Ludwig die Bilder nicht gesehen hatte.

„Nur ein paar unwichtige Notizen", wiegelte er daher ab. „Wir sollten sprechen. Die Polizei sperrt die Tunnel, bis sie wissen, wer die beiden sind. Und warum sie ertrunken sind."

Matthias schaute Ludwig prüfend an. Der erwiderte seinen Blick ohne mit der Wimper zu zucken. „Woher weißt du, ob die beiden ertrunken sind?"

„Das ist doch offensichtlich! Wie soll man sonst unter Wasser sterben?“

„Ich weiß nicht, vielleicht hat sie jemand ermordet und dann dort hingebracht“, meinte Ludwig leise. Matthias stockte und musste ihm recht geben. So weit hatte er gar nicht gedacht.

„Erstmal muss man wissen, wer sie sind. Dann kannst du deine Theorien entwickeln.“

„Natürlich.“

„Ich hab echt die Schnauze voll, dass hier ständig die Beamten herum- ...“

Matthias musste husten. Sein Körper schüttelte sich. Ludwig klopfte ihm erschrocken auf die Schulter und schob ihm das Wasserglas her. Matthias hob den Daumen. Er versuchte, ein paar Schlucke zu trinken zwischen zwei Hustenanfällen. Das meiste landete auf dem Tisch und seiner Hose.

„Verflixt!“, fluchte Matthias und musste wieder husten.

„Alles okay?“

„Klingt das so?!“, fuhr Matthias Ludwig an und hielt sich die Hand vor den Mund, um wieder zu husten. Er spürte die Blicke der anderen Gäste, wie sie ihn beobachteten. Ludwig stand hilflos daneben. Matthias kannte diese Hustenanfälle. Sie vergingen nach ein paar Minuten und erschienen ihm dabei endlos. Er nahm das Glas und trank einen großen Schluck. Wieder musste er husten und hielt sich die Hand vor den Mund. Als er sie wieder wegnahm, um wieder etwas zu trinken, erstarrte er und schaute auf seine Hand. In der Kuhle war Blut.

„Matthias, was ist da los? Soll ich einen Arzt rufen?“, fragte Ludwig entsetzt.

„Der kann mir nicht helfen!“, schimpfte Matthias und wischte seine Hand an der Serviette ab. „Ich glaube, es wird Zeit, es euch zu sagen.“

Ludwig schaute ihn fragend an.

„Trommel die anderen zusammen, wir haben etwas zu besprechen!“

Ludwig sagte kein Wort und drehte sich auf dem Absatz um. Er verschwand zur Treppe nach oben. Die anderen hatten sich in die Zimmer zurückgezogen. In den letzten Tagen hatten sie nur Proben nehmen dürfen. Mehr erlaubte die Polizei nicht. Matthias konnte es ihnen nicht verübeln. Es war langweilig. Die Polizei gab die Tunnel nicht frei. Er starrte aus dem Fenster und beobachtete die beiden Möwen. Sie hatten am Strand etwas aufgepickt. Wild flogen sie hin und her, sie schienen sich zu streiten. Es konnte ein Fisch sein, so zappelig, wie es war. Matthias konnte es nicht sagen.

„Wir warten“, sagte Ludwig. Keine fünf Minuten hatte er gebraucht, um alle zu finden. „Sitzen draußen am Tisch.“

Matthias stand auf und nahm seinen Mantel. Es war frisch geworden in den letzten Tagen. Der Wind wehte den vier Männern um die Nase.

„Setzt euch. Ich muss euch ein paar Sachen sagen.“

Schweigend setzten sich alle und schauten ihn erwartungsvoll an. Ludwigs Blick war besorgt. Matthias atmete tief ein und legte los:

„Dieses Nichtstun macht mich verrückt! Man weiß nicht, wer die Toten sind. Der Kommissar will mich anrufen, wenn er etwas weiß. Die Tunnel bleiben gesperrt. Sehr ärgerlich! Am liebsten würde ich das Boot starten und ins Wasser springen. Ich bin sicher, da unten sind ein paar spannende Funde!“

„Was meinst du damit?“, fragte Tom direkt. Matthias schaute auf die Felswand, als er antwortete. Er war noch nicht bereit, den Leuten in die Augen zu schauen und es auszusprechen.

„Ich habe Krebs. Im Endstadium. Mein Darm ist voller Metastasen. Der Arzt sagt, es sieht nicht gut aus. Ich wollte ein letztes Mal selbst tauchen.“

Keiner wagte, sich zu rühren, als die Nachricht einschlug wie eine Bombe. Ludwig atmete hörbar durch die Zähne, es kam einem Pfeifen nahe. Matthias schlug den Kragen seines Mantels hoch. Der Wind zog ihm bis auf die Haut hinunter. Das konnte er nicht leiden.

„Warum hast du das nicht schon früher gesagt?“

„Was hätte es geändert? Das ist unausweichlich. Ich werde sterben. An Krebs.“

Ludwig schüttelte den Kopf. „Trotzdem. Du hättest es uns schon früher sagen sollen.“

Matthias brummte nur. Er wusste, dass er es hätte früher ansprechen sollen. Nicht einmal seiner Frau hatte er es bisher sagen können.

„Lasst uns erstmal essen. Wenn William heute Nachmittag kommt, werden wir mit ihm sprechen. Ich will die Tunnel erforschen, bevor ich sterbe!“

Matthias war wütend und die anderen sagten nichts. Sie schauten sich nur an. Die große Uhr im Gastraum schlug zwölf. Er war Zeit, beim Wirt die Bestellung aufzugeben.

Holger stand an der Theke und hielt den Zettel in der Hand, den Matthias ihm vor ein paar Minuten in die Hand gedrückt hatte. Er machte sich Sorgen um den Geologen. Ihm war die Hustenattacke mit dem Blut nicht entgangen. Doch was sollte er sich einmischen? Wenn Matthias etwas zu sagen hatte, würde er sich schon melden. Da war er sich sicher.

„Tim, kümmerst du dich um das Mittagessen für die Männer? Danke!“

Tim gab nur ein Brummen von sich. Nachdem er fast eine Stunde zu spät gekommen war, versuchte er, alles aufzuholen, was er verpasst hatte. Er hatte ein Talent, alles parallel zu machen. Holger legte ihm den Zettel hin. Die Tür schwang leise quietschend vor sich hin.
Es war viel los. Die Gäste kamen von überall her, um sich den See anzuschauen. Sie trampelten quer durch den Wald, um eine bessere Stelle zu finden. Die Polizei hatte alle Hände voll zu tun, um die Menschen von den Felsen

und Bäumen zu holen. Einige waren im See und tauchten. Trotz Verbot. Warf die Polizei sie raus, landeten sie bei Holger. So voll war es selbst an den schönsten Tagen im Sommer nicht gewesen.

„Kannst du bitte Tisch Acht abkassieren?“, rief ihm Bernie zu. Holger nickte nur und schaute das ältere Ehepaar vor sich an. „Das macht dann 32,50 Euro bitte.“

„Das Essen war echt super, aber es wird langsam Zeit, dass der Winter kommt und hier alles wieder in seine Ruhe versinken kann“, sagte der Mann und schaute Holger direkt an. Er drückte ihm 35 Euro in die Hand. „Das stimmt so. Lassen Sie sich nicht unterkriegen. Es kommen wieder ruhigere Tage.“

Holger stand da und konnte nichts sagen. Genau das hatte er sich gedacht. Er hatte sich ein paar Gäste gewünscht, doch er verfluchte sie jetzt manchmal.

„Vielen Dank. Ja, es wird Zeit, dass der ganze Trubel aufhört.“

„Sie wissen, wenn nichts passiert, sind sie weg.“

Damit tippte der Mann an die Mütze und hielt seiner neben ihm stehenden Frau den Arm hin. Galant und langsam schritten sie durch den Gastraum, während Holger das Geld in die Kasse legte und das Trinkgeld in die Dose daneben warf. Die Dose wurde voll. Dabei hatte er sie erst gestern geleert. Weiter kam er nicht in seinen Gedanken, da der nächste junge Mann auf ihn zukam.

„Sind Sie der Chef dieser kleinen Gaststätte?“, fragte er direkt, ohne sich vorzustellen, geschweige denn ein *Hallo* zu sagen. Als Holger das bejahte, fuhr der Mann fort:

„Ich bin Journalist der Spullberger Zeitung. Kriege ich ein paar Infos?“

„Dafür habe ich jetzt wirklich keine Zeit. Bei Fragen sind die Polizisten draußen zu finden.“

Der Journalist ließ sich nicht so schnell abwimmeln. „Ach bitte, die sagen mir doch nichts! Sie sind am Geschehen dran!“

Er schickte ein Lächeln hinterher, das Holger nicht beeindruckte. Er wiederholte seine Antwort und wandte sich Bernie zu, die zu ihm kam.

„Tisch 25 will zwei Gläser Cola“, sagte sie zu Holger. Der nickte und machte sich schnell aus dem Staub.

„Sie sind Journalist? Das ist ja toll! Sie schreiben über uns? Ich kann Ihnen ein bisschen was erzählen!“

Holger hörte Bernies Stimme hinter sich und musste lachen. Sie konnte manchmal sehr charmant sein und die Männer um die Finger wickeln. Er schenkte die Cola in die Gläser ein, warf ein paar Eiswürfel und eine Scheibe Zitrone hinein und machte sich auf den Weg zu Tisch 25. Er mied die Theke, lief direkt weiter.

„Zwei große Colas für die Herren“, sagte Holger und stellte die Gläser vor die beiden jungen Männer hin. Die nickten nur. Er schaute sich um, niemand hob die Hand. Da ließ ihn ein Klirren aufhorchen. Geschrei. Er glaubte, dass es von draußen kam. Er lief los, um nachzuschauen, was passiert war.
Als er um die Ecke bog, stand Matthias mit geballten Fäusten da. Ein junger Mann vor ihm, er hielt ein Notizbuch in der Hand. Scherben eines Glases lagen zu ihren

Füßen. Ludwig packte Matthias am Arm. Holger erkannte ihn sofort.

„Das ist der Kerl nicht wert“, sagte Ludwig da und hielt ihn fest.

„Er hat hier nichts verloren! Ruf die Polizei! Dann kriegen Sie gar nichts!“ Matthias fluchte, Holger ahnte, was passiert war.

„Bitte gehen Sie jetzt“, bat er den jungen Journalisten. „Es gibt hier nichts zu sehen!“

Der Journalist brummte und drehte sich um. Matthias beruhigte sich kaum.

„Sorry wegen dem Glas“, sagte Ludwig. „Ich zahle es.“

„Ach Quatsch, alles gut“, wimmelte Holger ihn ab. „Das passiert. Hat der Journalist euch bedrängt?“

„Ja, klar! Er wollte was wissen. Dinge, die ihn nichts angehen!“, schimpfte Matthias. „Jemand hat geredet, da bin ich sicher!“

„Beruhig dich! Der hat nur was gehört und will darüber schreiben“, sagte Holger vorsichtig. Ludwig nickte. „Genau das versuche ich ihm schon die ganze Zeit zu sagen ...“

Ludwig zuckte mit den Schultern. Matthias zog eine Zigarette aus der Schachtel und sagte kein Wort. Holger lief zurück. Er holte den Besen. Leise vor sich hin summend kehrte er die Scherben auf und warf sie weg.

„Holger, kannst du mir bitte kurz helfen?“

Bernie klang verzweifelt. Sie stand mit vier Tellern an der Theke und zeigte mit dem Kopf auf zwei weitere Teller. Holger nahm ihr einen ab und die anderen auf und folgte ihr zum Tisch, an dem sechs Personen schon ungeduldig auf ihr Essen warteten. Zurück an der Theke beobachtete er die Menschen und dachte über das nach, was Matthias am Schluss gesagt hatte.
Ist es möglich, dass sich ein Maulwurf im Team befindet?, fragte er sich. Darüber wollte er mit Matthias sprechen, doch Tim, der Koch, lenkte ihn wieder einmal ab. So vergaß Holger seinen Gedanken und wurde erst später daran erinnert.

Matthias rauchte die dritte Zigarette, hastig. Er war wütend und fand keine Ruhe.
Der Journalist hatte gezielte Fragen gestellt. Nach Dingen, die nur jemand aus dem Team wissen konnte. Matthias war sich sicher, dass ein Maulwurf im Team war. Doch er wusste nicht, wer ihm so etwas antun sollte. Ein großer Verrat. Es ärgerte ihn so, dass er die Zigarette im Glas ausdrückte. Sie zerbröselte und er verbrannte sich. Die anderen sagten nichts und ließen ihn gewähren. Seit er die Nachricht mit dem Krebs ausgesprochen hatte, fühlte er sich frei. Doch die Wut nahm es ihm.

„Matthias, ich denke, es wird ...“, setzte Ludwig an. Matthias gab nur ein Brummen von sich und starrte ihn böse an. Er sah entschlossen aus.

„Jungs, wir müssen reden! Der Mann hat Dinge gefragt, die außer uns keiner weiß!“

Er schaute jeden einzeln an, bevor er seine Frage in den Raum warf: „Wer von euch hat mit der Presse gesprochen?“

„Wir sollen etwas mit der Sache zu tun haben? Ist das dein Ernst?“, schimpfte Ludwig. Die anderen gaben ihm recht.

„Wer sagt denn, dass nicht die aus dem Labor was erzählt haben?“

„Genau oder der Mann hat geraten“, warf Andreas ein. „Du weißt doch, dass die ihre Oma für eine gute Story verkaufen würden.“

„So ein Schmarrn“, schimpfte Matthias. „Jemand hat seine Klappe nicht gehalten und ihr wisst das!“

Matthias ahnte es, doch er wollte es sich nicht eingestehen. Er stachelte weiter. Und es klappte.

„Ich habe mit der Presse gesprochen!“, platzte es aus Ludwig heraus. Alle waren sprachlos, Matthias hielt mitten in seiner Bewegung inne. Sein Gesicht wurde blass, fast, als würden ihn mit einem Mal die ganze Kraft verlassen. Alle starrten Ludwig an, der neben dem Tisch stand. Er war aufgesprungen, um vor Matthias zu treten. Der wusste nicht, was er sagen sollte und ließ sein Feuerzeug fallen. Das Geräusch, als es auf dem Boden landete, löste die Starre auf, in der alle für den Moment gefangen waren.

„Du hast was?“, wollte sich Matthias absichern, doch sein Herz wusste es bereits. Der Satz drang langsam in sein Kopf und fraß sich fest. „Warum? Warum hast du mit der Presse gesprochen? Du kennst die Regeln!“

Er starrte Ludwig fassungslos an. Der stand da, hielt den Körper gerade.

„Du hast keine Ahnung, was hier vor sich geht!“

„Dann erklär es mir, verdammt!“

„Ich wollte dich daran hindern, weiter zu tauchen. Dort unten in den Tunneln. Das Loch im Tank sollte dich außer Gefecht setzen! Und der Einbruch in die Gaststätte sollte dir Angst einjagen!“

Matthias erstarrte zu einem Stein. Ihm wurde langsam klar, was gespielt wurde. Ludwig hatte sie sabotiert. Das Loch im Tank hatte er absichtlich gemacht. Matthias hätte sterben können. Er hatte Glück gehabt.

„Du bist ein verdammter Schweinehund, weißt du das? Da hätte weiß Gott was passieren können!“

„Nein! Niemand sollte in den Tunnel tauchen! Ich konnte es nicht verhindern!“

Matthias sagte kein Wort. Er hob das Feuerzeug auf und drehte es in seiner Hand. Am liebsten würde er es direkt in Ludwigs Gesicht werfen. Einfach so. Um sich abzureagieren. Er starrte Ludwig an, es war unheimlich, wie still es wurde. Fast dröhnte sein Herzschlag in seinen Ohren. Schließlich wandte sich Ludwig ab und drehte sich um.

„Wo willst du hin?“, brach es wütend aus Matthias heraus. „Bleib gefälligst da und erkläre dich!“

Ludwig reagierte nicht. Er stieg die Treppe hinunter und lief Richtung Strand. Da kam Bewegung in Matthias. Er

rannte hinter Ludwig her und erwischte ihn, als er am Wasser stehen blieb. Matthias packte ihn am Arm.
Doch er rechnete nicht mit dem Schlag. Ludwig riss sich los und schlug ihm in den Magen. Matthias stolperte, fiel aber nicht um. Rasend vor Wut über die Schmerzen schoss Matthias auf Ludwig zu. Er traf ihn auf der Nase und ließ ihn taumeln. Blut quoll hervor und tropfte in seine Handfläche.

„Was soll das?"

„Du hast doch keine Ahnung, was hier abläuft!", gab Ludwig näselnd zurück. Das Blut bildete schon eine zweite Pfütze auf dem Boden.

„Erklär es mit endlich und sprich nicht in Rätseln, verdammt!"

„Was soll das bringen? Es ist eh schon alles zu spät!"

„Herrgott, jetzt rede endlich! Ist das so schwer?"

„Nein!" Ludwig streckte seinen Rücken durch und starrte Matthias böse an. Der schüttelte den Kopf. „Rede endlich!"

Ludwig brüllte und warf sich auf Matthias. Blut spritzte und landete auf Matthias‘ weißem Hemd. Der wehrte ihn ab, schlug ihm dabei in die Rippen. Ludwig stolperte durch die Wucht des Aufschlags rückwärts. Er übersah einen Stein, fiel ins Wasser. Matthias blieb stehen, hielt sich den Bauch, während Ludwig aus dem Wasser kroch.
Plötzlich standen zwei Männer neben Matthias. Sie hielten ihn fest, als zwei weitere Männer an ihm vorbeirannten. Sie zogen Ludwig aus dem Wasser. Der hustete und spuckte es aus. Nass und tropfend mit blutender Nase

stand er da. Matthias riss sich los, blieb jedoch stehen. Alle starrten sich an, fragend.

„Warum schlägern sich zwei erwachsene Männer am hellichten Tag?“

Die Stimme erkannte Matthias sofort. Er drehte sich um. Es war der Hauptkommissar persönlich. William stand da, die Hände in den Taschen vergraben. Matthias war das Ganze unangenehm. Die Frage war mehr als berechtigt. Er konnte es sich auch nicht erklären.

„Es war nichts!“ Ludwig hustete erneut und Blut tropfte aus seiner Nase.

„Das nennen Sie nichts?“

Der Hauptkommissar zeigte auf die blutende Nase. Matthias hielt seinen Blick auf die kleinen Felsen vor ihm. Er war grau, abgerundet und hatte schwarze Linien.
Matthias überlegte genau, was er sagen wollte. Er setzte an, doch Ludwig war schneller:

„Wir haben uns gestritten, aber das geht Sie nichts an!“

William schaute Matthias an. Eer wartete und sagte nichts. Mattias wurde die Stille unangenehm.

„Ich glaube, dass Ludwig ein Maulwurf ist“, sagte er langsam.

„Das ist eine Lüge!“ Ludwig brüllte und riss sich los. „Hier geht es um mehr, als du ahnst!“

„Beruhigen Sie sich!“, schimpfte William und packte ihn am Arm.

„Ich glaube, wir sollten mal in Ruhe über alles sprechen“, versuchte Matthias es auf dem diplomatischen Weg. Ludwig lachte. Wie ein Wahnsinniger fing er an und verschluckte sich dabei. Sein Husten klang dumpf und ein wenig Blut kam aus seiner Nase heraus.

„Du willst den Schatz doch nur für dich behalten! Gib es endlich zu!“

Matthias war überrascht. Wütend gab er zurück: „Welcher Schatz? Der des Grafen von Wildberg? Das ist eine alte Sage! Keiner weiß, ob er existiert!“

„Natürlich weißt du es! Weshalb sonst willst du in den Tunneln tauchen? Du willst den Schatz für dich! Er ist unten in den Höhlen versteckt! Das ist bewiesen!“

„Hast du sie noch alle? Ich bin ein hoch angesehener Geologe! Ich habe Krebs im Endstadium! Und du wirfst mir vor, einen Schatz behalten zu wollen? Das ist Verleumdung!“

„Moment!“, unterbrach ihn William und hob seine Hand. „Soll das heißen, dass Sie hier unter falschem Vorwand nach einem Schatz suchen?“

Matthias drehte sich um und sah, dass sich hinter ihm ein paar Menschen versammelt hatten. Er erkannte den Journalisten. Sie hatten alles gehört. Jedes einzelne Wort war zu ihnen durchgekommen, als Ludwig seine Wut nicht im Griff hatte. Ludwig stand da und hielt den Kopf schräg. Er starrte ins Leere.

„Matthias? Ist das wahr?“

Er fuhr herum und sah, wie sich seine Frau zwischen den Menschen durchschob. Ihr Gesicht war blass, ihre Augen waren groß und voller Tränen. Hinter ihr sah er seine Tochter. Er schüttelte die Hände der Polizeibeamten ab und lief auf sie zu. Sie fiel ihm fast in die Arme, er konnte den Ausdruck von Verletzung in ihrem Gesicht kaum ertragen.

„Es tut mir so leid“, flüsterte er in ihr Ohr. „Es tut mir so leid.“ Sanft löste er sich von ihr und schaute ihr in die blauen Augen. Sie sagte kein Wort.

„Ich liebe dich. Ich habe Darmkrebs im Endstadium. Für mich war es ein riesiger Schock und ich wusste nicht, wie ich damit umgehen sollte. Ich konnte es dir nicht sagen, nicht, nachdem du angefangen hast, diese Weltreise für uns zu planen. Es hat mich glücklich gemacht, wie du alles geplant hast. Deine leuchtenden Augen, wenn du mir von einem neuen Ziel berichtet hat, das du entdeckt hast. Aber jetzt muss ich für meine Entscheidung gerade stehen. Ich weiß nicht, was passieren wird. Wichtig ist nur, dass ich dich liebe!“

Er küsste sie und fuhr mit der Hand über ihr Gesicht. Tränen liefen über ihre Wangen. Matthias drehte sich um und trat William entgegen.

„Ich glaube, es wird Zeit, die Dinge klar zu stellen“, sagte er und der Hauptkommissar nickte bestätigend. „Ich komme mit Ihnen und wir besprechen alles in Ruhe.“

„Und was ist mit mir?“, rief Ludwig erbost. „Hört mir keiner zu?“

„Sie werden mitkommen und wir unterhalten uns.“

Der Hauptkommissar schaute ihn ruhig an. Ludwig brummte nur.

„Eines muss ich noch wissen. Der Felsbrocken, der da abgestürzt ist auf dich, war das absichtlich?“

Matthias war stehen geblieben, als er seine Frage stellte. Erst jetzt fiel ihm auf, was Ludwig alles unternommen hatte, um sie am Tauchen zu hindern. Ihm wurde heiß und kalt, als er daran dachte, dass jemand hätte sterben können.

„Quatsch!“, schimpfte Ludwig. „Das war ein Versehen! Der Felsabbruch war so nicht geplant! Aber er kam mir entgegen, denn niemand kam auf die Idee, dass ich die Geräte manipuliert hatte!“

Matthias nickte. Er glaubte ihm. So etwas konnte man nicht absichtlich machen. Hinter ihm hustete jemand. Holger.

„Kümmere dich um meine Frau, Holger!“, rief Matthias, als die Beamten ihn abführten. Der nickte und seine Frau brach in seinen Armen zusammen. Er konnte nicht hinsehen, doch das Bild war eingebrannt. Ihr Blick, so verletzt. Es tat ihm im Herzen weh.

„Ich liebe dich auch!“

Die Stimme seiner Frau drang tief in sein Herz. Er schloss die Augen, um die Tränen zurückzuhalten. Fast stolperte er über einen Stein. Doch der Beamte neben ihm hielt ihn fest. Hinter sich hörte er den Hauptkommissar reden.

„Sie kommen auch mit! Ich will die Wahrheit wissen. Sie sind verhaftet!“

„Das war nur ein Versehen! Eine Verwechslung!“, brüllte Ludwig und stampfte mit den Füßen auf. Matthias stieg in das Polizeiauto ein, der Beamte warf die Tür zu. Er drückte sein Gesicht an das kalte Fenster und eine einzelne Träne floss seine Wange hinunter. Er beobachtete, wie der Hauptkommissar Ludwig Handschellen anlegte und ihn abführte. Als das Auto losfuhr, sah er, wie Holger seine Frau mit in die Gaststätte nahm. Seine Tochter lief hinter ihnen her und drehte sich an der Treppe nochmal um. Ihr Blick verfolgte ihn und sie setzte ihre Hand zum Winken an. Doch das Auto fuhr zu schnell um die Kurve und Matthias sah nur noch Tannenbäume. Er schloss die Augen und ließ sich von seinen Gefühlen überrollen.

28

SONNTAG

Ich saß bei Lars, dem Streifenbeamten, am Schreibtisch und starrte auf meine Hände.

„Ich weiß, wie schwer das ist, aber wir müssen wissen, was du gesehen hast.“

Das sagte er jetzt zum dritten Mal, doch ich konnte meinen Blick nicht anheben. Papa durfte bei dem Gespräch nicht mit dabei sein. Weil er selbst Zeuge war. Lars sah mich mitfühlend an.

„Wenn du möchtest, können wir in den kleinen Raum dort drüben gehen. Da sind wir ungestört.“

Ich nickte nur und starrte weiter auf meine Hände. Eine Stimme hinter mir ließ mich aufschauen. Ein Stein fiel mir vom Herzen, als ich Max sah. Seine schwarzen Haare waren leicht verwuschelt, sein Mantel schwang hinter ihm her.

„Hey du“, begrüßte er mich. „Schneller ging es nicht. Wie weit seid ihr?“

„Hey“, brachte ich mühsam heraus. Lars schüttelte den Kopf und deutete auf den kleinen Raum. Max nickte und er bot mir seine Hand an. Ich ließ mich von ihm hochziehen und versuchte, meinen Fuß so wenig wie möglich zu belasten. Max merkte das und schlang den Arm unter

meine Achsel und so konnte ich ohne Krücken in den kleinen Raum hinüberhumpeln.
Drinnen setzte mich Max an den Tisch. Der Stuhl rutschte ein Stück weg. Doch ich konnte mich auf die Kante setzen und dann meinen Fuß ausstrecken. Ich strich mir die Haare aus dem Gesicht. Max setzte sich neben mich. Lars kam mit einem Tablett herein. Er hatte Gläser und eine Flasche daraufgestellt. Nachdem die Tür hinter ihm zugefallen war, stellte er sie vor mir ab. Max nahm die Flasche und schenkte in alle Gläser etwas ein.

„Was ist am Donnerstag in der Cafeteria geschehen?“

Lars legte sich einen Block zurecht und hielt einen Kugelschreiber. Er schaute mich an. Ich atmete tief durch und fixierte die Uhr auf dem kleinen Schrank. Langsam und stockend fing ich an, zu erzählen, was passiert war. Max legte seine Hand auf meine drauf und hielt sie fest.

„Ich … ich saß mit Papa in der Cafeteria. Wir sollten warten. Ich habe die Leute um mich herum beobachtet. Papa hat die ganze Zeit auf dem Handy herumgetippt und war abgelenkt. Irgendwann kam Roman herein und holte sich einen Kaffee. Er hat sich um mich gekümmert, als ich auf der Station lag nach dem Autounfall.“

Ich tupfte mir die Tränen aus den Augen.

„Er setzte sich an einen Tisch und trank seinen Kaffee. Dann gab es Lärm. Ich habe Schreie gehört, aber nicht woher. Ja, dann habe ich den älteren Mann auf dem Boden liegen sehen. Er hat sich an die Brust gefasst, seine Frau hat geschrien. Papa und Roman sind zu ihm gerannt. Er hat eine Spritze aus der Tasche gezogen. Ich glaube, er hat gesagt, es sei Adrenalin. Ich hab mich zu der Frau gesetzt und sie festgehalten. Der Mann hat voll gekrampft.

Das war schrecklich. Er hat sich in alle Richtungen verdreht. Als der Arzt kam, haben sie ihn wiederbelebt. Ich konnte nicht wegsehen. Es hat nichts gebracht. Der Mann hat sich nicht mehr bewegt. Sie haben ihn auf eine gelbe Bahre gelegt und ihn weggeschoben. Roman ist aufgestanden und dann lag die Spritze auf dem Boden. Der Arzt war sauer. Simon ist gekommen und sie sind gegangen. Ich saß mit der Frau allein am Tisch. Es hat geregnet. Fabiola hat uns in ein Zimmer gebracht. Ich habe ihr erzählt, was passiert ist. Später hat sie mich zu Dr. Trommel gebracht, um den Fuß zu tapen und die Schiene anzulegen."

Niemand unterbrach mich. Ich hatte langsam gesprochen. Lars schrieb mit und sah mich jetzt an.

„Okay. Du weißt, dass du nicht mit deinem Vater sprechen darfst? Ihr seid Zeugen, das heißt, ihr dürft euch nicht beeinflussen. Oder absprechen. Wir ermitteln gegen Roman. Es ist möglich, dass mehr dahinter steckt."

„Glauben Sie, dass es wahr ist?", fragte Max und drückte meine Hand. Ich schaute Lars ebenfalls an. Er zuckte mit den Schultern.

„Ich kann es nicht sagen. Er kam mir sehr vernünftig vor. Aber man täuscht sich leider zu oft in den Menschen. Wenn ihr mich fragt, könnte es durchaus sein. Das werden wir herausfinden."

Lars stand auf und ging zur Tür. „Ich gebe deinem Vater Bescheid, dass wir fertig sind mit der Aussage und er dich abholen kann. Wollt ihr hier bleiben oder draußen warten? Da sind Stühle an der Seite."

„Ja, ich denke, draußen warten ist besser", sagte Max und stupfte mich an.

„Ja, okay“, meinte ich zerstreut. Ich tauchte ab in den Tag, meine Gefühle kamen hoch. Von Max ließ ich mich mitnehmen. Er brachte mich zu einer Sitzecke. Das rote Sofa war weich, ein kleiner Glastisch mit Vase stand vor ihm. Ich ließ mich fallen und streckte den Fuß aus. Max legte seinen Arm um mich. Er sagte kein Wort. Es war nicht notwendig. Ihm hatte ich alles schon erzählt. Es war es mir schwer gefallen, die richtigen Worte zu finden.

„Hallo Anna“, hörte ich eine Stimme, die wie ein Blitz durch meine Körper fuhr und mich erstarren ließ. Ich schaute auf und sah Roman mit Handschellen an mir vorbeigehen. Er lächelte und zwinkerte mir zu. Der Beamte merkte es nicht und schob ihn weiter an den Tischen vorbei bis zur anderen Seite des Büros. Erst als sie weg waren, löste sich meine Starre. Max hatte seine Augen geschlossen und nichts mitbekommen. Als er sie öffnete, schaute er mich an.

„Was ist los?“, fragte er und knabberte an meinem Ohr.

„Nichts“, log ich und kuschelte mich an ihn. Mein Atem beruhigte sich langsam wieder.

„Hallo, ihr zwei.“ Papas Stimme holte mich wieder in die harte Realität zurück. Ich lächelte und setzte mich aufrecht hin.

„Ich nehme euch noch kurz mit in mein Büro. Dann zeige ich euch was.“

Max stand schon, bevor ich reagierte. Er half mir hoch, halb auf der Krücke gestützt und halb von Max liefen wir Papa hinterher, der uns in sein Büro hochbrachte.

„Wie geht es euch?“, fragte er, nachdem wir uns gesetzt und er die Tür hinter sich geschlossen hatte. Flo war nicht da. Die kleine Sitzecke war ähnlich ausgestattet wie die unten im großen Büro. Nur mehr Regale. Vollgestellt, würde Mama sagen. Die Ordner waren mit Nummern beschriftet. Ich konnte nicht sagen, was in ihnen war. Max schaute zu mir, ich schüttelte den Kopf.

„Es geht“, sagte ich und setzte mich mitten aufs Sofa. Mein Fuß streckte ich aus. Seit wir die Treppen hochgelaufen waren, fing er wieder an zu pochen. Das war kein gutes Zeichen. Max nahm mir die Krücke ab und lehnte sie ans Sofa an. Er nahm Papa die Tassen aus der Hand und stellte sie vor mich hin auf den Tisch.

„Wollt ihr lieber Tee oder Kaffee?“, fragte Papa. Max zuckte nur mit den Schultern.

„Mir reicht ein Wasser.“

„Ich auch, bitte.“

Papa seufzte und schenkte in zwei Gläser Wasser ein. Er drückte sie Max in die Hand und ging zu seinem Schreibtisch. Dort stand eine Kiste. Sie sah alt aus, wie eine Schatzkiste. Hölzern und mit verblassten Stickern darauf. Von dem vergoldeten Schloss platzte die Farbe an. Sie bedeutete ihm etwas. Doch bevor ich mir weitere Gedanken machen konnte, nahm er die Kiste und trug sie zu uns auf den Tisch rüber. Er stellte sie in die Mitte und setzte sich zu mir.

„Anna, was weißt du über die Sache mit Roman. Hat Lars etwas zu dir gesagt?“

„Nein, nichts. Er meinte, dass wir nicht drüber reden dürfen.“

Sein Blick verdunkelte sich für einen Moment. Er sagte kein Wort. Dafür schob er die Kiste ein wenig hin und her. Er zog am Schloss und öffnete den Deckel. Neugierig wie ich war, zog ich die Kiste zu mir her und schaute auf die kleinen Tütchen. Ringe, Ketten, abgeschnittene Büschel Haare und eine Uhr erkannte ich sofort.

„Was ist das?“, fragte ich leise. Papa seufzte und nahm das oberste Tütchen heraus. Ein Ring war darin, schlicht, golden mit Initialen. Ein R und M sowie das Datum *23.07.1953*. Ich drehte das Tütchen, als Papa es mir gab. Der Ring war schön und ich fragte mich, wem er gehören mochte.

„Richard und ich haben die Kiste bei Roman gefunden. Ich glaube, er hat all diese Menschen umgebracht. Und das sind seine Trophäen.“

Ich drehte es hin und her und wusste nicht, was ich sagen sollte.

„Roman?“, fragte Max erstaunt. „War das nicht der Krankenpfleger aus der Station, in der Anna lag?“

„Genau der. Ich glaube, dass er ein Todesengel ist. Er bringt die Menschen um statt ihnen zu helfen.“

Papa senkte den Kopf und zog die Kiste zu sich her. Max und ich wechselten nur ein paar Blicke. Ich schaute wieder auf die Tüte. Auf der Rückseite standen die Zahlen *23*, *07* und ein großes *R*.

„Es sind 47 Tütchen. Alle haben Zahlen und Buchstaben. Ich weiß nicht, was sie bedeuten."

„Okay", sagte ich leise und versuchte zu begreifen, was Papa gesagt hatte. „Du sagst, Roman ist ein Todesengel. Und er hat all diese Leute umgebracht? Warum tut man so etwas?"

Ich hielt Papa die Tüte mit dem Ring unter die Nase, die ich genommen hatte.

„Dann hat er am 23. Juli jemand umgebracht. Der Name fängt mit einem R an. Hat er den Ring als Trophäe mitgenommen?"

Papa schaute mich wie vom Blitz getroffen an. „Natürlich! So kann es nur sein! Anna, du bist genial! Das ich das nicht gleich gesehen habe!"

Ich war verwirrt. Seine plötzliche Begeisterung erschien mir ein wenig fehl am Platz. Er wirkte abwesend und kippte den Inhalt der Kiste auf den Tisch aus. Die Tütchen rutschten in alle Richtungen davon, zwei fielen auf den Boden.

„Ich wusste, das steckt mehr dahinter! Wenn ich mir das so ansehe, hast du recht! Ich hab sie noch gar nicht richtig angeschaut! Tom hat schon gefragt. Schau die Zahlen an! Die sind fortlaufend! Das heißt, wir können sie ordnen!"

Papa war hastig, als er die Tütchen verschob. Ich musste fast lachen, als ich an Professor X denken musste. Fast hoffte ich, dass es nicht wahr sei. Die Spritze, die Roman aus der Taschen gefallen war, hatte ich gesehen. Seinen aschfahlen Gesichtsausdruck aber auch.

Plötzlich hörte ich ein Rumpeln, das mich hochschrecken ließ. Flo kam mit einer Kiste herein. Er hatte die Tür nicht weit genug aufgemacht. Sie passten nicht zusammen durch. Daher war er mit der Kiste dagegen geboxt.

„Was macht ihr da?"

Seine tiefe Stimme ließ jedes Geräusch im Raum verstummen. Selbst Papa hielt mitten in der Bewegung inne und schaute langsam zu Flo hoch. Der schwarze Hüne erschien mir in diesem Moment wie ein Dämon, groß, stark und unberechenbar.

„Ich habe die Kiste mitgebracht. Wir können sie in Ruhe anschauen."

Papas Stimme zitterte leicht. Vielleicht bildete ich mir das nur ein. Ich schaute von ihm zu Flo und wieder zurück.

„Die beiden haben hier nichts verloren. Das weißt du."

William sagte nichts. Flo wandte sich ab und stampfte zum Schreibtisch, wo er die Kiste einfach auf den Tisch fallen ließ. Es machte in die Stille hinein einen lauten Knall und alle schreckten zusammen, sogar Flo selbst.

„Hoppla", sagte er. „Will, kommst du?"

Sein Erschrecken währte nicht lange, so schnell, wie er seinen Blick auf Papa richtete. Geradeheraus und wütend. Ich ahnte, was jetzt kommen würde.

„Ihr bleibt hier. Und fasst bitte nichts an."

Papa nahm mir das Tütchen aus der Hand und legte es mit den anderen zurück in die Kiste. Den Deckel ließ er einfach zufallen. Er stand auf und nahm sie mit. Flo hielt die Tür auf. Krachend fiel sie hinter ihm zu, als er nach Papa den Raum verließ. Max rutschte näher zu mir heran und legte den Arm um mich. Ich kuschelte mich an ihn.

„Du kannst doch nicht einfach die Kiste deiner Tochter zeigen!"

Flo's Stimme dröhnte durch den Gang. Ich schloss die Augen, doch das führte nur dazu, dass ich besser hörte, was Papa antwortete.

„Sie hat mich auf des Rätsels Lösung gebracht!"

„Das ist kein Argument! Sie ist Zeugin in diesem Fall! Du hast sie in den Beweisen wühlen lassen!"

„Es tut mir leid! Ich wollte endlich wissen, was Sache ist. Das kannst du mir nicht verübeln!"

„Du kannst nur hoffen, dass niemand das mitkriegt! Jetzt gib mir die Kiste und bring deine Tochter nach Hause!"

Ich hörte, wie Papa die Kiste Flo in die Hand drückte und jemand stampfte durch den Gang. Keine Sekunde später öffnete sich die Tür und Papa steckte seinen Kopf herein.

„Los, wir gehen nach Hause!"

Er war gereizt, das war ihm deutlich anzusehen. Ich beschloss, nichts zu sagen und ließ mich von Max hochziehen. Er hob seinen Arm unter meine Achsel und nahm die Krücke mit. Langsam humpelte ich mit seiner Hilfe Papa hinterher. Erst zuhause, spät am Abend, als Max schon gegangen war, kam Papa zu mir ins Zimmer. Ich hatte es mir im Bett gemütlich gemacht.

„Hallo Anna, kann ich reinkommen?“, fragte er und steckte den Kopf durch die Tür. Ich nickte nur und drückte auf *Stop*. Die Folge konnte ich später fertig anschauen.

„Ich wollte mich bei dir entschuldigen wegen vorhin“, sagte Papa und setzte sich zu mir ans Bett. Er schaute mich an und ich musste fast heulen.

„Ach, das passiert. Ich konnte ja nicht wissen, dass Roman so etwas macht.“

„Das hat keiner von uns. Aber es lag auf der Hand. Ich konnte nicht anders.“

„Was passiert jetzt?“

„Wir lassen die Tütchen untersuchen. Dann gleichen wir sie mit den Toten im Krankenhaus ab. Ich glaube, du hast recht mit den Zahlen. Flo hat es mir bestätigt, als wir telefoniert haben. Die vordere Zahl ist aufsteigend. Schätze, das ist die Zeitachse. Die hinten sind Monat und Tag. Der Buchstabe steht für den Namen.“

Papa seufzte. Dann sagte er leise: „Flo und Ben hängen über den Akten. Sie finden heraus, wer die Menschen sind. Der Fall wird große Wellen schlagen. Ich muss sicher sein, dass alles stimmt. Deshalb war Flo so wütend.“

„Ich werde nichts sagen. Versprochen.“

Es zauberte ein Lächeln auf Papas Lippen.

„Das weiß ich. Und jetzt schlaf gut.“

Er gab mir einen Kuss auf die Stirn und lief zurück zur Tür. Dort drehte er sich nochmal kurz um und lächelte.

„Wir werden alle Tütchen zuordnen. Das verspreche ich dir.“

Er ging und machte die Tür leise hinter sich zu. Ohne etwas sagen zu müssen, hatte er meinen Gedanken erahnt. Ich wusste, dass er es schaffen würde. Ich zog das Kissen näher an mich heran und drückte wieder auf *Play*. Während die Folge weiterlief, dachte ich über Roman nach und an sein süßes Lächeln. Als Mörder konnte ich ihn mir nicht vorstellen. Er hatte sich immer liebevoll um mich gekümmert. Eine einzelne Träne rollte die Wange hinunter. Schnell wischte ich sie weg und konzentrierte mich wieder auf den Verlauf meiner Serie. Irgendwann schlief ich ein und träumte in der Nacht von Roman, wie er mich küsste ...

29

DREI WOCHEN SPÄTER

SONNTAG

Holger saß auf der Terrasse der Gaststätte und las in aller Ruhe die Zeitung. Seit Matthias und das Team weg waren, war es still. Sonst waren kaum noch Gäste da. Manchmal kam jemand, um nach Neuigkeiten zu fragen. Der Winter nahte. Die Polizei verbot das Schwimmen im See. Sie brachten das Gitter zurück an seinen Platz. Niemand sollte in den Höhlen tauchen. Tom und Andreas hatten die Zimmer geräumt. Sauber, nur ein paar Kratzer waren auf dem großen Tisch. Ein paar Tage später lag ein Brief im Briefkasten, der Scheck darin war nochmal fast so hoch wie der erste. Holger hatte ihn angestarrt, er wollte ihn nicht annehmen. Es war mehr, als ausgemacht war. Sein Anruf war abgeblockt worden.

„Nehmen Sie es bitte als Geschenk. Sie hatten viel Arbeit. Herr Holzapfel hat mir alles erzählt."

Die Frau ließ nicht mit sich reden. Holger gab auf. Er beschloss, ihn einzulösen. Tim und Bernie sollten einen Teil bekommen. Als Bonus. Es war so viel los gewesen. Hunderte Gäste kamen, wollten gucken und etwas essen. Sie standen am Strand, liefen hin und her. Tim musste immer wieder in den Laden huschen. Seit dem Einbruch hatte Holger nicht mehr so viel eingekauft. Für die Versiche-

rung war die Lage klar. Ludwig hatte alles zerstört. Sie wollte das Geld bald auszahlen.
Stressig war es in den letzten Wochen. Erst langsam war es ihm klar geworden. Matthias‘ Bild, wie er abgeführt worden war, blieb ihm deutlich vor Augen. Er schüttelte die Gedanken ab. Vor ihm lag immer noch die Zeitung. Er blätterte weiter. Sport interessierte ihn nicht. Im Lokalen war ein großes Foto von Ludwig. Holger hatte ihn nicht verdächtigt. Erst, als der Kommissar es erzählte.

„Ich wollte es Ihnen selbst erzählen“, sagte er, als er am Vormittag aufgetaucht war. In der Zeitung stand nicht viel. Nur dass jemand verhaftet worden war und man die Taucher suchte.
William hatte die Toten gefunden. Sie kamen aus Hamburg und waren ein Paar. Man suchte sie vor zehn Jahren, doch ohne Erfolg. Es war nicht sicher, ob es im Urlaub geschehen war. Die Koffer fand man nie, die Kollegen wussten nichts.
Ludwig hatte das Team hintergangen. Er war auf der Suche nach dem Schatz. Und er wollte die anderen am Tauchen hindern. Das Loch in seiner Flasche war das Schlimmste. Als der Fels herabgefallen war, hatte es Ludwig fast erwischt. Ein gutes Alibi. Den Einbruch hatte er als Abschreckung geplant. Keiner sollte mehr im Wildsee tauchen.
Matthias hatte den Schatz verneint. Es gäbe ihn nicht. Der Schatz des Grafen von Wildberg sei nicht in den Tunnel versteckt. Er sei längst in alle Winde verstreut. Der Krieg hatte viel zerstört in der Zeit. Man werde es nie erfahren.
Holger musste schmunzeln. Er glaubte nicht, dass sich der Schatz dort unten befand. Ludwig war anderer Meinung. Er glaubte fest daran. Er gab einen falschen Namen an und hatte sich in Matthias Team eingeschlichen. William hatte herausgefunden, dass die tote Frau in der Höhle seine kleine Schwester war. Sie und ihr Partner hatten heim-

lich nach dem Schatz gesucht. In den Höhlen fanden sie nur den Tod.
Ein Gong riss Holger aus seinen Gedanken. Die Uhr zeigte 15:00 Uhr an. Er ließ die Zeitung fallen und stieß beinahe das Glas um.
Verflixt, fluchte er innerlich. Er wollte Matthias besuchen, der ins Krankenhaus gekommen war. Es ging ihm schlechter. Seine Frau hatte ihn angerufen. Sie wollte, dass er vorbeikam. Matthias hielt viel von ihm. Sie sollten sich aussprechen. Holger prüfte in der Küche, ob alle Geräte aus waren und schickte Tim und Bernie eine Nachricht, dass er den Tag in dieser Saison ausfallen lassen würde. Die paar wenigen Besucher der letzten Tage ließen ihm die Entscheidung leicht fallen. Er nahm sein Schild aus der Schublade neben der Kasse. Ein Kontrollblick in die Küche, dann lief er durch die Gaststätte und hängte das Schild an die Tür. Beim Zuschließen las er den Satz, den er schon lange auswendig kannte.
Heute wegen privat geschlossen, stand darauf. Er atmete tief durch und lief zu seinem Wagen. Ihm kam der Parkplatz riesig groß, ohne Fahrzeuge. In den letzten Wochen hatten die Gäste alles blockiert. Sie stritten, wenn einer dem anderen im Weg stand. Mehrmals hatte er etwas gesagt. Die drei Parkplätze vorne am Haus waren nun mal für die Mitarbeiter reserviert. Da gab es keine Diskussion. Holger stieg in sein Auto und fuhr zum Krankenhaus. Er fragte sich bis zu Matthias‘ Zimmer durch. Eine Schwester wies ihm die richtige Richtung und so irrte er durch die einzelnen Gänge. Irgendwann stand er vor dem Zimmer. Er atmete tief durch und klopfte.

„Ist offen!“, rief eine weibliche Stimme. Er streckte seinen Kopf durch die Tür und sah am anderen Ende des Zimmers Matthias' Frau sitzen. Sie hatte verheulte Augen. Er wusste nicht, ob es richtig gewesen war, zu kommen.

„Störe ich?"

„Ach Quatsch, komm rein!", hörte er eine leise Stimme. Die Frau nickte. Holger schloss die Tür hinter sich und ging auf sie zu. Als er Matthias in seinem Krankenbett erblickte, erschrak er.
Blass lag er da, mit Schläuchen in den Armen und einem Verband um den Kopf.

„Mein Gott, was ist mit dir passiert?", rutschte es Holger ungewollt heraus. Er bereute die Frage.
Matthias lachte, musste aber gleich husten. Es war schrecklich, ihn so zu sehen.

„Ach das ist nichts", sagte Matthias. Er grinste und musste wieder husten. „William hatte mich in Haft gesteckt, bis alles geklärt war. Ludwig hat gestanden. Er hat mich hintergangen! Und ich hab es nicht gemerkt!"

„Schatz, du hast eine schwere Krankheit, da kannst du doch nicht auf alles achten!", schimpfte seine Frau liebevoll und wischte sich die Tränen von der Wange.

„Wusstest du, dass die tote Taucherin, die ich gefunden habe, seine kleine Schwester war? Nicht ein Wort hat er zu mir gesagt! Nicht ein einziges! Wir haben eine Menge Gespräche geführt, private und er hat sie nicht mal erwähnt. Kannst du dir das vorstellen?"

Holger schüttelte den Kopf. Ihm käme nicht in den Sinn, jemanden aus der Familie zu verschweigen.

„Rege dich nicht auf. Bitte. Das ändert doch nichts."

Matthias wollte antworten, doch er musste heftig husten. Dabei verschluckte er sich und bekam keine Luft. Das

Piepsen am EKG wurde stärker. Er wusste nicht, was er tun sollte. Doch die Schwester stand schon da.

„Was ist hier los?“, brüllte sie. Später konnte sich Holger nicht mehr an alles erinnern. Es war so schnell passiert. Eine zweite Schwester kam mit einem Arzt herein und drängte ihn und die Frau zur Seite. Holger nahm Matthias‘ Frau und brachte sie nach draußen. Sie wehrte sich, wollte nicht weg von ihrem Mann. Das EKG piepste immer länger. Holger hatte eine Ahnung. Und sie gefiel ihm nicht. Er brachte sie weg, es erschien ihm besser. Sie brach ihm fast zusammen. Nur mit Mühe brachte er sie zu dem kleinen Sofa. Holger setzte sie am Sofa ab. Sie schluchzte und ihr Körper schüttelte sich. Er wusste nicht weiter. Hilflos schaute er sich, bis eine Schwester auf ihn zukam. Sie setzte sich zu ihnen und sprach immer wieder auf sie ein.

„Bitte, beruhigen Sie sich!“

Sie bekam kaum Luft und schloss die Augen. Es gelang ihnen, sie zu beruhigen. Sie atmete ein und aus und hörte auf zu schluchzen.

„Es tut mir leid“, murmelte sie leise. Holger nahm sie in den Arm. Der Arzt kam genau in dem Moment, als sie tief durchatmete. Er schaute besorgt.

„Frau Holzapfel?“, fragte der Arzt und steckte seine Hände in die Taschen. „Ich habe keine gute Nachricht. Ihr Mann hatte einen Herzinfarkt. Er hat es geschafft, aber wir haben ihn ins künstliche Koma versetzen müssen.“

Holger starrte den Arzt an. Der schaute verlegen auf den Boden. Es tat ihm leid. Doch es ließ sich nicht ändern.

„Nein! Nein! Das ist nicht wahr!“, stammelte die Frau und legte den Kopf an Holgers Schulter. Er hielt sie fest, während sie schrie. Der Arzt murmelte etwas und verschwand.

„Schhhh“, machte er. Irgendwann ließ sie ihn los. Die Schwester brachte zwei Tassen Tee und stellte sie vor die beiden auf den Tisch. Er dampfte noch. Dankend nickte Holger. Er schaute Matthias‘ Frau nach, als sie zur Toilette lief. Er probierte den Tee. Kamille. Schmeckte ihm zu süßlich. Der Arzt kehrte zurück.

„Sie ist auf der Toilette“, sagte Holger ihm. Der nickte und setzte sich zu ihm.

„Es war fast zu spät. Der Krebs hat gestreut. Und das hat sein Herz nicht mitgemacht. Wir können nur hoffen.“

Holger hatte nur genickt. Beide sahen auf, als sie wieder zurückkam. Sie war blass, ihre Augen rot vom Weinen.

„Ich will zu ihm“, sagte sie leise. Der Arzt nickte und stand auf. Er brachte sie zurück ins Zimmer. Holger blieb sitzen. Er dachte an die Szene, als Matthias und Ludwig am Strand waren. An die Zeit, in denen sie draußen beim Rauchen standen. Ein Geräusch riss ihn aus den Gedanken. Matthias‘ Frau stand vor ihm. Sich vorzustellen, dass er jetzt nur dalag, machte ihn fertig.

„Können Sie mich nach Hause bringen“, fragte sie ihn. „Die Kinder warten auf mich.“

„Ja, klar, das mache ich.“

Holger stand auf und nahm sie in den Arm. „Es tut mir so leid.“

Sie nickte, eine Träne lief ihre Wange hinunter. Ohne ein Wort zu sagen, lief sie voraus. Holger hatte Mühe, ihr zu folgen. Als sie im Auto saßen, sagte sie ihm die Adresse. Es war mehr als 70 Kilometer. Er startete das Navi und wendete. Leise Musik war das Einzige, dass in der Stunde zu hören war. Sie wollte nicht reden, er ahnte, was in ihr vorging. Er schaute auf die Straße, es war nicht viel los. Erst, als sie vor dem Haus standen, bewegte sie sich. Sie schaute ihn an, ein paar Tränen liefen ihre Wangen hinab.

„Danke, dass er noch tauchen gehen konnte. Ich weiß, es war nicht einfach und er hat gelitten. Sein größter Wunsch war es, in eine unbekannte Höhle zu tauchen. Er hat mir erzählt, wie gerne er bei Ihnen war. Dafür danke ich Ihnen sehr."

Holger war gerührt. Die Höhlen sollten schon lang erforscht werden. Es lag nicht in seiner Macht, wer es tun sollte.

„Das freut mich. Ich bin froh, ihn kennengelernt zu haben."

„Ich bin sicher, es ging ihm genauso."

„Bitte, melden Sie sich, wenn Sie etwas brauchen. Ich bin für Sie da."

„Danke. Ich melde mich. Aber jetzt will ich nur noch meine Kinder sehen und schlafen."

Sie stieg aus und warf die Tür zu. Holger sah ihr nach, bis sie sicher im Haus war. Als er schon auf dem Rückweg war, beschloss er, zur Gaststätte zu fahren. Die Sonne ging unter, als er auf der Terrasse stand. Er sah zur Fels-

wand. Sie glitzerte leicht und warf einen Schatten auf den Wald.
Er zündete die Zigarette an. Bei jedem Zug dachte er an Matthias. Er hoffte, dass er wieder aufwachen würde.
Langsam zog Nebel auf. Es wirkte nahezu magisch. Er fragte sich, ob es den Schatz wirklich gab. Er hatte alle verrückt gemacht. Holger glaubte nicht, dass man ihn finden würde. Er konnte sich nicht vorstellen, dass er noch unten im Wasser lag.
Die letzten Strahlen brachen sich an der Kante. Leicht bewegte sich das Wasser, schlug Wellen am Strand. Tief unten in der Höhle ließ es den Sand wirbeln. Eine Münze blitzte hervor, golden und rund. Der Sand vergrub sie unter sich. Nur kurz konnte man die Zahl 1355 lesen – jenes Jahr, in dem der Graf von Wildberg seinen Schatz verschwinden ließ ...

30

DREI TAGE SPÄTER

MITTWOCH

William saß an seinem Schreibtisch und rührte in der Kaffeetasse. Er dachte nach. Der Bildschirm war schwarz und spiegelte ihn. Mittlerweile war der Kaffee kalt. Er bemerkte es nicht, so sehr war er in seine Gedanken versunken. Das Telefon klingelte. Erschrocken schubst er die Tasse an den Rand des Tisches. Er konnte sie gerade noch fangen.

„Ja?“, meldete er sich. Die Stimme am anderen Ende klang aufgeregt. Laute Musik im Hintergrund. Er hatte Mühe, zuzuhören.

„Hallo Herr Herle, hier ist Ruby aus der *Zentrumsbar*. Kennen Sie mich noch? Hier ist ein Typ, der stockbesoffen ist und immer wieder Ihren Namen ruft!“

William konnte sich dunkel an den Namen erinnern. Vor ein paar Jahren hatten sich zwei Männer in der Bar gestritten. Einer hatte dem anderen ein Messer in den Bauch gerammt. Der Barmann Ruby hatte selbst Kratzer abbekommen, als er den Mann festgehalten hatte. William gab ihm seine Karte, für den Fall, dass ihm wieder mehr einfallen würde. Er hatte das schon vergessen.

„Bitte, kommen Sie schnell! Ich kann ihn nicht hinauswerfen! Er ist nicht zu bändigen!"

„Ich suche Flo und komme sofort. Achten Sie auf alles, was er macht!"

„Super, danke, ich schulde Ihnen was!"

Ruby legte auf. William schnappte sein Handy und rief Flo an. Er informierte ihn über den Anruf, während er zum Auto rannte. Flo versprach, zu kommen. Will machte das Blaulicht an und fuhr los. An der Bar stellte er sein Auto ab, so wie er hergefahren war. Er rannte auf sie zu. Schon von weitem hörte er laute Musik und eine erboste Stimme. Er drückte die Tür auf und erblickte einen Tumult. Zwei Männer hielten Herrn Schwarz fest. Sie standen am Tresen. Sein Blick war verwirrt und doch wütend.

„Lasst mich los, verdammt!", lallte er und wollte sich losreißen. Ruby, der Barmann, kam auf William zu.

„Gut, dass Sie da sind!", rief er und streckte die Hände zum Himmel. „Der Mann hat Streit angefangen und hat schon sieben Drinks intus."

William nickte und winkte ihn ab. Er lief langsam auf den Mann zu.

„Herr Schwarz?"

Dessen Blick war abwesend und doch erkannte er ihn, als er hochsah. Seine Augen weiteten sich. William dämmerte, dass Flo hinter ihm die Bar betreten haben musste. Er drehte sich um und Flo stand direkt hinter ihm. Der Hüne wirkte bedrohlich. Keiner der Gäste wagte es, ein Wort zu sagen. William drehte sich wieder zu Herr Schwarz um.

„Ich werde Sie jetzt mitnehmen. Lassen Sie ihn bitte los."

Die beiden Männer ließen ihn los. Herr Schwarz schwankte, stützte sich dann an der Theke. Flo trat hinter ihm vorbei und packte ihn am Arm. Stolpernd hinkte er mit Flo mit. Erst als beide durch die Tür verschwunden waren, kam wieder Leben in die anderen Bargäste. Ruby ließ das Glas aus seinen Händen gleiten. Das Klirren erschreckte alle und ließ sie tuscheln anfangen.

„Sorry", rief Ruby und drehte sich im Kreis. Verschreckt schien er nach einer Schaufel zu suchen. „Ich danke Ihnen, Herr Herle! Wer weiß, was sonst passiert wäre."

„Nichts zu danken. Was hat er gesagt?"

„Nichts. Er hat von seiner Tochter Tina gesprochen. Immer wieder sagte er, wie sehr ihm alles leid tun würde."

William nickte. Irgendetwas ließ ihn stutzen. Er winkte Ruby zu und verließ das Lokal. Flo hatte Herrn Schwarz ins Auto verfrachtet. Sie nickten sich zu und Flo stieg ein. William fuhr ihm langsam hinterher. Er grübelte, doch er hatte eine Ahnung, was Herr Schwarz damit meinen konnte. Im Revier brachte Flo Herrn Schwarz direkt in einen Verhörraum und stellte ihm ein Glas Wasser hin.

„Trinken Sie."

Herr Schwarz sagte nichts und nahm das Glas. Er trank es fast in einem Zug aus. William setzte sich zu ihm und schaute ihm zu, wie er das Glas auf den Tisch knallen ließ.

„Was ist passiert?"

Herr Schwarz starrte mit leerem Blick durch William hindurch. Die Traurigkeit war tief, so tief, dass es Will fast wehtat. Der Mann griff in die Innentasche seiner Jacke und legte wortlos eine Münze auf den Tisch.
William nahm sie in die Hand. Er drehte sie, um die Prägung anzuschauen. Es war eine dieser Münzen, die Alkoholiker mit sich führten. Sie war ein Symbol für den Willen, nicht mehr zu trinken. Die Schrift war abgegriffen. Jemand hatte die Münze ständig in den Fingern gehabt.

„Sie waren zwei Jahre trocken?", fragte William und schaute ihn direkt an. „Reden Sie endlich! Was ist passiert? Und wieso haben Sie heute etwas getrunken?"

„Wissen Sie, welches Datum heute ist?"

William wusste es sofort. Herr Schwarz hustete, leise sprach er: „Ich habe viel getrunken. Sehr viel. Morgens zum Aufstehen trank ich ein Glas Whiskey, tagsüber das eine oder andere Bier und abends den Rest der Flasche."

Herr Schwarz starrte auf einen Fleck am Tisch. William sagte nichts. Die Stille hielt der Mann nicht aus. Er fuhr sich durch die schwarzen Haare.

„Vor genau zwei Jahren verschwand Tina. Meine Frau war so verzweifelt. Es war schrecklich. Die Polizei suchte alles ab, aber sie fanden sie nicht. Ich ertrug es nicht und nahm die Whiskey Flasche. Ich wollte nichts mehr fühlen, nicht mehr denken."

Ein erster Verdacht tauchte in Williams Gedanken auf. Er schob ihn zur Seite, weil es nicht sein konnte.

„Ich habe früher immer mit den Jungs getrunken. Um Spaß zu haben. Dann ab und an einfach so. Es wurde immer mehr. Ohne Alkohol ging es nicht, meine Hände fingen an zu zittern. Niemand sollte es merken. Ich habe immer Streit gesucht, um das zu vertuschen. Oft habe ich geprügelt. Auf alles und jeden. Weil ich wütend war, so wütend. Ich habe fast meinen Job verloren. Ich wollte es nicht wahrhaben, dass ich schuld war. Man hatte mich eine Woche beurlaubt. Und dann kam dieser Abend. Es war so furchtbar. Ich war verzweifelt und hab eine zweite Flasche aufgemacht. Sie war schnell leer."

Herr Schwarz schaute auf, William direkt an. Tiefe Trauer, Wut und etwas, das er nicht fassen konnte.

„Ich … ich habe meine Tochter an diesem Abend erwürgt."

William atmete tief durch. Er wollte es nicht wahrhaben. In seinem Innern hatte er es geahnt. Es war logisch. Eine Frage stand ungeklärt im Raum. Er musste es wissen.

„Warum hat sie sterben müssen?"

Herr Schwarz starrte durch ihn hindurch. Erst liefen nur ein paar Tränen seine Wange hinab, dann fing er an zu schluchzen.

„Ich war so wütend. Mein Leben so beschissen! Und dann kam Tina nach Hause und war so glücklich. Sie erzählte etwas von einem Jungen. Bis sie die Flasche gesehen hat. Sie wusste gleich Bescheid und hat mich angeschrien. Sie wollte es meiner Frau sagen. Da bin ich wütend geworden und habe sie am Hals gepackt. Diesen Blick. So entsetzt. Ich war rasend. Sie sollte still sein! Einfach nur still!"

Er vergrub sein Gesicht in den Händen. William ertrug ihn plötzlich nicht mehr. Er stand auf und verließ den Verhör-

raum. *Bloß weg hier*, war sein einziger Gedanke. Erst, als er draußen war an der frischen Luft, konnte er wieder klar denken.
Spät am Abend saß er zuhause im Wohnzimmer und hielt das Bild von Tina Schwarz in der Hand. Ihr Lächeln war so wunderschön. Er hatte recht gehabt. Sie war nicht einfach verschwunden. Er hatte beschlossen, das Bild zu behalten. Es musste an einen Platz, an dem er immer an sie erinnert wurde. Sein Blick fiel auf die Wand mit den ganzen Zetteln. Er stand davor und setzte es in die untere rechte Ecke.
Ein Geräusch erschreckte ihn. Anna stand hinter ihm, stützte sich nur auf einer Krücke ab. Sie sah ihn an und wusste es, als sie das Bild entdeckte.

„Du hast ihren Mörder gefasst, oder?“

Ihre Frage ließ in ihm eine Mischung aus Trauer und Wut hochsteigen.

„Das habe ich“, sagte er leise, während er Anna an sich zog und ihre frisch nach Shampoo duftenden Haare roch. „Ihr Vater hat sie erwürgt, als er betrunken war. Und sie dann vergraben. Er wollte es vergessen. Nur weil sie das Richtige tun wollte. Wäre der Regen nicht gewesen, hätte ich sie nie gefunden.“

Er drückte sie und strich ihr über die Haare. Dann schaute er ihr in die Augen.

„Ich hab dich lieb, Anna. Versprich mir, dass du auf dich aufpasst. Immer.“

„Ja, Papa.“

Er drückte sie fest an sich. Sein Blick fiel auf das Bild von Tina. Sie lachte fröhlich in die Kamera, als wäre nichts geschehen ...

ENDE

DANKSAGUNG

Wer hätte das gedacht? Mein Traum ist wahr geworden, als ich meinen ersten Schwabenkrimi veröffentlich habe. Nun ist mein zweiter Schwabenkrimi fertig geschrieben und darf hinaus in die weite Welt.

Egal, wie schwer es ist oder wie viel man zu tun hat, ein Ziel zu erreichen, ist ein tolles Gefühl. Durchzuhalten, nicht aufgeben. Weil man alles schaffen kann. Es gibt immer Höhen und Tiefen. Zeiten, in denen man zweifelt oder einfach nicht an seinem Ziel arbeiten kann. Am zweiten Schwabenkrimi habe ich ein wenig länger geschrieben. Da kam eine Meisterprüfung und ein Umzug in eine neue Stadt dazwischen. Daher hat es fast drei Jahre gebraucht, bis ich ihn überarbeitet hatte.

Unterirdische Höhlen sind faszinierend. Die Stille, sobald man hineinläuft. In der Wimsener Höhle kann mit einem Boot ein paar Meter hineingefahren werden. Ruhig und kühl, man wagt kaum zu atmen. Als Kind war ich am Blautopf. Je nach Lichteinfall ist das Wasser mal mehr, mal weniger intensiv blau. Das Licht bricht und streut sich an den kleinen Kalkpartikeln im Wasser. Viele Legenden und Sagen ranken sich um ihn.

Früher galt der Blautopf im Volksglauben als bodenlos. Eine Nixe soll die Versuche, die Tiefe mit einem Bleilot zu ermitteln, verhindert haben, in dem sie das Gewicht stahl. Im Blautopf hat sich im Laufe der Zeit ein großes Höhlensystem im Karstgestein gebildet. 1880 stieg der erste Helmtaucher in den Blautopf. Mehrere Tauchunfälle veranlasste die Gemeinde Blaubeuren, die Höhlen für Taucher zu sperren. Es gibt Sondergenehmigungen für Wasserrettung, Höhlenkundevereine und Höhlenforschungsgruppen. Dies und ein mir bekannter Geologe brachten mich auf die Idee, in den Felsen des Wildsees Höhlen entstehen zu lassen und sie dort nach einem Schatz suchen zu lassen. Vielleicht hab ich auch zu oft *Fluch der Karibik* gesehen, wer weiß ...

Mein größter Dank gilt meinen Eltern. Ohne Euch wäre ich nie soweit gekommen, weil ihr an mich glaubt und mich immer unterstützt.

Danke an meine Geschwister Mark und Amelie für eure Geschichten aus dem Leben. Sie sind immer wieder inspirierend, vielen Dank!

Nicky für ihre unbändige Reise- und Abenteuerlust. Beste Freundin und immer zur Stelle. Ich hoffe, wir besuchen noch viele schöne Orte gemeinsam!

Meinem Freund Max für seinen Tatendrang und die übersprudelnden Ideen, die einen oft zum Lachen bringen. Seine Unterstützung macht einiges einfacher im Leben.

Oma und Opa für langen Gepräche und Ideen und für das Lektorieren des zweiten Schwabenkrimis.

Dem HHC Großbettlingen – es ist immer wieder toll, mit Euch Akkordeon zu spielen. Auch wenn ich weit weg bin und kaum noch vorbeikomme.

Stephan und der DOZ (Deutsche Optiker Zeitschrift), die ich schon in Ausbildungszeiten gelesen habe und weil er mir die Möglichkeit gibt, zwei Leidenschaften zu vereinen: Augenoptik und das Schreiben.

Dem Meisterkurs 2016 für die vielen Stunden in Dormagen, im abgelegenen Kloster Knechtsteden und die turbulente Zeit bis zur Meisterprüfung im Februar. Den Dozenten für die Geduld und die tolle Vorbereitung auf die Prüfung.

Ganz besonderen Dank geht an Herr Neumann. Er weiß, dass man nie aufgeben darf, egal, was passieren mag. Sein Ziel verfolgen und alles geben. Danke für die Geschichten, die den Kaufmannskram ein wenig aufgelockert haben!

Und allen anderen, die mir noch heute zeigen, wie ich niemals sein will …

Eure Ann-Katrin

STINKENDER VERDACHT

Schwabenkrimi Nr.1

In einer dunklen Gasse nahe des Spullberger Bahnhofs im beschaulichen Schwabenländle wird die völlig zerstochene Leiche von Günter Schwab entdeckt. Hauptkommissar William Herle übernimmt die Ermittlungen.

Währenddessen gehen die Proteste gegen die von Bürgermeister Knapp geplante Biogasanlage am Tigersheimer Gatter in eine neue Runde, bei denen Walter und Norbert zurückgehalten werden müssen. Als schließlich seine Tochter Anna-Luisa in Gefahr gerät, muss er schnell kombinieren…

EISIGER VERDACHT

Schwabenkrimi Nr.3

Veröffentlichung 2021

Im frisch gefallenen Schnee werden zwei Leichen gefunden. Als ein paar Tage später eine weitere Leiche gefunden wird, steht plötzlich ein österreichischer Ermittler im Büro des Kriminalhauptkommissars William Herle. Er ist fest davon überzeugt, dass sie es mit einem Serienmörder zu tun haben. William ist skeptisch, bis der Rechtsmediziner den Beweis findet …

ISBN 978-3-7529-6621-3
www.epubli.de